Heinz Oskar Wuttig – Der Forellenhof

W0248406

HEINZ OSKAR WUTTIG

DER FORELLENHOF

Roman

DEUTSCHER LITERATUR-VERLAG HAMBURG
OTTO MELCHERT

DLV-Taschenbuch Nr. 243

3. Auflage

Alle Rechte an dieser Taschenbuchausgabe:

Deutscher Literatur-Verlag Otto Melchert, Hamburg 70

© Copyright by Autor

Umschlag: Foto »Der Forellenhof« – Huck/SWF

Gestaltung: Carrillo

Gesamtherstellung: Elsnerdruck, Berlin

Printed in Germany 1990

ISBN 3-87152-245-7

Es ist sehr ärgerlich. Man ist nicht mehr der Jüngste. Kuni, der große gelbe Boxer, spürt seine zwölf Hundejahre doch schon sehr. Er liegt langausgestreckt auf der Terrasse vor dem Hotel und grollt. Der große runde Kopf mit den tiefen Stirnfalten ist unverwandt auf die Haustür gerichtet.

Kuni wartet auf seinen Herrn. Aber die Tür öffnet sich nicht.

Über die hohen dunklen Schwarzwaldtannen schwebt ein Falke über den »Forellenhof« hinüber zum Wiesenhang. Sekundenlang hängt er dort fast unbeweglich in der klaren Morgenluft, rüttelt mit den Schwingen, dann stößt er wie ein Pfeil in die Tiefe. Und mit einem dünnen, kläglichen Fiepen endet der Morgenspaziergang einer kleinen Feldmaus.

Kuni hebt nicht einmal den Kopf. Er ist heute nicht in der Stimmung, das Schicksal fremder Leute zu bedauern. Auch für die Forellen, die im großen Glasbassin neben der Haustür, von silbernen Luftperlen umsprudelt, ihr Schauschwimmen veranstalten, hat er nur einen scheelen Blick. Wartet nur, ihr seid auch bald fällig. Spätestens gegen Mittag steht ihr auf der Speisekarte – blau mit Sahnemeerrettich, gebraten à la Müllerin oder geräuchert.

Noch immer rührt sich nichts im Haus. Zum Teufel, was ist los! denkt Kuni. Es ist Hochsaison. Alle Gastzimmer sind vermietet, alle Betten sind belegt. Aber kein Mensch läßt sich blikken. Schläft denn heute noch alles – die Herrschaften, das Personal, die Gäste?

Kuni denkt nach. Er könnte jetzt natürlich ein Mordsgeheul loslassen und das ganze Hotel wachbellen. Aber das gäbe Ärger. Im Hausprospekt wird den Gästen ausdrücklich »erholsame Ruhe« zugesichert. Also, Geduld haben und weiter warten. Aber es dauert noch eine ganze Weile, bis endlich hinten bei den Garagen eine grüne Schürze auftaucht. Kuni wackelt ein klein wenig mit dem Schwanzstummel. Wenigstens ein menschliches Wesen.

Es ist Karl, der alte Hausdiener, der dort hinten die Schuhe der Gäste putzt. Dann hört Kuni aber auch bald aus Richtung der Küche das erste gedämpfte Klappern von Geschirr und Töpfen, er hört Wasser rauschen und sieht ein paar hohe weiße Mützen vom Küchenpersonal. Das Frühstück scheint also gesichert zu sein. Sehr beruhigend.

Und dann geht es gleich Schlag auf Schlag. Die Fensterläden der Mansardenzimmer werden aufgestoßen. Die Zimmermädchen sind wach. Der Lieferwagen der Bäckerei kommt angerumpelt, und dann – Kunis Stummelschwanz wackelt schon lebhafter – zeigt sich das erste Familienmitglied. Großvater Buchner, der Frühaufsteher, stapft, ein Paar riesige Wasserstiefel über der Schulter, über den Hof hinunter zu den Fischteichen.

Kuni schaut ihm nach. Soll er mitgehen? Nein, er bleibt. Der Großvater und die Forellen sind nicht so interessant für ihn. Auch das, was sich eine halbe Stunde später ereignet, regt ihn nicht mehr auf. Es ist immer die gleiche alberne Hetzjagd, die sich an jedem Morgen abspielt.

Christa, der Spatz der Familie, muß zur Schule in die Stadt gefahren werden. Wie immer, ist man zu spät dran. Jörg, der Juniorchef, kommt vom Seitenausgang aus dem Haus geschossen. Noch im Laufen zieht er sich die Lederweste an. Hinter ihm her saust Christa mit wehendem Blondschopf, packt noch ihre Schultasche. Halt, da hat sie ein wichtiges Heft vergessen. Zurück, marsch, marsch. Fluchend startet Jörg inzwischen den Sportwagen, den roten Porsche. Himmel, wo bleibt das Mädchen? Immer diese Bummelei. Da ist sie, nein, es ist die Mama, die Chefin, die jetzt aus dem Haus wirbelt. Sie will mitfahren, um auf dem Wochenmarkt in der Stadt Obst und Gemüse einzukaufen. Also, 'raus aus dem Porsche und 'rein in den kleinen Hotelbus. Nun ist auch Christa wieder da, etwas atemlos.

»Schnell, schnell, heute erste Stunde englischer Aufsatz. Disraeli und das Victorianische Zeitalter. Wer war Disraeli, Jörg?«

»Keine Ahnung. Los, steig ein, Spatz!«

Die Autotüren klappen zu, der Wagen schnurrt über die kleine Brücke zur Straße, ist weg.

Nun ist wieder für eine Weile Ruhe. Kuni hat das Wackeln mit dem Schwanzstummel eingestellt. Für wen sollte er auch wackeln. Er ist bis jetzt nicht einmal aufgestanden. Er hat nur gelassen registriert: Karl, den Großvater, die Chefin und die

Kinder. Das ist die Familie. Die nimmt man zur Kenntnis. Aber da klopft das Herz nicht schneller. Doch wenn die Haustür aufgeht und sein Herr kommt, der Chef . . .

Und endlich ist dann der ersehnte Augenblick da. Er ist's. Otto Buchner steht in der Tür, und Kuni schnellt wie eine Feder hoch und auf ihn zu.

»Morgen, Kuni. Na, mein Alter, wie geht's?«

Ziemlich belämmert, möchte Kuni eigentlich sagen, doch sein Schwanzstummel rotiert wie ein Rührquirl, und als ihm Ottos Hand freundschaftlich die Flanken klopft, stößt er ein paar heisere Grunztöne der Freude aus.

»Moment mal, was hast du denn da am Ohr?«

Kuni dreht den Kopf weg. Er schämt sich. Wer gibt schon gerne zu, daß ihn ein anderer von der Geliebten weggebissen hat.

»Warst wieder bei der Loni, was? Nun laß mal den Quatsch. Die ist viel zu jung für dich. Männer im reiferen Alter, wie wir beide, da zahlt man nur drauf. Es lohnt sich nicht, mein Alter. Und das Ohr, das werden wir nachher verpflastern, damit keiner die Schande sieht. Und nun troll dich.«

Kuni tut einen tiefen Seufzer. Das waren eigentlich nicht gerade die Trostworte, die er erwartet hat. Aber wahrscheinlich hat der Chef recht. Der kennt das Leben. Und so zieht er ab und hebt an der nahen Tannenhecke das Bein, um wenigstens im eigenen Revier sein Hausrecht eindeutig festzulegen.

Otto Buchner sieht dem Kuni lächelnd nach, schiebt dann den Hut aus der Stirn und schaut nach dem Wetter. Die Bergkuppen an der Schwarzwaldhochstraße liegen im silbrigen Dunst, und vom Oostal herauf weht ein frischer, würziger Wind.

»Morgen, Chef. Wird wieder ein schöner Tag heute.«

Es ist Karl, der mit der Kiesharke in der Hand auf der Terrasse erscheint.

»Ich hoffe es, Karl. Bei Regenwetter wird's ungemütlich, wenn man das Haus so voll hat. Da treten sich drin alle auf die Füße.«

»Wollten Sie nicht mal anbauen, Herr Buchner? Das Haus etwas vergrößern?«

Otto winkt ab. Diesen Plan hat er längst aufgegeben. »Waldhotel Forellenhof«, ein Haus mit fünfzig Betten, einem großen

Restaurant mit weitgerühmter Küche, mit Schwarzwaldstube und Kaminhalle, ist nun schon seit Generationen im Familienbesitz der Buchners. Mit seinem rustikalen Stil paßt es so gut in die Landschaft, und jeder Anbau würde die schöne Proportion des Hauses nur zerstören. Außerdem reicht der Betrieb völlig aus, um sämtliche Buchners in Trab zu halten. Dazu kommt ja noch die große Forellenzucht mit vierzehn Fischteichen, die Sorgen mit dem Personal heute, der Ärger mit Lieferanten und Handwerkern, so daß am Ende einer Saison die Buchners immer ganz schön weich in den Knien sind.

»Nein, Karl, wir wollen nicht größer werden. Wenn ich so viele Gäste hätte, daß ich schon nicht mehr die Namen kenne, dann hört doch jeder persönliche Kontakt auf. Das hat dann nichts mehr mit Gastlichkeit zu tun. Im ›Forellenhof‹ soll man sich wie zu Hause fühlen. Und in dem Punkt denkt meine Frau genau wie ich und mein Vater. Wo steckt überhaupt der alte Herr? Hat er schon gefrühstückt?«

»Das glaube ich nicht«, sagt Karl, »der ist schon seit sechs Uhr früh unten bei den Forellen.«

»Ja, bei seinen Fischen vergißt er Essen und Trinken«, erwidert Otto. »Geh mal 'runter und hol ihn 'rauf. Ich hab' keine Lust, morgens immer allein am Tisch zu sitzen.«

Karl ist skeptisch. Ob das gelingt, den alten Herrn Buchner von den Forellen wegzuholen?

*

Auch im Hause hat inzwischen der Tag begonnen. An der Rezeption regiert bereits Friedl, die nette junge Empfangssekretärin. Sie stöpselt am Klappenschrank die ersten Telefongespräche.

»Waldhotel Forellenhof. Guten Morgen . . . Oh, das tut mir leid. Wir haben kein Zimmer mehr frei.«

»Guten Morgen, gnädige Frau, gut geschlafen? . . . Ja, ich schicke Ihnen das Frühstück gleich auf Ihr Zimmer.«

»Ein Ferngespräch aus München, Herr Doktor! Ich verbinde.«

Die Friedl kommt aus Lörrach bei Basel und spricht ein leichtes Schwyzerdeutsch. Es gibt Gäste, die sie morgens nur anrufen, um am Telefon ihre Stimme zu hören. Sie mache so fröhlich, sagen sie.

Auch Otto Buchner ist dieser Meinung. Er fürchtet nur, daß er Friedl bald los sein wird. Sie will nach Amerika gehen, um dort weiterzukommen. Hat ja recht, denkt Otto, das Mädel will was von der Welt sehen. Aber mitten in der Saison?

Otto geht durch das Frühstückszimmer. Ein paar Hausgäste sitzen schon beim Frühstück.

»Guten Morgen, die Herrschaften! Ich hoffe, es schmeckt.« Nebenan im noch unbesetzten Restaurant trainiert Charlie, der Oberkellner, gerade den Nachwuchs. Jürgen, der jüngste Kellnerstift, übt an einem kleinen Serviertisch das Filieren einer gekochten Forelle. Ja, das sieht so leicht aus, wenn es geübte Hände machen. Aber wenn man erst sechzehn Jahre alt ist und im ersten Lehrjahr . . .

»Nun hab mal keine Angst«, sagt Charlie, »der Fisch ist ja tot, der beißt nicht mehr.«

Jürgen versucht zuerst, den Kopf der Forelle abzutrennen.

»Aber nicht mit der Gabel. Nimm das Fischmesser in die rechte Hand, ja, so.«

In der Tür steht Otto Buchner und schaut amüsiert zu. So hat er auch einmal angefangen, und seine Hände haben damals genauso gezittert wie jetzt die von Jürgen.

»Sei nicht so ungeschickt, Junge«, sagt Charlie und wird etwas ungeduldig. »Komm, ich zeig' dir's noch mal.«

Er nimmt dem Jungen das Besteck aus der Hand, will mit eleganter Routine den blaugesottenen Gesellen angehen und schwupps, fliegt der Fischkopf weg – genau dem Chef vor die Füße.

»Na, Charlie, das war wohl nichts«, sagt Otto und sieht seinen Oberkellner etwas schräg an, während Jürgen grinsend den Fischkopf aufhebt.

»Ist mir noch nie passiert, Chef«, sagt Charlie nervös, »man wird aber auch ganz fimmelig, wenn Sie so dabeistehen und zusehen.«

Otto lächelt und greift selbst nach dem Fischbesteck.

»Paß mal auf, Jürgen, das ist doch so einfach. Zuerst löst man die große Rückenflosse heraus, dann die beiden Seitenflossen, schält vorsichtig die Haut ab, und dann – hoppla! Verdammt noch mal!«

Ein erstaunliches Kunststück. Mit anmutigem Schwung ist die Forelle über den glatten Tellerrand gerutscht, liegt auf dem Fußboden und sieht gar nicht mehr ansehnlich aus.

»Hör auf zu lachen, Charlie. Ich weiß gar nicht, was dabei so komisch ist«, sagt Otto und hat es plötzlich sehr eilig, an den Frühstückstisch zu kommen.

*

Großvater Buchner ist auch nicht gerade in rosiger Stimmung. Er steht an einem der unteren Teiche bis zu den Hüften im Wasser, um neue Staubretter in den »Mönch« zu setzen. Um ihn herum Schwärme junger Forellen.

Ein »Mönch«, das ist ein großer hölzerner Gitterkasten, der zur Wasserregulierung an der tiefsten Stelle des Teiches eingesetzt ist. Großvater Buchner nimmt die alten Bretter heraus, und da sieht er die Bescherung. Der Zapfverschluß ist verfault, und die Blechsiebe sind durchgerostet. Donnerwetter, da hat man nun einen Fischmeister und zwei Gehilfen, aber wenn man sich nicht um alles selbst kümmert, dann verrottet hier alles.

Franz Buchner hat nun fast seine fünfundsiebzig Jahre auf dem Rücken. Sein Haar ist schlohweiß, es zieht und zerrt schon recht in den alten Knochen, aber er lebt und arbeitet immer noch, als sei er ein Vierziger.

Da erscheint der Karl hinter ihm am Teichrand.

»Herr Buchner, ich soll Sie zum Frühstück heraufholen.«

Da wird der Großvater gleich fuchsteufelswild. »Laß mich in Ruh', Kerl! Du siehst doch, ich hab' zu tun!«

Aber Karl läßt sich nicht einschüchtern. »Jetzt stehen Sie schon zwei Stunden im Wasser. Sie werden wohl auch nicht mehr vernünftig in Ihrem Alter, was?«

Großvater Buchner dreht sich wütend um. »Wenn du noch einmal von meinem Alter sprichst, schmeiß' ich dich 'raus!«

»Das kriegen Sie fertig«, ruft Karl ebenso grob zurück, »ich bin ja auch erst vierzig Jahre auf dem ›Forellenhof‹.«

»Halt's Maul, und hol mir den Fischmeister her. Er soll auch gleich neue Siebe mitbringen.«

»Der Paul hat keine Zeit. Der ist beim Verladen.«

»Dann – ach, dann schert euch doch alle zum Teufel!«

»Ist in Ordnung. Wir werden ihn schön grüßen.«

Karl geht lachend davon. Er ist der einzige, der so mit dem Großvater reden darf. Er kennt ihn genau, diesen eigensinnigen und kauzigen Alten. Wenn der knurrt und schimpft, dann denkt man, er reißt einem gleich den Kopf ab. Doch wenn man ihm dabei in die Augen schaut, entdeckt man plötzlich ein verräterisches Zwinkern seiner Schmunzelfalten und merkt, daß das Poltern und Raunzen nur eine Rolle ist, die er sich wie ein alter Komödiant zugelegt hat, um sich so eine Art Narrenfreiheit zu sichern.

Paul, der Fischmeister, hat es schon schwer mit ihm. Er ist erst seit zwei Jahren im Betrieb. Ein tüchtiger Mann, aber mit nicht sehr viel Humor, und so gab es in letzter Zeit schon ein paar Zusammenstöße ernsterer Art.

Aber Paul hat jetzt wirklich keine Zeit, dem Großvater zu helfen. In diesen Monaten der Hochsaison sind die ersten Morgenstunden restlos mit dem Aussortieren, dem Abwiegen und Verladen der täglichen Forellentransporte ausgefüllt. Immer gleich zentnerweise gehen die lebenden Fische in den Spezialfässern auf die Reise. Die schmackhaften Burschen sind nicht nur in der Kurstadt Baden-Baden geschätzt, auch die großen Hotels an der Schwarzwaldhochstraße und im Rebland sind Abnehmer der Buchnerschen Forellenzucht.

Der Stammplatz der Familie ist der Fenstertisch in der Schwarzwaldstube. Lisa, das Büfettmädchen, bringt einen neuen Korb mit Schwarzbrot und frischen Semmeln, denn eben hat sich doch noch jemand beim Chef zum Frühstück eingefunden – seine Schwägerin Ruth Buchner. Auch sie ist neu auf dem »Forellenhof«, eine hübsche, noch junge Frau, die im Hotel mitarbeitet. Seit drei Jahren ist sie Witwe. Als ihr Mann, Ottos Bruder, durch einen Unfall von ihrer Seite gerissen wurde, hatte sie sich anfangs nur schwer von diesem Schlag erholen können. Sie saß in der großen, leergewordenen Stadtwohnung herum, ging kaum noch unter Menschen und war auf dem besten Wege, mit ihren vierzig Jahren eine alte Frau zu werden. Eine Weile sah sich Otto das mit an. Er ließ ihr Zeit, sich auf sich selbst zu besinnen. Aber als die alte Beschließerin kündigte, holte er Ruth kurzerhand auf den »Forellenhof«, übergab ihr die Herrschaft über die »Etage«, und seitdem fand Ruth auch sehr bald Lebensmut, Frische und ihre alte Couragiertheit wieder.

»... und mit den Zimmermädchen kommst du zurecht?«

»Ausgezeichnet«, sagt Ruth und greift nach einer knusprigen Semmel. »Doris ist zuverlässig, die Rosi ist zwar ein kleiner Trampel, aber fleißig, und ich glaube, bei den anderen habe ich mich wohl auch inzwischen durchgesetzt. Macht mir richtig Spaß, die Arbeit.«

»Und uns hilfst du damit enorm. Bestimmt, Ruth. Wir sind nun mal 'n Familienbetrieb. – Gib mir doch mal den Honig, danke – und darum bin ich immer froh, wenn ich die paar Kommandostellen im Hause nicht mit fremden Leuten besetzen muß. Ich sitze schon jeden Abend bis in die Nacht. Gestern ist's auch wieder spät geworden. Da muß man hier noch mit einem Gast 'ne Flasche Wein trinken, sitzt da noch 'ne Weile zusammen. Man kann ja nicht immer nur ablehnen. Aber dann fängt doch meine Arbeit erst an, der ganze Papierkrieg, der Hotelverband, die Gewerkschaft, neue Tarifvorschläge, die Lohnlisten, unser Etat mit der Wochenaufstellung, das Magazin, die Lieferanten, die Reparaturen.«

Den Fahrweg herauf kommt ein Auto und fährt in den Hof. Otto sieht durchs offene Fenster, es ist der Hotelbus mit Anna und Jörg.

»Mal gleich frischen Kaffee für die Chefin und den Junior«, ruft er zu Lisa hinüber.

*

Ein Teil der Küchenmannschaft ist schon beim Abladen – Michel, der Kochkommis, Martin, der Lehrling, und zwei Küchenfrauen. Jörg reicht ihnen die Körbe und Steigen heraus: Blumenkohl, grüne Bohnen, schöne Freilandgurken und Obst. Anna Buchner, die Chefin, hat gleich für das Wochenende eingekauft.

»Aber gehts mir mit den Pfirsichen net so grob um, die kriegen leicht Druckstellen.«

In Annas heller Stimme schwingt immer noch eine leicht wienerische Melodie. Ihre Wiege stand zwar in der Mozartstadt Salzburg. Aber sie war schon früh mit den Eltern nach Wien gezogen, und der Charme und Schick der alten Donaustadt haben dann unverkennbar ihre heitere und liebenswerte Persönlichkeit geprägt. Anna Bucher ist halt immer noch eine schöne Frau, nach der man sich gerne umdreht und der man ihre drei fast erwachsenen Kinder kaum glaubt.

Weiß Gott, mit der Anna hat der Otto ein unverschämtes Glück gehabt. Dabei hatte sie eigentlich Schauspielerin werden wollen und auf dem Max-Reinhard-Seminar schon die erste Zwischenprüfung mit Erfolg bestanden. Otto war damals in seinen Lehr- und Wanderjahren über Paris und London gerade als Etagenchef im Wiener Hotel »Ambassador« gelandet. Und genau auf dem Stephansplatz liefen sich die beiden über den Weg, den sie dann gemeinsam weitergingen – bis zum »Forellenhof«.

»Bittschön, beeilts euch a bisserl. Ich hab' nun wirklich a Mordshunger.«

»Geh schon, Mama«, ruft Jörg ihr zu, »ich mach' hier alles fertig und komm' gleich nach.«

Die Mama sitzt schon am Frühstückstisch. Jörg fegt noch den Wagen aus, da kommt der Michel aus der Küche zurück.

»Hast's eingezahlt?« fragt er den Jörg und drängt sich etwas vertraulich an ihn.

»Ja«, sagt Jörg, nimmt einen Lottoschein aus der Tasche und gibt ihn dem Jungen. Sie stehen recht gut miteinander, denn sie saßen ein paar Jahre zusammen in derselben Schulklasse. Dann entschloß sich der Michel, Koch zu lernen und ging ab. Daß er allerdings jetzt als Ausgelernter noch immer auf dem »Forellenhof« arbeitet, verdankt er wirklich der Protektion von Jörg, denn so überzeugend sind seine Leistungen nicht.

»Du, Michel«, Jörg hält ihn nun zurück, »es geht mich nichts an, aber kannst du's dir eigentlich leisten, jede Woche vierzehn Mark im Lotto zu verspielen?«

Michels Antwort kommt etwas patzig: »Was heißt leisten? Ich arbeite ja dafür.«

»Menschenskind, du bist doch dauernd im Vorschuß.«

»Deswegen spiel' ich ja Lotto. Mal werd' ich schon Glück haben.«

Jörg sieht ihn besorgt an. »Hast du Schwierigkeiten, Michel? Hast du was angestellt – mit 'nem Mädchen oder irgend'ne Dußligkeit?«

»Quatsch«, sagt Michel, »ich will nur endlich auch mal 'n anständiges Pfund in der Tasche haben. Du hast's ja nicht nötig, als Juniorchef mit eigenem Wagen und so.«

Da wird Jörgs freundschaftlicher Ton auf einmal sehr scharf und ungemütlich.

»Hör mal zu, Michel, komm nicht mit so falschem Zungenschlag. Mach nicht auf Klassenkampf. Ich hab' mir meine Eltern nicht ausgesucht. Mir wird hier nichts geschenkt, denn ich arbeite wie jeder andere. Das wirst du wohl schon gemerkt haben. Also, reiß dich am Riemen, halt deine Kröten zusammen und mach deine Arbeit.«

Michel scheint ihn verstanden zu haben. Etwas kleinlaut und betroffen zieht er ab.

*

Eine überaus wichtige Persönlichkeit auf dem »Forellenhof« ist Edmund, der Chefkoch. Er bespricht zwar alles vorher mit Otto oder Anna, den Einkauf, den Wochenzettel, die Speisenfolge, die Zusammenstellung der Menüs, er macht auch mit dem Chef zusammen die Vorkalkulation, doch in der Küche ist er absoluter Alleinherrscher. Da muß man ihm völlig freie Hand lassen, denn Edmund ist empfindlich wie eine Diva. Ein falsches Wort ihm gegenüber, und er sitzt beleidigt in der Ecke, oder er explodiert mit lautem Knall wie ein unter Überdruck stehender Dampfkessel. So hat er auch die letzte »Kalte Mamsell« auf dem Gewissen. Die stand das einfach nicht durch unter seiner Fuchtel, nahm ihren Koffer und ging. Nun muß die Küche schon seit drei Wochen ohne »Kalte Mamsell« auskommen. Auf Annas Inserate hat sich noch nichts Geeignetes gemeldet.

»Ja, Edmund«, sagt Anna, die am Frühstückstisch zwischen Otto und Ruth sitzt, »eine gute Mamsell ist halt ebenso a Rarität wie ein guter Chefkoch. Wenn also wirklich eine neue kommt, bittschön, schlagt euch net gleich am ersten Tag die Köpfe ein.«

»Aber Chefin«, sagt Edmund mit Unschuldsmiene, »ich bin doch der verträglichste Mensch. An mir liegt's doch nicht.«

»Ich weiß«, gibt Anna sofort zu, »die letzte war ein rechter Besen. Mir hat sie auch net gefallen. Also, was gibt's heute?«

Sie liest die Menükarte, die Edmund ihr gerade vorgelegt hat: Champignoncreme-Suppe, Lendenschnitte vom Rost, Blumenkohl, Pommes frites, Vanille-Eis, Kompott und Früchte.

»Ist gut, Edmund, das lassen wir so. Also, Kinder, was der Blumenkohl wieder teuer geworden ist. Es macht wirklich keinen Spaß mehr einzukaufen.«

Edmund erinnert an die neue Kaffeemaschine.

»Richtig, die Kaffeemaschine. Also, die kommt«, sagt Anna strahlend, »so gegen Mittag soll sie aufgestellt werden. Erst einmal probeweis' für vierzehn Tage.«

Otto setzt überrascht seine Tasse ab. »Eine Kaffeemaschine kommt? Ich weiß nicht, Anna. Du entwickelst ein Tempo, das ist geradezu beängstigend. Wir waren uns doch einig, daß wir mit einer so großen Anschaffung wenigstens bis Ende der Saison warten sollten.«

»Doch nur probeweis'. Bitte, friß mir net die letzte Mohnsemmel weg, Liebster.«

»Probeweise. Das kenn' ich schon«, sagt Otto und legt gehorsam die Mohnsemmel wieder zurück. »Was erst einmal hier ist, das steht und bleibt. So ein Ding kostet über fünftausend Mark. Ich versteh' euch überhaupt nicht, jahrzehntelang hat unser Kaffee, auf altmodische Weise gekocht und gefiltert, den Gästen immer sehr gut geschmeckt. Er war sogar berühmt.«

»Sei net so konservativ, Otto. Es liegt doch auf der Hand, daß so eine Maschine nicht nur schneller, sondern auch wirtschaftlicher und damit rationeller arbeitet.« Annas Blick sucht Hilfe bei Edmund und Ruth. »Laß jetzt nur die schönen Sonntage kommen mit dem Stoßgeschäft zum Kaffee – unsere Hausgäste, dazu kommen die vielen Ausflügler – da stehen wir nur alle Mann in der Küche und kochen wie die Irren Kaffee.«

»Die Chefin hat recht, Herr Buchner«, sagt Edmund, »wir brauchen so eine Maschine.«

Otto sagt schon nichts mehr, er weiß, wenn Anna und Edmund sich einig sind, dann ist da meist nichts mehr zu machen. Mit der Kaffeemaschine wird er sich wohl abfinden müssen.

*

Die Post ist da. In der Halle ist die Rezeption von Gästen belagert, und die Friedl weiß nicht, wo sie zuerst hinhören soll.

»Ich erwarte eine Geldsendung, Fräulein Friedl. Ist nichts gekommen?« ... »Zimmer siebzehn – die Post, bitte, auch meine Zeitung.« ... »Kann ich ein dringendes Gespräch nach Berlin haben, Fräulein?« ... »Sind keine Ansichtskarten vom Hotel mehr da? Und einige Briefmarken hätt' ich auch noch gerne.« ... »Wann geht der Autobus nach Freudenstadt, Friedl?« ... »Bitte, noch ein zweites Kissen für mein Bett, ich kann nicht so flach schlafen.« ... »Können wir das Mittagessen heute noch abbestellen, Fräulein Friedl?«

Ein Durcheinander von Bitten und Fragen, kleinen und großen Sorgen. Und nichts darf vergessen werden.

»Jawohl, ich denke daran ... Schon notiert! ... Wird erledigt, gnädige Frau.«

Das ist Friedls schwerste Stunde. An alles muß sie denken, immer liebenswürdig sein, immer hat der Gast recht.

Auch für die Buchners ist der Tag nun voll angelaufen. Im Büro sitzt Otto zwischen Rechnungen, Lieferscheinen und Korrespondenz. Das Telefon geht. Überraschend sagt sich eine Gesellschaft von vierzehn Personen zum Forellenessen an. Otto überlegt, wo er die nun noch unterbringen soll. Charlie muß sofort das Frühstückszimmer eindecken.

Anna ist inzwischen in der Küche eingesprungen. Die Eismaschine ist defekt. Also umstellen auf Handbetrieb. Das kann der Martin machen. Anna übernimmt das Ausrollen des Nudelteigs für die »hausgemachten Spätzle«.

In den Etagen gibt Ruth an die Zimmermädchen frische Bettwäsche und Handtücher aus. Zwei Abreisen und drei Ankünfte. »Aber lüftet mir die Matratzen ordentlich. Soviel Zeit muß sein. Im Bad von Zimmer 11 ist der Abfluß verstopft ... Ja, ich komme sofort.« Der Alltag hinter den Kulissen eines Hotelbetriebes.

Jörg ist unten bei den Forellenteichen. Der Plattenwagen mit den lebenden Fischen will gerade in die Stadt fahren. Es sind neue Nachbestellungen gekommen. Zwanzig Kilo für das »Kurhaus« und fünfzehn für den »Europäischen Hof«. »Habt ihr noch Platz?« Ja, man kann die Order noch mitnehmen.

Großvater Buchner lehnt am Geländer des großen Durchlaufbeckens hinter dem Bruthaus, in dem die vorsortierten Forellen für den Verkauf stehen. Er steht da schon eine ganze Weile, schaut ins Wasser und schüttelt hin und wieder mit dem Kopf. Jetzt entdeckt er Jörg, ruft ihn heran und zeigt auf die Fischschwärme, die sich in dem klaren Wasser deutlich vom hellen Kiesgrund abheben.

»Fällt dir da nichts auf, Junge?«

»Ich weiß nicht.«

»Aber mir fällt was auf«, sagt der Großvater bestimmt, »ich brauch' nur ins Wasser zu sehen und sag' dir aufs Kilo genau, wieviel Fisch darin steht. Und hier fehlen mehr als hundert Kilo.«

Jörg sieht den Großvater unsicher an. »Meinst du, hier wird geklaut?«

»Genau das mein' ich«, sagt der Großvater, »denn andere Fischräuber gibt es hier nicht. Wir haben keinen Otter, keinen Bisam, keine Reiher. Also wo sind die Fische geblieben? Aber wir machen's den Leuten ja auch zu leicht. Es braucht nur einer nachts vom Waldweg her über'n Zaun zu klettern, bringt sich einen Korb mit oder einen Sack und holt die Forellen heraus. Sogar ein Auto kann da oben halten. Ich hab' schon vor ein paar Tagen mal gedacht, haben wir denn nur so wenig Fisch ins Durchlaufbecken gesetzt?«

»Dann wäre der Kerl schon öfter hier gewesen?«

»Vermutlich.«

»Hast du einen Verdacht«, fragt Jörg leise, »Paul vielleicht oder der Fritz?«

»Unsinn«, Großvater winkt energisch ab. »Das macht keiner von unseren Leuten. Vor fünf Jahren, da hatten wir allerdings mal einen Fischmeister, der auf eigene Rechnung arbeitete. Als wir dahinterkamen, hatte der in der Stadt schon über ein Dutzend fester Kunden.«

»Das kann auch jetzt so sein. Was soll sonst einer mit über hundert Kilo Forellen anfangen? Die muß er doch irgendwo absetzen. Ob ich mal ein paar Nächte hier unten am Bruthaus schlafe?«

»Schlafen? Nee, mein Junge, da mußt du schon wach bleiben, wenn du den Saukerl erwischen willst. Vor allem wollen wir nicht darüber reden. Braucht doch niemand zu wissen, daß wir's gemerkt haben. So, und jetzt geh' ich frühstücken.«

*

Plötzlich ist es der Anna siedendheiß eingefallen. Mein Gott, da hatten doch gestern die Leute vom Südwestfunk angerufen und einen Tisch für zwölf Personen bestellt. Das hat sie total verschwitzt.

Otto macht ein etwas saures Gesicht. Nun muß er wieder umdisponieren.

»Warum hast du mir das nur nicht gleich gesagt?«

»Entschuldige«, sagt Anna, »ich hab's einfach vergessen.«

»Dann schreib dir doch so etwas bitte in Zukunft auf«, grollt Otto noch weiter. »Hier liegen Zettel genug am Telefon. Ich behalte ja auch nicht immer alles im Kopf. Deshalb mach' ich mir eben Notizen. Du bist schon eine Kruke.«

Zerknirscht und schuldbewußt gibt Anna zu: »Ja, ich bin eine alte, vergeßliche Frau. Schrecklich.«

»Na, nun weine nicht«, will Otto wieder trösten, »das ist ein ganz natürlicher physiologischer Abbau. Das Gedächtnis, die Konzentrationsfähigkeit, das läßt eben alles nach.«

Anna machte ganz runde Augen. »Sag mal, bist du verrückt? Hältst du mich schon für deppert?«

»Das hab' ich nicht gesagt.«

»Aber du denkst es, du niederträchtiger Mensch!« Und komisch aufgeplustert geht Anna nun auf ihn los. »Was läßt nach? Und bei wem läßt's nach, he? Woll'n wir das doch einmal sofort richtigstellen.«

Otto weicht lachend auf seinen Schreibtischsessel zurück, denn Anna hält die Spitze einer Büroschere drohend auf ihn gerichtet.

»Also gut, ich gebe zu, ich habe auch schon mal etwas vergessen.«

»Das steht jetzt gar nicht zur Debatte. Das weiß ich eh«, attackiert ihn Anna. »Ich möchte nur das mit dem physiologischen Abbau erklärt haben.«

Die Scherenspitze sitzt schon auf Ottos Brust.

»Liebling, ich meinte doch nur . . .«

»Was?«

». . . daß du in fünfzig Jahren noch immer eine bezaubernde, eine geliebte, eine wunderbar funktionierende Frau sein wirst. Und daß ich dich . . .«

Jetzt hat er die Schere, hat ihre Hände, zieht sie an sich.

»Laß los, du Schuft.«

Nein, Otto läßt nicht mehr los, und plötzlich wehrt sie sich auch gar nicht mehr, liegt in seinem Arm.

»Otto! Hier im Büro!«

»Ist mir doch egal«, sagt Otto und küßt sie und küßt sie wieder. Herrgott, so eine Frau. Seine Frau. Nein, da läßt wirklich nichts nach.

»Sinnliches Stück«, sagt Anna mit gespielter Entrüstung und streicht sich das Haar wieder zurecht.

»Na also«, Otto lacht, »dann ist die Sache mit dem physiologischen Abbau ja wohl geklärt.«

»Nichts ist geklärt«, sagt Anna und spielt die Rolle der Entrüsteten weiter. »Ich pack' jetzt meine Koffer und geh' zu meinen Eltern zurück. So lasse ich mich doch nicht behandeln! Ich hab' gedacht, das wär' hier ein anständiges Hotel.«

»Da haben Sie sich leider geirrt, mein Fräulein. Sie sind hier in einem ganz verrufenen Haus.«

»Wirklich?« Anna zieht ihre lustige Nase kraus und gibt Otto noch einen Kuß. »Na, dann bleibe ich vielleicht doch noch da.«

*

So hat es Großvater Buchner gern. Ganz allein am Familientisch, seine Ruhe haben, eine gute Zigarre und nun das Frühstück.

Walter, der zweite Kellnerlehrling, kommt auch schon aus der Küche, bringt Kaffee, Semmeln, Butter, Honig.

Der Großvater schaut sich das Tablett an, erst verwundert, dann entrüstet, und nun poltert er los:

»Ja, seids ihr denn narrisch geworden? Kaffee und Honigsemmeln? Der Deibel soll euch holen. Mein Viertel Wein will ich haben. Dazu Schwarzbrot und ein ordentliches Stück Speck.«

Der Kellnerjunge zieht den Kopf ein, die Lisa am Büfett zuckt zusammen. Natürlich, daran hat sie nicht gedacht.

»Entschuldigung! Ich komm' schon, Herr Buchner, ich komm' schon.«

Geradezu mit Verachtung sieht der Großvater den Kaffee an und schiebt ihn zurück, doch als ihm die Lisa das Krügel mit dem Wein bringt, ist er schon versöhnt.

»Siehst du, Mädchen, so will ich's haben.«

»Ich weiß nicht«, sagt Lisa, »ob das gut ist, schon so früh einen Wein.«

»Es ist gut. Verlaß dich drauf.« Großvater hebt das volle Glas gegen das Licht. »Wer den Tag nicht mit 'nem Schluck guten Wein beginnt, der ist überhaupt kein richtiger Mensch.«

»Ist eben alles Geschmackssache«, sagt Lisa.

»Nein, das ist keine Geschmackssache. Das ist 'ne Weltanschauung. Merk dir das mal, Lisa.«

Und nun ist auch Walter wieder am Tisch – mit Brot und einem tüchtigen Stück Bauernspeck. Er kriegt sogar aus Großvates Tasche ein blankes Markstück für den Anschnauzer vorhin, und nun ist alles wieder in Ordnung.

Längst ist aus dem Viertele ein Halber geworden, die Zigarre steht unter Dampf, da schaut die Anna herein.

»Grüß dich, Vater. Bist aber heut' wieder spät dran.«

»Dafür steh' ich auch früher auf als ihr. Die Fisch' können nicht warten, und die Transporte müssen rollen. Habt ihr's Haus wieder voll?«

»Ist wieder hübsch was los. Achtunddreißig Vollpensionen. Auch zum Wochenende ist kein Bett mehr frei.« Und dann strahlend und impulsiv: »Und heute mittag kommt der Klaus.«

»Ah, bleibt er länger?«

»Ich glaub's net«, sagt Anna und zuckt mit den Achseln. »Du weißt ja, wie empfindlich der Junge ist. Wie ich vorhin mit ihm telefonierte, sag' ich zu ihm: Nun komm' doch wenigstens mal zum Essen 'raus . . . Schon sagt er: Ihr habt wohl Angst, ich verhungere hier allein. Natürlich mach' ich mir als Mutter oft Sorgen, hat er genug zu essen, lebt er vernünftig? Ich kenn' doch die Bohèmewirtschaft, zu der er nun mal neigt.«

»Warum habt ihr ihn überhaupt fortgelassen?« In Großvaters Ton schwebt ein unüberhörbarer Vorwurf. »Wenn's nach mir gegangen wär' . . .«

»Ich weiß«, sagt Anna mit kleinem Seufzer, »aber du kennst doch Otto.«

Ja, Klaus, der ältere Buchnersohn, ist das Sorgenkind der Familie, und seinetwegen ist Anna schon in manchen Konflikt zu ihrem Mann geraten. Otto hatte so auf Klaus gesetzt. Er war als »Kronprinz« gedacht, er sollte später einmal das Hotel als Erbe übernehmen und die Buchnersche Tradition fortführen.

Aber dann hatte er sich so ganz anders entwickelt. Es war eine große Enttäuschung für den Vater, daß der Junge so gar kein Interesse für das Haus zeigte, so wenig Geschäftssinn hatte und sich nur der Kunst und musischen Dingen zuwandte. Etwas scheu und weltfremd, war er zum Träumer geworden.

Er ist einfach lebensuntüchtig, sagte der Vater. Nein, verteidigte ihn Anna, er ist halt nur anders als du und Jörg. Er wird wohl auch etwas von mir haben. Als ich jung war, hab' ich auch nicht gedacht, daß ich einmal Hotelwirtin werd'.

Nun gut, Klaus durfte dann studieren, sein Lieblingsfach: Germanistik und Kunstgeschichte. Doch sehr bald entdeckte er eine andere Vorliebe, sattelte um auf Theaterwissenschaft. Eines Tages schmiß er auch das hin und erklärte, er wolle nur noch als freier Schriftsteller leben. Gewiß, er hatte schon ein paar beachtliche Talentproben vorzuweisen. Es waren meist kulturkritische Essays und Studien, die zwar kein Mensch druckte, aber die doch eine ganze Reihe von ernsthaften Leuten sehr interessant und eindrucksvoll fand.

Nur Otto war ganz und gar nicht damit einverstanden. Er nannte es eine »brotlose Kunst«, und es gab im »Forellenhof« viele und sehr heftige Auseinandersetzungen und Kräche. Vater und Sohn entfremdeten sich mehr und mehr, und um den täglichen unfreundlichen Begegnungen aus dem Wege zu gehen, hatte schließlich Otto dem Jungen in Karlsruhe eine kleine Wohnung eingerichtet, in der dieser sich ungestört in seine Bücher und Arbeiten vergraben konnte.

Seit einem halben Jahr schreibt er nun an seinem ersten Buch und ist nur sehr schwer zu einem Besuch auf dem »Forellenhof« zu überreden. Aber heute kommt er. Mit dem Ein-Uhr-Zug. Wenn Jörg die Christa von der Schule abholt, fährt er vorher am Bahnhof vorbei.

*

Trotz aller Gegensätzlichkeit mögen sich die beiden Brüder sehr. Jörg, der nun als »Juniorchef« aufgerückt ist, respektiert die Hartnäckigkeit, mit der sich der Ältere gegen den Vater durchgesetzt hat, und Klaus bewundert und beneidet den Bruder um dessen praktische Anlagen, um die Unkompliziertheit und die sympathische Gewandtheit, mit der er sich überall Freunde erwirbt.

Pünktlich kommt der Zug an, und als Klaus, im Äußeren dem Vater sehr ähnlich, aus der Halle tritt, sieht er gleich den roten Porsche.

»Tag, mein Alter! Steig ein.« Jörg klappt die Wagentür auf. Dann ein herzlicher Händedruck. »Wie geht's?«

»Na ja, man wurschelt sich so durch«, sagt Klaus und lächelt etwas gezwungen. Dann wirft er Tasche und Mantel nach hinten und setzt sich zum Bruder.

»Also mies?«

»Nicht gerade mies. Ich arbeite, ich schreibe, ich habe sogar erste Erfolge. Mein Gott, große Sprünge kann ich nicht machen.«

»Hör mal zu, Brüderchen«, sagt Jörg, während sie sich die erste Begrüßungszigarette anstecken, »jetzt sind wir noch allein und können darüber reden. Wenn du Geld brauchst – Vater zahlt mir jetzt ein richtiges, sogar ein sehr anständiges Gehalt –, sag's mir, ruf mich an, verstehst du?«

»Ich brauche nichts«, wehrt Klaus sofort ab. »Ich komme aus. Es ist mir schon unangenehm, daß mir Vater die Wohnung und den Zuschuß zahlt. Auch diese Einladungen zum Mittagessen. Ich hab' immer das Gefühl, ihr holt mich nur 'raus, damit ich mal wieder satt essen soll, und mich dann am Busen der Familie über mein verruchtes Leben ausweine.«

»Quatschkopf«, fährt ihm Jörg in die Parade. »Mach doch nicht immer in Opposition. So'n Bürgerschreck bist du nun auch wieder nicht.«

»Beenden wir das Thema«, sagt Klaus ein wenig bitter. »Einer liegt eben immer schief in der Familie. Fahr los.«

»Wir müssen noch Christa abholen.«

»Fein! Wie geht's denn unserer Kleinen?«

»Du, die macht sich sehr«, sagt Jörg ganz stolz. »Sie ist gerade so auf der Schwelle, weißt du, noch Mädchen, aber doch schon sehr im Bilde.«

»Muß man ein bißchen aufpassen, was?«

»Bei Christa nicht«, Jörg lacht, »da hab' ich keine Angst. Die hat mir neulich einen Vortrag über Biologie gehalten, da hab' ich 'ne Menge von gelernt.«

Und dann schiebt er den Gang 'rein und fährt los.

*

An der Schule gibt es ein großes Hallo, als Christa neben Jörg auch den großen Bruder im Wagen entdeckt.

»Klaus! Prima, daß du da bist! Ich freu' mich.«

Christa steigt ein, und alle rücken etwas zusammen, denn da ist noch jemand, der rasch nach Hause möchte – Gaby Bentrup, eine Schulfreundin von Christa.

»Aber wenn's zu eng wird, nehm' ich mir auch gern ein Taxi.«

»Für'n Schulweg 'n Taxi? Sie geben aber an, mein Fräulein«, sagt Jörg.

»Wieso«, entgegnet das Mädchen leicht und unbefangen, »die Zweimarkfünfzig werden ja wohl drin sein. Sonst schickt mir Vati immer den Zweihundertzwanziger. Und das kostet ihn mehr.«

Schon eine erstaunliche junge Dame, diese Gaby. Sie ist etwas älter als Christa, aber sehr selbstsicher und wirklich schick.

Dazu hat sie sehr schöne, schlanke Beine und setzt während der Fahrt eine große dunkle Sonnenbrille auf, hinter deren Schutz sich so leicht und gefahrlos ein kleiner Flirt mit Jörg beginnen läßt.

»Christa hat mir schon viel von Ihnen erzählt.«

»So?«

»Oh, ich weiß alles. Sie sind sehr sportlich, badischer Skimeister, Forellenzüchter, Juniorchef. Ich geb' bald wieder eine Party. Würden Sie wohl kommen, wenn ich Sie bitte?«

»Vielleicht. Wenn meine Forellen mir Zeit lassen?«

Ein nettes kleines Biest, denkt Jörg und spürt Gabys Knie dicht neben dem seinen. Ich glaube, für diese Party werde ich bestimmt Zeit haben.

*

Die Kaffeemaschine ist da. Ein toller Apparat mit verwirrenden Rohrleitungen und einer beängstigenden Anzahl von Knöpfen, Tasten, Hebeln, Düsen und Ventilen.

»Der reinste Atomreaktor«, sagt Otto und schaut mißtrauisch auf das chromblitzende Ungeheuer auf der Büfetttheke.

»Sieht aber doch sehr imponierend aus«, sagt Anna stolz, »findest du nicht?«

»Scheußlich«, sagt Otto, »verschandelt die ganze Schwarzwaldstube.«

Noch sind die beiden Monteure dabei, den Anschluß für den ersten Probedurchlauf herzustellen. Um sie herum das gesamte Küchenpersonal, auch Lisa, Charlie, die Lehrlinge, und alle warten gespannt auf die erste Tasse Kaffee.

»Mir ist das Ding unheimlich«, sagt Lisa, »ob ich damit jemals fertig werde?«

»Spielend, mein Fräulein«, sagt einer der Monteure und wischt sich den Schweiß von der Stirn. »Ein Kind kann damit umgehen.«

»Kinder beschäftigen wir nicht«, sagt Charlie trocken. Er ist sehr skeptisch.

Der andere Fachmann schwitzt auch. Ein Anschlußstutzen der Wasserführung ist ihm schon zum dritten Male heruntergefallen.

»Soll ich schon Kaffee holen?« fragt Anna.

»Nein, Chefin, noch nicht, wir spülen erst die Leitung mit heißem Wasser durch.«

»An den Ventilen sind immer noch Ölreste«, erläutert sein Kollege.

»Auch sehr schön«, sagt Otto, »nach dem Essen 'ne Tasse Schmieröl mit Sahne.«

Lisa und die Küchenfrauen kichern. Doch dann ist es soweit. Alles verstummt, denn im Innern der Maschine wird nun ein unheimliches Gurgeln hörbar, es wird stärker, ein dumpfes Puffen läßt den Erhitzer vibrieren. Dann fängt es irgendwo an zu zischen, an anderer Stelle ebenfalls, weiße Dampfwolken entweichen, ein Ventil beginnt entsetzlich zu pfeifen, und plötzlich sprudelt, sprüht und spritzt das kochende Wasser aus tückischen Düsen.

Erschrocken schreien die Frauen auf, bringen sich in Sicherheit. Der eine Fachmann brüllt: »Abstellen! Zweites Ventil noch undicht!« Der andere Fachmann meint, es wäre das dritte, aber er kommt mit der Zange angesprungen. »Moment! Vorsicht!«

In diesem dramatischen Augenblick erscheinen gerade die Kinder – Jörg, Christa und Klaus – in der Tür. Die feierliche Begrüßung von Klaus fällt aus. Der Vater ruft den dreien nur zu:

»Geht da weg, das ist 'ne Höllenmaschine.«

»Funktioniert sie schon?« will Jörg wissen.

»Ja«, schreit Otto über das Zischen und Pfeifen hinweg. »In einer Minute fliegt der ganze ›Forellenhof‹ in die Luft. Aber ich will's überleben, ich verdrück' mich.« Und weg ist er.

Ottos Flucht war unnötig. Was rechte Fachleute sind, die lassen sich durch ein oder zwei undichte Ventile nicht erschrekken, und beim zweiten Durchlauf ist die Maschine schon gebändigt und wirkt ganz harmlos. Nun kann Anna auch ihren Klaus in die Arme nehmen.

»Laß dich anschauen, mein Junge. Schön, daß du da bist. Es gibt auch gleich was zu essen und bittschön, Klaus, sei zum Vater ein bisserl nett. Er freut sich ja doch, daß du da bist.«

Das Mittagessen war ausgezeichnet gewesen, und über dem Tisch der Buchners hatte eine heitere Wolke allgemeinen Familienglücks geschwebt. Vater hatte seinen Ältesten sogar gelobt und ermuntert, Klaus war in seinen Formulierungen überaus vorsichtig gewesen, kein spitzes Wort war gefallen, keine Anspielung. Anna war sehr froh.

Aber jetzt nach Tisch – Otto und Klaus sitzen oben im Wohnzimmer allein bei einem Glas Kirsch und einer Zigarre – da geht es plötzlich doch wieder los.

Es hatte wirklich nicht in Klaus' Absicht gelegen, den Vater zu kränken. Sie hatten über das neue Buch gesprochen, und Klaus war wohl etwas zu lässig über eine seiner Fragen hinweggegangen. Vielleicht war auch nur eine Handbewegung oder ein Achselzucken zuviel gewesen, jedenfalls ist die schöne Harmonie wieder zum Teufel, denn Otto bezieht gleich sehr energisch Stellung.

»Schließlich bin ich kein Banause. Und ich verwahre mich gegen deinen verdammten geistigen Hochmut, mit dem du alles ablehnst, was nicht gerade in den Stil deines Lebens und deiner – deiner künstlerischen Auffassung hineinpaßt!«

Klaus ist ehrlich erschrocken, daß der Vater so massiv loszieht. »Das tue ich doch gar nicht, Vater. Entschuldige . . .«

Otto schneidet ihm gleich das Wort ab: »Natürlich tust du das! Denn wenn ich dich mal frage, nach deiner Arbeit, nach den Dingen, die du treibst, mit denen du dich beschäftigst, was ja wohl kein unbilliges Verlangen eines Vaters ist, dann hüllst du dich stets in stolzes Schweigen, oder du sagst, mit mir könntest du darüber nicht reden. Gut, ich gebe zu, Kunst und Literatur, das ist dein Fach, und du kennst dich da besser aus als ich. Aber tu bitte nicht immer so, als sei ich der letzte Analphabet.«

Klaus steht gequält auf. Er fühlt sich so mißverstanden. Wenn er sich doch nur dem Vater gegenüber verständlich machen könnte? Er versucht es noch einmal.

»Das ist doch um Gottes willen keine Nichtachtung, Vater. Du begreifst nur nicht, daß man über künstlerische, über schöpferische Dinge, die noch im Werden sind, über die ich mir oft selber noch unklar bin, erst langsam herantaste, daß man darüber nicht sprechen kann, wie über meintwegen den Monatsetat eines Hotels . . .«

»Siehst du«, unterbricht ihn Otto und dreht sich getroffen zu ihm um, »das ist genau das, was ich meine. Immer kommt von deiner Seite diese fatale Abwertung von allem, was mit dem Hotel, was hier mit dem Haus zusammenhängt.«

»Das war doch eben nicht persönlich gemeint. Du bist in diesem Punkt wirklich überempfindlich.«

»Weil ich deine Einstellung nur zu gut kenne, mein lieber Klaus. Daß du keinen Sinn hier für das Geschäft hast, werfe ich dir nicht mehr vor. Ich bin auch dafür, jeder muß seinen eigenen Stiebel leben. Aber ich verbitte mir, daß du aus deiner höheren Sphäre immer nur so mitleidig lächelnd oder gar verachtungsvoll auf das so banale Hotelgewerbe herabblickst.«

Jetzt wird Otto ungerecht. So borniert und so dumm ist der Klaus gar nicht. In seinem Herzen bewundert er ja die Tüchtigkeit des Vaters und aller anderen Buchners und fühlt sich deshalb oft zu Recht als Versager in dieser Familie.

»Vater, das sind doch Unterstellungen, die einfach nicht stimmen.«

»Sollte mich freuen, wenn du mich davon überzeugen kannst. Alles was ich erreichen will, ist nur, daß du etwas mehr Achtung vor dem hast, was unseren Betrieb hier hochgebracht hat und auf der Höhe hält – die Leistung. Und genauso werde ich deine Leistung anerkennen, wenn du eine vorzuweisen hast. Ich wünsche mir von Herzen, daß du als Schriftsteller Erfolg hast. Ich bin sogar überzeugt davon, daß du Talent hast. Ob es groß genug ist, ob es ausreicht, daß du dich durchsetzt, das kann kein Mensch voraussehen. Glauben mußt du an dich. Und alles andere wird von deiner Entwicklung abhängen, von der menschlichen wie von der künstlerischen, was ja wohl meist zusammenhängt.«

Hinter den beiden öffnet sich die Tür, Anna kommt mit dem Kaffee. Etwas unsicher und besorgt schaut sie auf ihre beiden Männer.

»Streitet ihr euch schon wieder?«

»Ja«, sagt Otto, »aber wir sind bereit, eine kleine Kampfpause einzulegen.« Er hat sich seinen Zorn von der Seele geredet und ist auf dem Wege, seinen Humor wiederzufinden.

»Vater hat mich ganz schön zur Sau gemacht«, sagt Klaus und wirft der Mutter einen entsprechenden Blick zu.

»Ihr seid schrecklich«, klagt Anna. »Wieder das alte Thema?«

»Mit Variationen«, sagt Otto und fügt mit versöhnlicher Geste hinzu: »Ich muß dem Jungen doch Stoff anbieten. Vielleicht schreibt er einmal über das Generationsproblem.«

»Danke«, Klaus winkt lächelnd ab, »damit bin ich eigentlich für lange Zeit versorgt.«

Inzwischen hat Anna auch den Kaffee eingeschenkt und wartet auf Ottos ersten Schluck.

»Na, wie ist er?«

»Gut, wieso?«

»Der erste Kaffee aus der neuen Maschine, Otto.«

»Donnerwetter! Wirklich ausgezeichnet, und er schmeckt gar nicht nach Schmieröl.«

Anna muß nun wieder nach unten. Auf der Terrasse hat die »Kaffeeschlacht« begonnen. Alle Tische sind besetzt. Sogar Christa muß heute die Schularbeiten liegenlassen, sich die Serviersschürze umbinden und mithelfen.

»Und du, Kläuschen, mußt du abends wieder weg, oder bleibst du bis morgen?«

Klaus sieht die Bitte in den Augen der Mutter, schaut von ihr etwas unschlüssig zum Vater, und als von dem ein ermunterndes Nicken kommt, sagt er:

»Ich bleib' schon noch über Nacht, Mama.«

Anna gibt ihm einen Kuß.

»Lieb von dir. Danke.«

*

Bis zum Abend bekommt Klaus jedoch nicht allzuviel von der Familie zu sehen, denn jeder ist an einem anderen Platz in seiner Arbeit angespannt. Seinen Bruder sieht er sogar erst kurz vor dem Schlafengehen.

»Tut mir leid, mein Alter«, sagt Jörg, »aber ich bin heute nur herumgehetzt und habe noch keine Minute Ruhe gehabt.«

Da waren gleich nach Tisch ein paar Gäste wegzufahren, dann hatte er drüben im Rebland bei der Winzergenossenschaft zu tun, mußte danach als Vertreter des Vaters in der Kurverwaltung an einer Sitzung des Fremdenverkehrsverbandes teilnehmen, dann waren noch die Transportlisten für die nächste Forellenlieferung aufzustellen – und nun geht es schon auf die Nacht.

Da Klaus' altes Zimmer inzwischen von Ruth bezogen ist, soll er bei Jörg auf der Couch schlafen.

»Nein«, sagt Jörg, als sich Klaus Bettzeug und Decken holen will, »laß mal, leg dich in mein Bett.«

»Und du?«

»Ich habe heute nacht noch 'ne Kleinigkeit vor. Mach dir's hier gemütlich. Wenn du was trinken willst, du weißt ja Bescheid, alles ist da, auch Zigaretten, 'n paar neue Krimis.«

Klaus sieht Jörg überrascht an und zieht die Augenbrauen hoch. »Muß ich mich jetzt als älterer Bruder moralisch entrüsten? Wer ist denn die Glückliche? Und darf man auch fragen, wohin du willst?«

Jörg lächelt. »Wenn du's genau wissen willst, ins Bruthaus unten bei den Teichen. Aber nicht für eine Liebesnacht. In letzter Zeit holt sich da jemand Forellen ab. Und das haben wir nicht sehr gern.«

»Ach? Habt ihr einen Verdacht?«

»Keine Ahnung. Aber sprich nicht darüber. Nur Großvater weiß Bescheid. Also, schlaf schön . . .«

»Danke und ›Petri Heil‹!«

Klaus läßt sich Zeit mit dem Zubettgehen. Er sitzt im Sessel, blättert in einem Buch, das er vor Jahren einmal dem Bruder geschenkt hat, legt es wieder hin. Es ist lange her, daß er unter dem Dach des »Forellenhofes« geschlafen hat. Nebenan, nur durch das gemeinsame Badezimmer getrennt, war seine Bude, seine Höhle, wie er sie immer genannt hat, in der er Freud und Leid seiner Kindheit erlebt und die letzten Jahre der Sturm-

und-Drang-Zeit verbracht hat. Sentimental? Nein, das ist Klaus nicht. Vorbei. Er strebt zu neuen Ufern.

Na, gehen wir schlafen. Klaus zieht sich aus, und dann halt, der Aschenbecher.

Klaus öffnet leise die Badezimmertür und steht überrascht vor seiner Tante Ruth, die, auch schon im Schlafanzug und auch einen Aschbecher in der Hand, von der anderen Seite kommt.

»Oh, entschuldige.«

»Bitte nach Ihnen, meine Dame. Ich wollte nur den Aschbecher ausschütten.«

»Ich auch.«

Also, Klodeckel auf, die Aschenreste 'rein, die Wasserspülung.

»Tut mir leid«, sagt Ruth, »ich hab' dich aus deinem alten Zimmer vertrieben.«

»War doch selbstverständlich. Soll es leerstehen, unter Denkmalschutz für ein entartetes Familienmitglied? Ich hatte gedacht, du schläfst längst.«

Nein, Ruth hatte noch im Bett gelesen und war besonders leise gewesen, um die beiden Jungen nicht zu stören.

»Hoffentlich haben wir jetzt Jörg nicht geweckt.«

»Jörg?« Klaus setzt ein kleines Lächeln auf, und da ist Ruth schon im Zimmer, sieht das leere Bett.

»Schau an, der Halunke treibt sich herum.«

»Macht er das öfter?« fragt Klaus.

»Weiß ich nicht«, sagt Ruth, »ich kontrolliere ihn nicht. Von mir aus, er ist ja ein erwachsener Mensch.«

»Das mein' ich auch«, sagt Klaus, »aber ich kann dich beruhigen, heute ist er wirklich nur dienstlich unterwegs. Wenn du dichthältst: er will über Nacht im Bruthaus Wache schieben. Da klaut einer Forellen.« Und als Ruth ein etwas ungläubiges Gesicht macht, fügt er hinzu: »Sagt er wenigstens. Aber warum soll er schwindeln? Das hat er nicht nötig.«

Das findet Ruth auch. »Also dann, gute Nacht, Klaus.«

»Gute Nacht, Tante Ruth.«

Ein kleines, unschlüssiges Zögern, dann nimmt Klaus das Päckchen Zigaretten vom Tisch . . . »Magst du? – Ach, komm, rauchen wir noch eine . . .«

Ruth lächelt. »Nachdem die Aschbecher gerade sauber sind? Na, gut, eine.«

Klaus gibt ihr Feuer. Ruth geht rasch noch einmal in ihr Zimmer, um sich etwas überzuziehen, kommt zurück, und dann sitzen sie sich in den Sesseln gegenüber und finden die etwas ungewöhnliche Situation ganz amüsant.

»Komisch, wir beide, so mitten in der Nacht. Eigentlich könnten wir jetzt noch 'n Schluck trinken«, sagt Klaus, »Brüderchen ist ganz gut versorgt – Kognak, Gin, Wermuth, Campari.« Er geht zum Wandschrank, in dem die Flaschen stehen.

»Sollen wir wirklich?«

»Klar, noch einen kleinen Schlaftrunk! Wer weiß, wann ich wieder herkomme.«

»Hast eigentlich recht.«

Klaus bringt die Kognakflasche, zwei Gläser. »Prost, Tante Ruth.«

»Prost, Klaus. Aber wenn du noch einmal Tante zu mir sagst, kündige ich dir die Freundschaft.«

»Wieso? Du bist doch meine Tante.«

»Quatsch! Sag Ruth zu mir wie alle anderen. Erstens sehe ich ja wohl nicht aus wie 'ne Tante, und zweitens benehme ich mich dafür ziemlich merkwürdig. Nächtlicher Besuch beim Neffen, mit alkoholischen Exzessen. Deine Mutter würde in Ohnmacht fallen, wenn sie uns jetzt sähe.«

»Wir brauchen ja nicht zu petzen«, sagt Klaus und zwinkert ihr lustig zu.

Gerade ist Klaus dabei, den zweiten Kognak einzuschenken, da öffnet sich hinter beiden die Tür und barfuß, im Schlafanzug und mit verwuscheltem Haar, steht Christa vor ihnen.

»Was macht ihr denn hier?« fragt sie und blinzelt mit verschlafenem Gesicht ins Licht.

»Christa, wo kommst du her?«

»Ich kann nicht schlafen«, piepst sie weinerlich-müde und rutscht in einen Sessel. »Großvater schnarcht so. Da ist nun so 'ne dicke Wand zwischen uns, aber ob ihr's glaubt oder nicht, bei mir wackeln die Bilder. Da hab' ich gedacht, ich komm noch mal 'rauf zu euch. Vielleicht schlaft ihr auch noch nicht, und wir können 'n bißchen tratschen. Wo ist denn Jörg?«

»Der ist unten im Bruthaus.«

»Aha«, sagt Christa und kneift ein Auge anzüglich zu,

»nennt er das jetzt Bruthaus? Hoffentlich hat die Forelle hübsche Beine.«

»Sei nicht so vorlaut, Spatz«, sagt Klaus, »er ist wirklich unten.«

»Auch fein«, jubelt Christa, »dann ist sein Bett ja frei.«

Und mit einem Satz läuft sie rasch zum Bett, schwupps, ist sie drin, zieht die Decke hoch und sagt triumphierend: »Und hier bringt mich jetzt keiner mehr ’raus!«

»Spatz!«

»Und ’n Kognak will ich auch haben«, kräht Christa vergnügt aus den Kissen.

»Nein, den kriegst du nicht«, entscheidet Klaus.

»Ach, so’n kleinen. Bitte, bitte. Ich bin achtzehn Jahre alt, und als Tochter eines Hoteliers werde ich wohl von so einem kleinen Kognak keinen Schaden an Leib und Seele nehmen.«

Klaus und Ruth sehen sich an, was soll man mit dem Gör machen. »Also, gib ihr schon einen. Aber nur ’n halben«, sagt Ruth.

»Nett von euch. Ist hier überhaupt sehr gemütlich«, sagt der Spatz. »Weißt du, Tante Ruth, seitdem du da bist, hast du so’n bißchen frische Luft hergebracht. Du bist so’n richtiger Kumpel. Ich will ja nicht sagen, daß wir hier überaltert waren, aber Vati und Mama – so’ne Extratouren kann man mit denen nicht machen.«

Kaum hat sie’s gesagt, öffnet sich wiederum die Tür, erst vorsichtig, dann mit einem Ruck, und die Mama, mit einem Schlafrock über dem Nachthemd, traut ihren Augen nicht.

»Das ist doch wohl nicht wahr?«

Erschrocken sind die drei am Bett herumgefahren.

»Das ist ja hier eine reizende Lotterwirtschaft«, sagt Anna mit komischer Entrüstung und schließt hinter sich die Tür. »Während ich unten schlaflos und verzweifelt zwischen zwei schnarchenden Männern liege und an Gift und Mord denke, feiert ihr hier Orgien. Ich will sofort auch einen Kognak haben!«

»Kriegst du, Mama! Moment.« Klaus lacht.

»Und du«, wendet sich Anna an Christa, »raus aus dem Bett! Da leg’ ich mich jetzt ’rein!«

Erst dann fällt es ihr auf. »Wo ist überhaupt Jörg?«

*

Der Mond steht nicht mehr sehr hoch. Von den hinteren Teichen her kommt vereinzeltes Froschquaken. In der Ferne bellt ein Hund.

Jörg hockt mit angezogenen Knien am Fenster der kleinen, primitiven Schlafkammer im alten Bruthaus. Rauschend läuft das Bachwasser hier durch das Gemäuer über die terrassenförmig angelegten Becken und Siebkästen, in denen die Forellenbrut angefüttert und aufgezogen wird.

Es ist etwa gegen zwei Uhr. Jörg will es schon aufgeben. Der kommt heute nicht, denkt er. Es wäre ja auch seltsam, wenn er gleich beim erstenmal Erfolg haben sollte. Aber plötzlich ist da ein Geräusch, Kies knirscht unter Schritten, und dann ist auch ein Schatten da.

Vorsichtig beugt Jörg sich vor, um das Durchlaufbecken besser im Blickfeld zu haben. Ja, da ist jemand bei den Forellen. Er hat sich nicht getäuscht. Ganz leise stemmt sich Jörg vom Fenster weg, schleicht zur Tür und ist draußen. Doch hier steht er ungünstiger. Ein Vorbau nimmt ihm die Sicht, und außerdem dreht ihm der Kerl gerade den Rücken zu. Jörg sieht nur seinen Arm mit dem Fischkescher und am Rande des Beckens einen Sack, in dem schon gefangene Forellen zappeln.

Warte, mein Freund, denkt Jörg, das Handwerk werd' ich dir legen. Mit ein paar schnellen Sätzen ist er am Becken, packt den Kerl, der macht eine Abwehrbewegung, verliert das Gleichgewicht, fällt. Und noch während er ins aufklatschende Wasser taucht, erkennt Jörg das vom Schreck verzerrte Gesicht von Michel. Also Michel, der Jungkoch.

»Komm 'raus, du Drecksack!«

Triefend steht Michel bis zum Oberkörper im Wasser und bietet in Schreck und Scham einen trostlosen Anblick.

»Komm 'raus«, zischt Jörg ihn wütend an, »oder ich spring' dir nach und laß dich so lange Wasser schlucken, bis dir die Forellen wieder zum Hintern 'rauskommen!«

Angstschlotternd kommt Michel an den Rand gewatet, während Jörg die Fische aus dem Sack wieder ins Becken zurückschüttet.

»Jörg, ich – ich . . .«

Klaschnaß steht der Kochkommis vor Jörg, und der kann nicht anders, holt aus, und sein ganzer Zorn entlädt sich in einer so saftigen Ohrfeige, daß der Michel beinahe wieder ins Wasser zurückgekippt wäre.

»Du bist also der Stinkstiebel! Wieviel hundert Kilo hast du schon verscheuert?«

»Nicht ein einziges, Jörg«, stammelt der Junge, »ich hab' nur – ich bin ein Schwein, ich weiß es. Aber ich mußte es tun. Ich bin ja in einer so verdammten Situation.«

Jörg sieht ihn scharf an, dann gibt er ihm einen Stoß. »Los! Ab ins Bruthaus. Da reden wir weiter.«

*

Nur eine trübe, nackte Glühbirne brennt unter der Decke. Michel sitzt auf der Pritsche. Aus seinen Haaren und Kleidern rinnt das Wasser. Jörg wirft ihm eine Decke zu.

»Da, nimm dir das über.«

Dann setzt sich Jörg, dessen erste Wut inzwischen verraucht ist, dem Jungen gegenüber.

»So, und nun erzähl mir mal dein Märchen. Du kannst sicher sein, daß mir gleich die Tränen kommen werden. Du machst das doch bestimmt nicht allein, oder?«

Michel schüttelt stumm den Kopf.

»Mit wem?«

»Mit dem Schorch Wengler.«

Schorch Wengler. Jörg überlegt. »Ist das nicht der Fahrer aus Malchtal, der früher für uns gearbeitet hat?« Michel nickt, und dann bricht das heulende Elend bei ihm aus.

»Ja, und der hat mich so in der Hand. Ich weiß gar nicht, was ich machen soll. Und wenn du mich jetzt noch anzeigst, und ich fliege bei euch 'raus, dann habe ich überhaupt keine Chance mehr.«

»Wieso hat dich der Schorch in der Hand?« fragt Jörg.

Michel macht eine hoffnungslose Geste. »Ach, so eine saudumme Geschichte.«

»Raus mit der Sprache.«

»Ich hab' mal Mist gebaut«, gesteht nun der Michel, »mit dem Auto vom Schorch. Ich war damals ganz gut mit ihm, wir hatten 'n bißchen was getrunken, und ich Vollidiot setz' mich ans Steuer. Ich fahr' nur so um 'n paar Ecken, ohne Führerschein natürlich und knall' dabei gegen 'ne Laterne. Die brach gleich weg. Am Auto war gar nicht soviel passiert, der Kühler war etwas eingedrückt, ein Scheinwerfer im Eimer, aber ich stand natürlich wahnsinnig unter Druck.

Fahrerflucht kam ja auch noch dazu. Der Schorch hat sich zuerst gar nicht so schlecht benommen. Einen Teil hat die Versicherung bezahlt, einen Teil er, aber er hat mir natürlich immer gesagt: Freundchen, die dreihundert Mark mußt du noch blechen. Na ja, weil ich ihm das immer noch nicht zurückzahlen konnte, da kam er dann mit den Forellen.«

Jörg hat ihm stumm zugehört. Er läßt den Michel erst einmal reden.

»Du kannst ihn fragen, Jörg. Ich hab' ihm gesagt, ich mach's nicht. Das ist 'ne Schweinerei, hab' ich ihm gesagt. Dreimal ist er gekommen, und dann hat er gesagt, wenn ich nicht mitmache, läßt er mich hochgehen, wegen der Fahrerflucht.«

»Und du läßt dich erpressen? Menschenskind, in so einem Fall geh' ich doch in der nächsten halben Stunde zur Polizei.«

»Konnte ich doch nicht«, sagt Michel, »ich hab's ihm doch schriftlich geben müssen, daß ich blau war, und daß ich den Unfall ohne Führerschein gebaut habe, und daß ich ihm noch die dreihundert Mark schulde. Damit wär ich doch bei der Polizei glatt geplatzt. Und dann hab' ich das mit den Forellen eben mitgemacht. Nach dem ersten Mal konnte ich ja sowieso nicht mehr aussteigen.«

Jörg schüttelt nur den Kopf. »Aber daß du Rindvieh mal offen mit mir geredet hättest, auf den Gedanken bist du wohl nie gekommen, was?«

»Ich wollte so oft, aber dann war ich wieder zu feige und hab' mich geschämt.«

»Wieviel habt ihr uns da eigentlich 'rausgeholt?« will Jörg wissen.

»Wieviel?«

»Ja, ich meine, wie oft hast du da schon heimlich gefischt?«

Michel senkt den Kopf. Er schlottert nun vor Angst und Kälte am ganzen Körper.

»Ich glaube, heute war's das vierte oder das fünfte Mal. Aber ich bitte dich, Jörg, ich bring' das wieder in Ordnung. Ich mach' das wieder gut.«

»Red keinen Kohl«, fährt Jörg ihn an, »wie willst du das in

Ordnung bringen? Ich will dir was sagen«, er steht auf und zieht Michel am Rock hoch, »du haust jetzt ab, verstanden?«

In Michels ängstlichen Augen steigt eine neue Hoffnung auf.

»Ja.«

»Aber sei leise und vorsichtig, daß dich niemand spitzt. Sieh zu, daß du die nassen Klamotten vom Leib kriegst. Schlaf noch 'n paar Stunden, und dann stehst du wieder drüben in der Küche und machst deinen Kram.«

Michel kann noch nicht glauben, daß er so davonkommen soll.

»Jörg, ich danke dir, ich bin so . . .«

»Halt die Klappe – und verschwinde.«

Doch bevor Michel noch an der Tür ist, hält er ihn zurück. »Sag mal, wie habt ihr den Dreh eigentlich organisiert? Ich meine, wie hast du dem Schorch die Fische zugeschanzt?«

»Die hab' ich im Sack immer oben zur Brücke tragen müssen. Da ist im Bach so 'ne Mulde. Ich hab' den Sack ins Wasser gestellt, und wenn der Schorch frühmorgens in die Stadt fährt, hat er ihn sich 'rausgeholt und mitgenommen.«

»Und wann fährt der Schorch immer in die Stadt?«

»Wenn's noch dunkel ist. Der fährt schon kurz vor vier in Malchtal weg, und dann kommt er mit seinem Wagen die Waldstraße 'runter, direkt an der Brücke vorbei.«

»Ist gut und nun hau ab.«

*

Der Morgen dämmert. Ein dünner, faseriger Frühnebel hängt in der Waldstraße. Weit hinten tauchen nun die Scheinwerfer eines Lastwagens auf, kommen näher. An der Biegung, wo das Bachbett der Oos dicht neben der Straße verläuft, fährt der Wagen rechts heran und hält.

Der Fahrer steigt aus, ein jüngerer Mann mit Lederjacke und Schirmmütze, geht die Böschung hinunter zu der kleinen Holzbrücke, klettert dort über das Geröll, und in einer Mulde, wo der Bach sich staut, bückt er sich und hebt einen Sack aus dem Wasser. Für lebende Forellen scheint er allerdings etwas zu schwer zu sein, mit einem Fluch schüttet der Mann den Sack aus, Steine sind drin.

Sauerei, denkt der Mann, aber mit mir macht der nicht solche Faxen. Dann stapft er wütend zu seinem Wagen zurück, öffnet die Fahrertür und erstarrt. Am Steuer sitzt Jörg Buchner.

»Drüben einsteigen, Herr Wengler«, sagt der ganz ruhig und deutet auf die andere Seite. Schorch Wengler ist im Augenblick so verblüfft, daß er tatsächlich die Tür zuhaut, um den Kühler herumgeht und an der anderen Seite auf den Beifahrersitz klettert.

»Was soll'n das, Herr Buchner?«

»Das kommt davon, wenn man den Wagen nicht abschließt und den Schlüssel steckenläßt«, sagt Jörg, startet den Wagen und fährt an.

Nun wird es dem Wengler doch unheimlich. »Wo wollen Sie denn mit mir hin, Herr Buchner? Ich hab' doch 'ne Fuhre und muß in die Stadt.«

»Da will ich auch hin, Herr Wengler«, sagt Jörg und legt den zweiten Gang ein.

Eine ganze Weile sagt keiner mehr etwas. Hin und wieder sieht Schorch Wengler mit unsicherem Blick auf Jörg, dessen Ruhe ihn ganz nervös macht, und schließlich – sie sind längst an der Abzweigung zum »Forellenhof« vorbei – kann er die Spannung nicht länger ertragen . . .

»Herr Buchner, können wir nicht mal drüber reden?«

»Reden? Worüber?«

»Das wissen Sie doch ganz genau. Die Forellen.«

»Was für Forellen?«

»Tun Sie doch nicht so, die mir der Michel aus Ihrem Teich holt.«

»Ach, Herr Wengler«, sagt Jörg betont lässig, »die paar Fische, die ihr uns da klaut, das tut uns nicht weh. Wir haben so viele. Ich finde nur, es ist 'ne sehr dreckige Art, lebende Forellen im Kartoffelsack zu transportieren. So etwas macht man nicht.«

Nun weiß der Schorch überhaupt nicht mehr, worauf Jörg hinaus will. Mit böse verkniffenem Gesicht sitzt er in der Ecke und starrt stumm durch die Frontscheibe. Sie sind längst in der Ortschaft Oberbeuern. Und hinter einer Kurve taucht nun das Schild der Landgendarmerie auf. Jörg bremst den Wagen und hält genau vor der Polizeistation.

»So, Herr Wengler, jetzt steigen Sie aus, gehen da ’rein und machen Ihre Anzeige.«

»Was für eine Anzeige?« Schorch Wengler versteht nicht, und da hilft Jörg ihm nach. »Nun, Ihre Anzeige gegen den Kochgehilfen Michel Bertold wegen Trunkenheit am Steuer, Fahren ohne Führerschein und Fahrerflucht.«

Jetzt weiß der Schorch genug. Er windet sich. »Aber Herr Buchner, ich werde doch den Michel nicht anzeigen. Nein, das tue ich nicht.«

Jörg tut überrascht. »Ach? Und warum nicht?« Und als der Schorch schweigt, verläßt ihn zum erstenmal seine Gelassenheit, und er fährt ihn sehr hart an: »Weil Sie genau wissen, daß Sie selber dabei verdammt aufs Kreuz fallen, nicht wahr?« Und nun zählt er auf: »Mitwisserschaft einer strafbaren Handlung. Versicherungsschwindel, oder haben Sie etwa Ihrer Versicherung den Unfall wahrheitsgemäß geschildert? Und hinzu kommt noch Erpressung oder Nötigung. Das kostet Sie unter Brüdern nicht unter sechs Monaten. Aber bitte«, – er weist noch einmal auf das Polizeischild, »gehen Sie nur hinein.«

Schorch Wengler rührt sich nicht. Aber er scheint zu schwitzen, schiebt seine Mütze aus der Stirn und fährt sich mit der Hand in den Kragen.

»Der Michel hat Ihnen doch etwas unterschreiben müssen«, fährt Jörg fort. »Haben Sie das Ding vielleicht bei sich?«

»Weiß ich nicht«, sagt der Schorch unsicher.

»Dann sehen Sie nach«, brüllt ihn Jörg an.

Schorch Wengler zieht seine Brieftasche, blättert darin, natürlich hat er den Wisch. Jörg nimmt ihn an sich, überfliegt ihn.

»Sie sind doch ein Miststück«, sagt er dann voller Empörung, »wissen Sie auch, daß ein Erpresser der gemeinste Lump ist, der ’rumläuft? Den Michel damit in der Zange zu halten, bis er aus dem Dreck überhaupt nicht mehr ’rauskommt.«

Und damit zerreißt er den Zettel in viele kleine Schnitzel, wirft sie zum Wagenfenster hinaus und sagt dem Schorch, der nicht den geringsten Einwand gewagt hat: »So, und die dreihundert Mark können Sie sich auch in den Rauch schreiben, mein Lieber, denn die haben Sie sich mit unseren Forellen schon längst wieder hereingeholt. Und jetzt fahren wir zurück zum ›Forellenhof‹. Für heute nacht langt’s mir.«

*

Es ist schon hell, als Jörg auf dem »Forellenhof« ankommt, über die Terrasse geht und das Haus betritt.

»Morgen, Jörg«, ruft ihm Karl zu, der gerade mit seinem Korb voller Schuhe zum Hof will. »Ich glaube, es wird wieder ein schöner Tag.«

»Wollen's hoffen«, sagt Jörg.

Im Hotel ist es noch ganz still. Leise geht Jörg nach oben in sein Zimmer und bleibt überrascht auf der Schwelle stehen. In seinem Bett liegt nicht Klaus, sondern die Mama. Was ist denn hier los?

»Laß sie schlafen«, kommt die Stimme von Klaus von der Couch her. »Hau dich hier hin, ich steh' auf.«

Jörg setzt sich zu ihm an den Couchrand.

»Na«, fragt Klaus gespannt, »hast du jemanden erwischt?«

Jörg schüttelt den Kopf. »Nein, nichts gewesen. Gar nichts. Vielleicht haben wir uns auch geirrt, der Großvater und ich.« Und fast beiläufig, die Geschichte abschließend, sagt er lächelnd: »Weißt du, manchmal sollen ja Forellen ganz allein auf Wanderschaft gehen. Sie wollen sich mal die Stadt ansehen, ins Kino gehen oder in ein Nachtlokal, und dann vergessen sie das Wiederkommen.«

*

Kuni schüttelt sich das Wasser aus dem Fell. Brr. Nein, das ist kein Hundewetter, das ist ein richtiges Sauwetter.

Das Gewitter in der Nacht hat sich in einen Landregen aufgelöst, und die Berge sind von grauweißen Wolken verhangen.

Mit etwas verdrossenen Gesichtern drängen sich die Hotelgäste unter dem Vorbau des Hauseingangs und schauen zum Himmel. Es sieht nicht so aus, als ob der Regen bald aufhören sollte. Karl, der Hausdiener, meint zwar, ab Mittag würde es wieder schön. Aber das ist eine vage Hoffnung. Das Barometer zeigt ein beträchtliches Tief.

Ein paar Unentwegte wollen es trotzdem wagen, mit Regenschirm und Wettermantel einen Spaziergang zu unternehmen. Man muß sich doch etwas die Beine vertreten, meinen sie.

Die schönen Beine von Frau Bergmann haben diesen sportlichen Ehrgeiz nicht. Sie stecken in dünnen eleganten Lacklederpumps, und Frau Bergmann hat auch keine Lust, sich vom

Regen die Frisur verderben zu lassen. Sie wird sich bei der Friedl an der Rezeption mit den neuen Illustrierten eindecken, dazu einen Kriminalroman ausleihen und wieder ins Bett gehen. Vera Bergmann ist eine alleinreisende Dame, sehr ansehnlich und im besten Alter. Es ist schon ihre zweite Ferienwoche auf dem »Forellenhof«, und überraschenderweise hat sie noch keinerlei Anschluß gefunden. Um es genauer zu sagen, sie langweilt sich maßlos.

Auch bei den Buchners zeigt das Barometer heute kein Hoch an. Die Wäscherei hat nicht pünktlich geliefert, im Bügelzimmer ist ein Kurzschluß, Rosi, eines der Zimmermädchen, hat sich mit einer Blinddarmentzündung krankgemeldet, die Amerikapläne der Friedl nehmen immer festere Gestalt an, und an Ersatz ist nicht zu denken. Aber das sind kleine Sorgen.

Die wirklich große Sorge liegt vor Otto Buchner gerade auf dem Tisch. Die Morgenzeitung. Es ist nur eine kurze Notiz, aber die sechs oder acht Zeilen haben ein erdrückendes Gewicht. In der gestrigen Sitzung beschloß der Landtag mit sechs Stimmen Mehrheit den Bau des großen Stausees zwischen Bärenschwang und Herzogenstein. Der Ausschuß für Forst- und Wasserwirtschaft hat die Pläne ohne Abänderung genehmigt. Der Baubeginn ist bereits für das nächste Frühjahr vorgesehen. Gewiß, es ist kein allzu überraschender Schlag für Otto. Er hat seit einem Jahr immer gewußt, daß dieses Projekt in der Planung war. Aber er hatte bis zuletzt gehofft, daß es an der Hürde des Landtags hängenbleiben würde. Nun haben sechs Mehrstimmen entschieden. Für den Stausee, und gegen den »Forellenhof«. Otto ist sich darüber klar, der Stausee bedeutet das Ende. Zwar nicht für das Hotel, aber für die Forellenzucht. Durch das Bauvorhaben soll der Bach umgeleitet werden, die vierzehn Fischteiche können also nicht mehr mit Bergwasser gespeist werden. Alles hört auf. Schön, es wird zu einem Vergleich kommen, man wird sich auf eine Abfindung einigen, aber diese wird in keinem Verhältnis zu der Arbeit und zu dem Kapital stehen, das die Buchners nun seit zwanzig Jahren in die Forellenzucht investiert haben. Vor allem wird es an den Lebensnerv des Großvaters gehen. Die Fischzucht ist hauptsächlich sein Werk, für ihn bedeutet sie mehr als nur einen materiellen Wert, sie ist sein Leben.

Otto legt die Zeitung weg, legt sie sogar weit weg in die

Schublade seines Schreibtisches. Es ist kindisch, er weiß es selbst, damit ist nichts getan, und wenn der Großvater die Zeitung auch heute nicht liest, es wird sich schnell genug herumsprechen. Aber Otto will jetzt keine Panikstimmung schaffen. Ein Zeitgewinn, ein Aufschub hat schon manches Problem gelöst. Er muß heute ohnehin nach Karlsruhe hinüber zum Finanzamt und zur Brauerei, um ein paar Differenzen zu klären. Vielleicht bleibt noch Zeit, einmal bei den Leuten von der Forst- und Wasserwirtschaft hineinzuschauen.

*

Treppauf, treppab, Anna weiß nicht, wo sie zuerst anpacken soll.

In der Halle trifft sie Otto, schon mit Hut und Regenmantel zum Wegfahren bereit.

»Was machst du denn für ein Gesicht?«

»Ich muß so'n Gesicht machen, Anna. Ich fahr' zum Finanzamt.«

»Dann hast du recht.«

»Und zur Brauerei. Ich werde kaum bis Mittag zurück sein.« Er zeigt zum Büro. »Drin liegt ein Brief von der ›Kalten Mamsell‹, die sich neulich gemeldet hat. Sie will sich gegen Mittag vorstellen.«

»Das wird auch wieder was Rechtes sein«, sagt Anna skeptisch.

»Wenn sie nur einen einigermaßen guten Eindruck macht, engagiere sie. Wir brauchen jemand.«

»Also gut, grüß dich, mein Schatz und fahr nicht so schnell.«

Über die Autobahn sind es nur knapp vierzig Minuten bis nach Karlsruhe. Die Scheibenwischer des großen Mercedes surren leise. Dichte Regenschleier hängen noch über den Murgwiesen, doch von der Rheinebene her wird es schon heller. Wenn ich mit dem Finanzamt schnell klarkomme, denkt Otto, und sich auch das andere rasch erledigt, werde ich Klaus anrufen. Vielleicht schau' ich mal bei ihm 'rein, oder wir gehen zusammen essen. Es ist schon wieder ein paar Wochen her, daß er den Jungen gesehen hat.

Rastatt – Malsch – Bruckhausen. Die Autobahn ist ziemlich leer. Vor Otto hält ein Sonntagsfahrer im Kleinwagen stur die linke Fahrbahn und weicht nicht. Otto gibt Signal mit der Lichthupe, und noch mal. Endlich ist der Kerl aufgewacht und zieht nach rechts hinüber. Blöder Hund, denkt Otto und zieht vorbei. Ein kurzer Seitenblick, am Steuer des Kleinwagens sitzt eine reizende junge Dame. Oh, Verzeihung. Otto grüßt lächelnd hinüber und nimmt den »blöden Hund« zurück. Nun Ettlingen und das Dreieck, er kann das Finanzamt noch vor zehn Uhr schaffen.

*

Karl hat recht behalten. Gegen Mittag reißt der Himmel plötzlich auf, zeigt anfangs erst ein paar kleine blaue Flecken, dann weht ein aufkommender Wind schnell den ganzen Himmel klar, und es ist wieder schön.

Eben ist die neue »Kalte Mamsell« gekommen. Sie sitzt bei Anna im Büro, und der geht schon das Herz auf, denn es sind fast heimatliche Laute, die sie hört.

». . . bittschön, aus Brünn bin ich, gnä' Frau. Allerdings zur Welt gekommen in Osmopa, ist genauer gesagt nur weit vierzig Kilometer von Brünn.«

Melanie Czepanek, vor ein paar Jahren als Flüchtling aus der Tschechoslowakei gekommen, tut sich noch etwas schwer mit der deutschen Sprache. Sie »böhmakelt« drauflos, daß man die ganze mährische Ebene zu hören glaubt. Und ist dazu eine nette, lustige Frau mit einem kleinen komischen Strohhut auf dem Kopf.

»Ja, schön und gut, meine Liebe, aber was können Sie, Frau – wie war der Name?«

»Czepanek, Melanie, gnä' Frau. Aber wann's Melli zu mir sagen täten, sagen halt alle die Melli zu mir.«

Anna muß schon etwas lächeln und fährt fort: »Ja, wissen Sie, die ›Kalte Mamsell‹ hier bei uns, das ist kein leichter Posten.«

»Aber was denken gnä' Frau. Hab ich gearbeitet nur in ersten Häusern. Mach ich Ihnen, was Sie nur wollen, schöne böhmische Buchteln, schöne Bowideltatschkerln, Marillenknödl, auch Prager Schinken und Tafelspitz, schönes Entenpörkölt mit musige Bohnen . . .«

»Hören Sie auf, hören Sie auf«, sagt Anna lachend in Abwehr, »wir sind hier net in Brünn oder in Wien. Hier im Badischen essen die Leut' anders. Leichter, mehr französische Küche.«

»Bittschön, bittschön, mach' ich leichter, mach' ich französisch.« Die kleine ulkige Person mit dem Strohhut ist zu allem bereit. »Straßburger Salat, Schweizer Platte, Schinken in Burgunder, marinierte Froschschenkel oder Forellen in Aspik. Die Melli kann alles.« Und dann mit einer fast rührenden Bitte: »Nehmens mich doch, gnä' Frau, bittschön, lassens mich hier. Wann's gefällig ist, auch nur auf Probe.« Sie sieht sich lächelnd im Büro um. »Mir gefällt's hier so bei Ihnen. Das scheene Haus, und wann Sie sehen wollen meine Papiere, ist alles in Ordnung bei mir, alles sehr scheen in Ordnung.«

Anna blättert in dem Packen von Zeugnissen und Ausweisen.

»Hm . . . Sie sind ledig?«

»Nun, ledig nicht ganz. Genauer gesagt . . . ist mein Mann geblieben drüben in Tschechoslowakei. War dort beim Zoll. Hat aber nie gezahlt was an mich. Vielleicht wissen gnä' Frau, wie's ist mit die Mannsleit, wann sie kommen in die verrückten Jahre. Darf ich mir erlauben die Frage, gnä' Frau machen das Geschäft hier allein, oder es gibt auch a Chef?«

»Natürlich gibt's hier einen Chef«, sagt Anna. »Mein Mann ist nur gerade nicht da. Aber der verlangt was, Frau Czepanek. Wenn der pfeift, dann müssen wir alle springen.«

Gerade das scheint der Melli besonders zu gefallen. »Also das freut mi, gnä' Frau, daß auch a Chef da ist. Wissen's, a Frau allein, das ist doch nix G'scheites. Wie sie auch sind, die Mannsbilder, man braucht sie ja doch.«

Nun muß Anna wirklich herzlich lachen. Heiliger Nepomuk von Böhmen, denkt sie, wenn diese Person in der Küche so schafft, wie sie redet, dann fahren wir nicht schlecht mit ihr. Ob sie denn gleich dableiben könne? Aber ja. Jesses, das ist eine Freude bei der Melli.

»Hab ich doch alles gleich mitgebracht, gnä' Frau. Werd ich vielleicht erst mich a bisserl waschen und dann mach' ich Arbeit!«

Mein Gott, ein kleines Pappköfferchen, da ist alles drin, was die Melli besitzt. Aber Anna ist froh, der »Forellenhof« hat wieder eine »Kalte Mansell«.

*

Schulschluß. Christa muß heute wieder etwas länger auf Jörg warten. Wahrscheinlich sind ihm ein paar Gäste dazwischengekommen. Es ist wirklich zu dumm, daß sie noch nicht achtzehn ist und den Führerschein machen kann. Ein kleiner gebrauchter Wagen kann doch nicht soviel kosten. Der tägliche Schulweg mit dem albernen Hinbringen und Abholen stört zu Hause nur den ganzen Betrieb.

»Na, Christa, hat man dich versetzt? Steig auf, ich fahr' dich gern nach Haus.«

Rolf Volkmar, ein Junge aus ihrer Klasse, ist eben auf schnurrendem Moped bei ihr aufgekreuzt.

»Nein, danke«, sagt Christa, »Jörg kommt bestimmt. Aber wenn dein Benzin langt, kannst du mich am Nachmittag auf dem ›Forellenhof‹ besuchen und mir bei der analytischen Geometrie helfen. Die haben uns für morgen wieder was Schönes aufgebrummt. Allein werd' ich damit einfach nicht fertig.«

Rolf sieht sie beglückt an. »Ich darf dich besuchen?«

»Natürlich. Warst du denn noch nie bei uns draußen?«

Rolf schüttelt den Kopf.

»Dann komm nicht so spät«, sagt Christa, »wenn wir mit den Schularbeiten fertig sind, zeig' ich dir noch unsere Forellenzucht. Hallo! Da kommt Jörg! Also bis später, tschüs!«

Rolf tuckert ab, der Porsche fährt vor. »Na, komm, Spatz«, sagt Jörg, und sein Blick geht suchend zum Schulportal. »Nehmen wir die Gaby heut' nicht mit?«

»Ach, die«, sagt Christa und steigt in den Wagen, »stell dir vor, die hat sich in der Schule einfach vierzehn Tage freigeben lassen und ist mit ihren Eltern nach England. So was gibt's. Dabei war sie erst im Frühjahr auf Teneriffa. Kannst du mir mal sagen, wann unsere Eltern in den letzten fünf Jahren Ferien gemacht haben?«

»Nein, Spatz«, sagt Jörg, »das ist nicht drin bei uns. Aber wenn sie so weitermachen, dann sind bald beide reif für ein Nervensanatorium. Das war heute wieder ein wilder Vormittag. Ich habe Angst, Tante Ruth dreht auch bald durch. Die hat nicht geahnt, was sich in einem Hotel so tut.«

Dann startet Jörg und sagt im Anfahren mit einem kleinen Bedauern: »Eigentlich schade, daß die Gaby nicht da ist. Wenn sie zurückkommt, mußt du sie mal mit auf den ›Forellenhof‹ bringen.«

Christa sieht ihn verwundert an. »Magst du denn die?«

»Mögen ist zuviel gesagt. Aber sie hat so was . . .«, antwortet Jörg und läßt den Motor aufheulen.

»Was hat die?« fragt Christa.

Der Motor heult wieder, und Christa wird fürs erste nicht erfahren, was die Gaby nun wirklich hat.

*

Otto Buchner fährt auf den Parkplatz zwischen den Appartementhäusern und stellt dort den Wagen ab. Er ist ganz guter Stimmung. Die Verhandlungen beim Finanzamt sind gut gelaufen. Für die Getränkesteuer hat er eine Präferenz durchgesetzt, und bei der gefürchteten Nachzahlung auf die Einkommensteuer ist er mit einem blauen Auge davongekommen. Auch die Schwierigkeiten mit der Brauerei sind behoben, nur für die Bauabteilung der Forst- und Wasserwirtschaft war es schon zu spät geworden.

Soeben hatte Otto von der Telefonzelle aus bei Klaus angerufen. Man könnte doch zusammen irgendwo hübsch essen gehen. Aber Klaus steckt mitten in der Arbeit und wollte sich nicht herausreißen lassen. Na schön, hatte Otto gesagt, wenn du arbeiten mußt, dafür habe ich volles Verständnis. Dann schau' ich nur einmal schnell bei dir 'rein und sag' guten Tag.

Klaus wohnt in der dritten Etage. Anderthalb Zimmer, kleine Küche und Bad. Sehr hübsch, sehr modern. Otto war damals nicht kleinlich gewesen, als er seinem Ältesten die Wohnung einrichtete.

»Tag, Vater, freut mich, dich zu sehen. Wie geht's der Mama?«

Otto will sich wirklich nicht lange aufhalten. Er sieht die Schreibmaschine auf dem Tisch mit eingespanntem Papier, drumherum Bücher, Nachschlagewerke, und Klaus wirkt abgespannt und fahrig. Er ist in Zeitnot, wie er sagt, der Verlag braucht dringend das Manuskript.

»Ich will dich nicht stören, mein Junge«, sagt Otto und setzt sich auf die Couch unter der Bücherwand. »Ich bleib' nur ein paar Minuten. Ich dachte, vielleicht brauchst du was, ich kann dir mit irgend etwas helfen . . .«

»Danke, Vater, sehr lieb, aber ich hab' alles. Ich bin gut versorgt. Wirklich, es ist nur die Arbeit, die mir im Augenblick so im Nacken sitzt. Der Ablieferungstermin für mein Buch. Aber entschuldige, ich hab' dir noch nicht mal was angeboten, willst du'n Schluck trinken?«

»Was hast du denn da?« fragt Otto.

»Ich hab' zwar nicht das Büfett vom ›Forellenhof‹, aber einen Wermut, einen Gin, soll ich dir 'n Martini machen?«

»Nee, laß man, dafür ist's noch zu früh. Gib 'n Wermut mit Soda.«

»Moment, bring' ich dir.«

Klaus geht in die Küche an den Eisschrank. Otto hört ihn draußen mit Flaschen klappern und sieht sich inzwischen etwas im Zimmer um. Da hängt ein Bild, das er noch nicht kennt. Nun ja, nicht sein Geschmack. Ein übervoller Aschbecher, der Junge sollte nicht so viel rauchen. Im Regal zwischen den Büchern ein Foto von der Mama, und dahinter liegen ein Lippenstift, ein kleiner Handspiegel und eine Flasche mit Nagellack. Otto betrachtet mit etwas verwundertem Vaterblick das weibliche Waffenarsenal, schau an.

Wahrscheinlich wäre er sogar diskret über diese Entdeckung hinweggegangen, aber Klaus ist mit Flaschen und Gläsern wieder da, fängt den Blick des Vaters auf und fragt irritiert: »Ist was?«

»Nein«, sagt Otto, »nur ein Lippenstift. Wird wohl jemand vergessen haben.«

Klaus scheint selbst überrascht zu sein und überspielt eine kleine Verlegenheit. »Ach, siehst du, den hatte ich schon gesucht. Gehört der Eva Fabricius. Ich hatte gestern ein paar Leute hier, und sie rief mich deswegen schon an.«

»Ja, die vergeßlichen jungen Mädchen«, stellt Otto schmunzelnd fest. »Nagellack hat sie auch dagelassen. Und das sieht schon mehr nach Daueraufenthalt aus, wie?«

Klaus schenkt Wermut und Soda ein und glaubt, sich verteidigen zu müssen. »So etwas hat doch jedes Mädchen in der Handtasche. Denke nur nicht, daß ich hier etwa . . .«

»Ich denke gar nichts«, unterbricht ihn Otto, »schließlich bist du erwachsen, und ich nehme nicht an, daß du hier wie ein Mönch lebst. Wann soll denn dein Buch herauskommen?«

»Wenn ich rechtzeitig fertig werde, noch zur Herbstmesse.«

»Na, dann halt dich 'ran«, sagt Otto und trinkt seinen Wermut-Soda, »und nun verschwinde ich wieder. Die Mama wird zu Haus schon auf mich warten.«

Otto will gerade aufstehen, da hört man draußen in der Diele das Klappern eines Schlüssels, die Wohnungstür wird aufgeschlossen, und Klaus wird sichtlich nervös.

»Ist da jemand gekommen?« fragt Otto erstaunt.

»Entschuldige, Vater, aber ich . . .« Klaus will rasch zur Tür, aber Otto hält ihn fest und fragt leise: »Dein Lippenstift?«

Und ehe Klaus noch ja oder nein sagen kann, tönt aus der Küche eine helle Mädchenstimme:

»Kl–aus! Kläuschen!«

Otto war nie ein Spießer und ist auch heute noch zu jedem Spaß bereit. Mit einer energischen Handbewegung schickt er Klaus in den angrenzenden Schlafraum, legt den Finger auf den Mund, setzt sich rasch mit dem Rücken zur Dielentür an den Schreibtisch, und da kommt sie auch schon herein.

Ein bebrilltes weibliches Wesen mit einem gewissen intellektuellen Charme, ein modernes junges Mädchen. Im Arm hält sie eine Riesentüte und in der Hand ein prachtvolles Einkaufsnetz.

»Liebling! Ich breche zusammen. Willst du mir nicht helfen?«

»Aber gerne.« Otto dreht sich herum, das Mädchen stößt einen leisen Schrei aus, die Tüte liegt auf dem Boden.

Otto hat sie schon aufgehoben und untersucht gleich den Inhalt. »Aha, eingekauft. Was gibt's denn heute? Paprikaschoten, Tomaten, zwei Koteletts, na, ihr lebt nicht schlecht.«

»Das ist Eva Fabricius, Vater«, erklärt Klaus, der nun wieder erschienen ist.

»Das vergeßliche junge Mädchen?«

»Vater hat natürlich sofort deinen Lippenstift und den Nagellack entdeckt«, erklärt Klaus.

»Ja? Ich ahnte doch nicht . . .«, will Eva sich entschuldigen.

»Daß der alte Herr hier so überraschend aufkreuzen könnte, wie?« ergänzt Otto lächelnd. »Ich gebe auch zu, es war unfair. Wenn man erwachsene Söhne hat, sollte man mit überraschenden Besuchen vorsichtiger sein.«

Eva Fabricius hat sich inzwischen von ihrem Schreck erholt, lacht nun mit und geht auf den heiteren Ton ein.

»Wie gut, daß Sie nicht so vorsichtig waren, Herr Buchner.

So lerne ich Sie doch auch einmal kennen, denn Klaus, der hätte Sie mir glatt unterschlagen.«

»Ich glaube, der hält nicht viel von mir«, sagt Otto und zwinkert Klaus dabei nett zu.

»Das stimmt nicht, Vater«, protestiert Klaus. »Aber für mein Privatleben, dafür hast du dich bisher eigentlich nie sehr interessiert.«

»Was? Hab ich dich nicht früher mehr als einmal trösten müssen, wenn du unglücklich verliebt warst?«

Eva horcht auf und schaut ihren Klaus etwas spitz an. »Wie?«

»Ja«, gibt er zu, »als Zehnjähriger zum Beispiel, da wollte ich unbedingt unser Büfettfräulein heiraten.«

»Und da war ich dagegen«, sagt Otto abschließend, schaut nun nach der Uhr und drängt zum Aufbruch. »So, Kinder, jetzt werdet ihr mich los, es ist Zeit.«

»Bleib doch noch, Vater«, wendet Klaus ein, »vorhin ja, da wollte ich dich schnell loswerden, aber jetzt ist's schon egal, jetzt kannst du auch dableiben.«

»Sie können doch mit uns essen, Herr Buchner. Ich trete Ihnen gern mein Kotelett ab«, sagt Eva.

»Nein, mein Kind«, sagt Otto, »vielen Dank. Ich habe einen richtigen Männerhunger, und mit so einem kleinen Kotelett fang' ich heute gar nicht erst an. Aber wenn ihr mich sehr bittet, dann gebt mir doch etwas zu trinken, aber mit viel Wasser, ich muß ja noch über die Autobahn.«

*

Anna unterbricht sofort die Bestandsaufnahme des Magazins und will natürlich alles ganz genau wissen. Auch sie ist von der Existenz einer Eva Fabricius ziemlich überrascht.

»Wie sieht sie denn aus?«

Ja, wie sieht sie aus? Otto weiß es nicht so recht. »Wie die jungen Mädchen heute eben aussehen, ganz nett, viel Brille, viel Haar, ein bißchen Dürerhaus und ein bißchen Zigeunerin.«

»Sie gefällt dir also nicht?«

Das will Otto nicht sagen. Dem Klaus scheint sie zu gefallen, und das ist wichtiger. Außerdem, nach einer Viertelstunde soll man nicht urteilen. Da erfährt man auch nicht viel. Das Mädchen sei bereits Assistentin an der Hochschule, verdiene schon eigenes Geld. Sie lebe mit ihrer Mutter zusammen, von einem Vater war nicht die Rede. Im übrigen scheine sie ganz gescheit zu sein und Humor zu haben. Ob es was Ernstes zwischen den beiden sei, wahrscheinlich wissen sie das selber noch nicht.

»Hm«, sagt Anna nachdenklich und etwas besorgt, »aber wenn sie sogar schon seinen Wohnungsschlüssel hat. Glaubst du, daß sie auch manchmal über Nacht bleibt?«

Otto zuckte mit den Achseln. »Und wenn es der Fall sein sollte, ich muß dir gestehen, für mein sittliches Gefühl ist es ziemlich bedeutungslos, ob die junge Dame nun abends um elf oder morgens um sechs die Wohnung verläßt. Moral und Verantwortung hängen nicht von der Uhrzeit ab. Außerdem, das mit dem Schlüssel . . .«, er setzt sich auf eine Kiste mit Konserven, zieht Anna zu sich und sagt lächelnd: ». . . ich kann mich erinnern, mein Schatz: Wien, Fischerstiege Nummer vierzehn. Du wohntest in der vierten Etage und warst ein bezauberndes junges Mädchen von gerade zwanzig Jahren. Was hast du mir damals gesagt, als du mir deinen Schlüssel gabst?«

»Was? Ich hätt' dir meinen Schlüssel gegeben?«

»›Damit du nicht immer unten läuten mußt‹, hast du gesagt.«

»Stimmt«, muß Anna zugeben, »aber das war der Hausschlüssel und net der Wohnungsschlüssel. Und das ist ganz etwas anderes.«

»Nun, so groß ist der Unterschied ja wohl nicht. Ein Hausschlüssel ist meist schwerer, das ist alles.«

»Sei net frivol, Otto. Schließlich wollten wir ja damals auch bald heiraten.«

»Wir?« Otto macht ein erstauntes Gesicht und verbessert: »Du wolltest heiraten.«

»Wieso? Wolltest du etwa nicht?«

»Nein«, Otto schüttelt entschieden den Kopf. »Als du in der Fischerstiege wohntest, war ich noch keineswegs so fest entschlossen, dich zu heiraten.«

Anna sieht ihren Mann entgeistert an. »Otto! Ist das dein Ernst?«

»Mein völliger Ernst«, sagt Otto.

Anna schnappt nach Luft. »Und das erfahre ich erst heute? Ja, bin ich denn wahnsinnig gewesen? Da hab' ich ahnungsloses, unschuldiges Ding dir meinen Hausschlüssel gegeben. Ja, hast du vielleicht nur ein Abenteuer erwartet?«

Und als Otto mit einem ganz durchtriebenen Gesicht nickt, spielt sie nun großen Zusammenbruch.

»Das ist ja entsetzlich! Dann beruht unsere Ehe also auf einem Irrtum?«

»So ist es, meine Liebe. Und deshalb hält sie auch erst sechsundzwanzig Jahre. Mach dir also keine Sorgen um Klaus' Wohnungsschlüssel. Ich hab' den Eindruck, er ist bei dieser Eva in ganz guten Händen.«

*

Auf der Terrasse vom »Forellenhof« tobt die Kaffeeschlacht. Alle Tische sind besetzt, und soeben fährt noch ein großer Bus vor, der neue Scharen Kaffeedurstiger ausspeit.

Frau Bergmann, die lebenslustige, alleinreisende Dame von Nr. 23, die bei einem Eiskaffee über ihren Krimi hinweg die Ankommenden kritisch mustert, verteidigt mit verzweifeltem Einsatz die letzten beiden freien Stühle an ihrem Tisch in der stillen Hoffnung, es könnte sich zu ihr vielleicht ein ebenfalls lebenslustiger alleinreisender Herr gesellen. Aber sie hält vergeblich Ausschau. Auch sie muß kapitulieren und schließlich mit einem gewichtigen älteren Ehepaar Tisch und Sonnenschirm teilen. »Herr Ober, bitte zwei Portionen Kaffee, einmal Schwarzwälder Kirschtorte, ein Stück Obstkuchen mit Sahne.« – »Sofort. Komme gleich.« Charlie und seine Kellnermannschaft schaffen es einfach nicht mehr. Ruth und Christa haben sich bereits Servierschürzen umgebunden und sich mit in das Getümmel gestürzt. Geschirr abräumen, Tabletts tragen, Bestellungen aufnehmen. Anna hat das Kuchenbüfett übernommen, schneidet Riesenberge von Obstkuchen und Torten in Portionsstücke. Jetzt holt man sogar die Friedl von der Rezeption zu Hilfe, und Otto Buchner muß selber die Anmeldung und das Telefon übernehmen, muß Postkarten verkaufen. »Bitte schön, gnädige Frau?«

Vor Otto steht eine Dame, etwa Mitte der Vierzig, in elegantem Reisekostüm. Sie ist gerade mit einem kleinen Sportwagen angekommen, hat nur Handtasche und ein kleines Köfferchen bei sich. Ob wohl noch ein ruhiges Einzelzimmer frei wäre? Otto bedauert. Das einzige, was er anbieten kann, ist ein einfaches kleines Zimmerchen ohne Bad, direkt zum Garagenhof hinaus. Das Zimmer Nr. 14. Aber sehr ruhig ist das gerade nicht.

»Ist mir ganz gleich«, sagt die Dame, »ich nehme es. Ich bin todmüde. Ich will mich auch gleich hinlegen. Vielleicht können Sie dafür sorgen, daß ich dann nicht mehr gestört werde.«

Die Dame scheint wirklich sehr erschöpft zu sein und ist dabei von einer flatternden Nervosität. Sie sieht aus wie ein Mensch, der etwas Schweres hinter sich hat. Auf den Anmeldeblock schreibt sie in flüchtigen Zügen ihren Namen – Charlotte Senftleben –, übergibt Otto ihren Ausweis und den Autoschlüssel und läßt sich dann von einem Zimmermädchen ins Obergeschoß bringen. Von der Treppe aus ruft sie Otto noch zu:

»Ach, bitte, vielleicht können Sie mir noch einen Tee raufschicken oder irgend etwas.«

Was sie sich unter »irgend etwas« vorstellt, erfährt Otto schon nicht mehr. Auch seine Frage, ob sie zum Tee Sahne oder Zitrone vorzieht, wird nicht mehr beantwortet. Frau Senftleben hat sich bereits zurückgezogen.

Die Dame scheint etwas durcheinander zu sein, denkt Otto und streicht auf der Zimmerliste Nummer 14 als belegt ab. Nun ist aber wirklich kein Bett mehr frei.

*

Christa schlängelt sich mit einem Tablett voller Kuchenteller durch die Tische, als vom Fahrweg her das Knattern eines Mopeds zu hören ist. Mein Gott, Rolf Volkmar naht und mit ihm die analytische Geometrie. Christa hat ihn in der Hetze des Nachmittags völlig vergessen.

Rolf macht große Augen, als er Christa beim Servieren entdeckt. Er ist noch nicht sehr lange in ihrer Schulklasse, und in seiner Vorstellung lebte sie bisher als Tochter vom »Forellenhof« wie eines der »goldenen Mädchen« – hübsch, reich, verwöhnt und immer etwas unnahbar. Nun sieht er sie mit dem Servierbrett, und sie ist ihm damit schon ein großes Stück nähergerückt.

»Nur noch 'n halbes Stündchen, Rolf, dann wird es hier ruhiger«, sagt Christa zu ihm, dirigiert ihn an einen kleinen Tisch an der Hauswand und versorgt ihn mit Kaffee und Kuchen. Dann ruft Ruth aber schon wieder: »Christa! Die beiden Tische vorn links, viermal Kaffee, zwei Eisbecher, zwei Zwetschgenkuchen mit, zwei Schwarzwälder ohne!« Und Christa trabt los.

*

Auch in der Küche geht es heiß her. Hier wird schon das Abendessen vorbereitet, und der erste Zusammenstoß zwischen dem Chefkoch und der »Kalten Mamsell« hat bereits mit Krach und Knall stattgefunden. Viel mißtrauischer als die Chefin hat Edmund die böhmische Melli in Empfang genommen und in ihr Arbeitsgebiet eingewiesen. Wie gewohnt, hatte er sich dabei nicht gerade von seiner zartesten Seite gezeigt. Die Neue sollte gleich wissen, wer hier der Chef ist, und daß hier ein scharfer Wind weht. Gut, das hatte Melli in der Küche verstanden. Klare Verhältnisse müssen sein. Aber dann kam die Sache mit den sechsunddreißig Vorspeisen – kalter Rheinsalm mit einer Creme de la Reine. Und als der Edmund dabei anfing, der Melli dauernd über die Schulter zu gucken und in ihre Soßen hineinzureden, da hatte ihn Melli kurzerhand bei den Schultern gepackt, einmal herumgedreht und ihn sehr energisch aus der »Kalten Küche« hinausbugsiert.

»Gehens an Ihre Töpf' und lassens mich in Ruh' mit Ihre saudumme Sprüch'!«

Solches war wiederum dem Edmund noch nie passiert. Er holte einmal tief Luft, und dann ließ er Dampf ab . . . Wer hier wohl der Chefkoch sei – und was sich diese verrückte Person überhaupt erlaube! Die habe wohl einen Vogel.

Und da schießt nun die Melli mit dem großen Soßenlöffel hinter ihm her . . .

»Wer ist bitt'schön eine Verrückte? Wissen möcht' ich, bitt'schön, wer hat hier einen Vogel? Laß ich mich net beleidigen von so einem prillbitzigen Kerl!«

»Was bin ich?« schreit Edmund zurück.

»A ganz prillbitziger Kerl sein Sie! Mar'anjosef! Machen Sie Chefkoch bei Ihre Braten und Gemüs', aber nicht bei mir in ›Kalte Küche‹, verstehen? Der Czepanek Melli in ihre Soßen reinwuzzeln! Hab ich gearbeitet schon in Küchen, wo a Kerl wie Sie net amal seine Gurkennas' hätt' 'reinstecken dürfen. Net amal einen Topfdeckel hätt' er da anheben dürfen. Und mir jetzt sagen, ich hätt' a Vogel! Hat so ein Mannsbild, wo andere ihr Hirn sitzen haben, nix als Kalbsragout unter der Mützen. Dir werd' ich's zeigen.« Und drohend hebt sie den Löffel, daß der Edmund ganz erschrocken zurückspringt.

»Geh mir vom Leib, du böhmische Buchtel!«

Aber da steht nun Anna in der Tür und pfeift die beiden auseinander . . .

»Seids ihr denn narrisch geworden? Edmund – Melli! Wollt ihr wohl Ruhe geben. Was ist los?«

Und jetzt beide gleichzeitig auf Anna einredend:

»Frau Buchner! Seit sechs Jahren bin ich hier Chefkoch . . .«

». . . aber ab heut' hab' ich übernommen Verantwortung für ›Kalte Küche‹.«

». . . und wenn ich ihr sage, ich brauche heute abend sechsunddreißig Vorspeisen . . .«

». . . so mach' ich keine Wurschtelei wie in an Vorstadtbeisel, wo die Kutscher ihr' Brotzeit fressen!«

». . . Chefin, wir haben kalten Rheinsalm, und ich will dazu eine Creme de la Reine . . .«

Melli lacht ironisch auf. »Zum Rheinsalm eine Creme de la Reine aus bissel Eigelb gerührt, ein Löffel Öl und a wenig scharfe Soße und nix von etwas Saffran dabei und nix von gepudertem Curry und Chili, wo doch erst gibt das Gewisse auf Zunge – den Samt und das Feuer. Keine Ahnung hast von einer guten kalten Küche, du spinnerter Krott!«

Jetzt trifft ihn der Schlag, denkt Anna. Edmund schnappt nach Luft, und sein Gesicht ist rot wie eine Tomate.

Aber jetzt kommt auch Anna in Fahrt.

»Ich will euch beiden mal was sagen«, entgegnet sie und sprüht nun auch Funken, »rauft euch, schlagt euch, demoliert mir meinetwegen die Küche, aber wenn ich heut' abend kein Menü habe mit einer kalten Vorspeis', bei der ich die Engel läuten hör', dann seids ihr alle beide gefeuert. Merkt euch das!«

Damit dreht sie sich um und rauscht aus der Küche. Am Büfett läuft ihr der Kellnerlehrling Jürgen entgegen, auf dem Tablett eine Portion Tee.

»Was soll ich machen, Chefin? Jetzt war ich mit dem Tee

schon zweimal oben auf Zimmer 14. Aber ich komm' ja nicht 'rein, da hängt das Schild ›Bitte nicht stören‹.«

»Was redest denn für einen Unsinn? Zimmer 14 ist doch gar net belegt«, fährt Anna den Jungen an.

»Doch, Chefin, vor 'ner halben Stunde ist da eine Dame eingezogen. Aber die hat sich gleich eingeschlossen und antwortet gar nicht mehr.«

Eine glückliche Person, denkt Anna mit etwas Neid, ich möchte mich auch mal einschließen können und nicht mehr antworten.

»Also, dann gibst halt den Tee wieder zurück«, sagt sie zu Jürgen und stürzt sich wieder in die Schlacht.

*

Wildschäumend ergießt sich das Bergwasser aus den Zuflüssen des Baches in die Fischteiche, die terrassenartig hintereinander gestaffelt zwischen den Waldhängen des Tales liegen. Jeder Teich enthält eine bestimmte Altersgruppe von Forellen. Ganz oben stehen die kleinen, kaum fingerlangen Setzlinge, dann kommen die Halbjährlinge, dichter und kompakter sind etwas tiefer schon die Schwärme der Jährlinge, und ganz unten in den Teichen nahe dem Verladeschuppen ballen sich über dem kiesigen Grund die silberschimmernden Leiber der großen Zweijährigen, der erwachsenen Speiseforellen.

Christa führt ihren Schulfreund Rolf durch die großzügige Anlage und erklärt ihm die Aufzucht und die komplizierte Hege der Fische. Sie haben einen günstigen Zeitpunkt erwischt. Großvater Buchner ist mit dem Fischmeister und dem Gehilfen Fritz gerade beim Ablaichen. Das ist der Befruchtungsvorgang, den die Fischzüchter zugunsten einer wirtschaftlichen Produktion meist der Natur abnehmen. Christa und Rolf kommen gerade dazu, als der Paul dem Großvater einen großen zappelnden »Rogener«, also eine weibliche Forelle, aus dem Becken der Zuchtfische herüberreicht.

»Dürfen wir zusehen, Großvater?« fragt Christa. »Das ist Rolf Volkmar aus meiner Klasse. Er hat noch nie eine Forellenzucht gesehen.«

Natürlich dürfen die Kinder zusehen, und nun zeigt ihnen der Großvater, wie man fachgerecht dem Fisch den Laich mit der Hand in eine trockene Schüssel abstreift. Die gleiche Prozedur wiederholt er mit drei oder vier anderen Fischen. Dann, als etwa ein paar tausend winzig kleine Fischeier beisammen sind, läßt er sich eine männliche Forelle, einen sogenannten »Milchener«, reichen, streift bei diesem wiederum mit der Hand etwas von der milchigen Absonderung des Fischmännchens darüber. Das Ganze wird mit einer Gänsefeder sanft miteinander verrührt, ein Guß frischen Quellwassers kommt hinzu, und damit vollendet sich der Vorgang der künstlichen Befruchtung.

»Und das ist alles?«

Rolf ist etwas enttäuscht. Ganz so prosaisch, mit Blechschüssel und Gänsefeder, hatte er sich den mystischen Schöpfungsakt der Forellen wohl nicht vorgestellt.

»Und warum überläßt man denn das nicht alles der Natur?«

»Weil wir Züchter dabei wohl kaum zurechtkommen würden, mein Junge«, erklärt ihm der Großvater. »Forellen sind nämlich Raubfische und Kannibalen dazu. Die würden glatt ihre eigene Brut auffressen. Deshalb müssen wir sie ja auch immer wieder trennen – nach Alter und Größe. Aber unsere Hauptarbeit kommt ja nun erst: die sorgsame Pflege, die Beobachtung der befruchteten Fischeier im Bruthaus, das Füttern, wenn die kleinen Fischlein aus den Eiern ausschlüpfen.«

»Du mußt da mal 'reinschauen, Rolf«, sagt Christa, »so ein Bruthaus ist wie ein kleines Laboratorium. Da sind Apparate für die Sauerstoffbestimmung des Wassers, Apothekerwaage, Lupen, ein Mikroskop, und wenn wir Großvater mal suchen, da finden wir ihn bestimmt.«

Später, bei der analytischen Geometrie in Christas Zimmer, in dem es so angenehm nach Jungmädchenfrische und Schularbeiten duftet, muß Rolf noch hin und wieder an das Liebesleben der Forellen denken. Ist schon eine komische Sache, so einfach ist das alles, so unkompliziert. Oder ob es da auch geheime Sehnsüchte und Träume gibt und das drängende Pochen wie in seinem jungen Unterprimanerherzen?

Christas Blondschopf fliegt zu ihm herum, und ganz verzweifelt schaut sie ihn an. »Du bist ja schon mit der dritten Aufgabe fertig. Also, ich schaff' das nie, Rolf. Ich werde auch nicht begreifen, was ich später einmal im Leben mit diesen blöden Formeln anfangen soll.«

Ja, die Formeln. Rolf reißt sich zusammen und ist gleich wieder ganz bei der Sache. In Mathematik ist er eine anerkannte Kapazität, und so beugt er sich nun etwas nachsichtig lächelnd über Christas Heft und hilft ihr weiter.

»Das ist doch ganz einfach, Christa. Du berechnest erst den Kegelschnitt. Das ist in diesem Falle eine Hyperbel. Dazu nimmst du die Mittelpunktgleichung – eins gleich x-Quadrat durch a-Quadrat minus y-Quadrat durch b-Quadrat.«

»Das nützt mir gar nichts, wenn ich nicht den Wert der y-Achse kenne.«

»Dann mußt du eben eine Nebenachse konstruieren.«

»Aber wie?« Christas hilfloser Blick verursacht Rolf einen leichten Schwindel, und fast hätte er . . .

»Komm, gib her, ich mach das schon für dich«, sagt er rasch und nimmt sich ihr Heft vor.

»Rolf, du bist ein Schatz«, sagt Christa schon wieder vergnügt, »aber wenn du Hunger hast, machen wir Pause und gehen 'runter.«

»Ich bin doch nicht verhungert«, sagt Rolf fast gekränkt, »nein, erst wird gearbeitet. Oder mußt du vielleicht unten wieder beim Servieren helfen?«

»Am Abend doch nicht«, sagt Christa, »ich springe nur nachmittags mal mit ein.«

»Bekommst du auch manchmal Trinkgeld?«

»Aber klar. Und ich nehm's auch. Meinst du, ich genier' mich?« Christa lacht unbefangen und zeigt stolz auf eine Reiseschreibmaschine im Regal. »Da. Die hab' ich mir selber gekauft. Nur von den Trinkgeldern einer Saison.«

Rolf sieht sie mit einem bewundernden Blick an. »Du bist wirklich ein tüchtiges Mädchen.«

»Es geht, in Mathematik könnt's besser sein.«

»Nein, ich mein' überhaupt. Du bist so klar, so vernünftig und überlegen. Mit dir kann man über alles reden. Du bist nicht prüde, bist nicht so affig wie die anderen Mädchen. Aber immer hältst du Distanz. So ganz nahe kommt man nie an dich heran.«

»Wieso? Ich bin doch zu allen sehr nett.«

»Ja, zu allen, aber ich dachte – ich . . .« Rolf kommt ins Stottern. Keine Formel hilft nun dem guten Mathematiker, und mit einer fast rührenden Hilflosigkeit schwimmt er in der

Brandung seiner jungenhaften Verliebtheit. »Ich dachte – manchmal hatte ich gedacht – ich hab' dich nämlich sehr gern, Christa.«

So. Nun ist es heraus. Aber Christa schaut ihn nur mit großen, verwunderten Augen an.

»Rolf? Soll das etwa eine Liebeserklärung sein?«

Und als der Junge schüchtern nickt, springt sie lachend auf . . .

»Also, dann wollen wir mal schnell weiter Mathematik pauken, das lenkt so wohltuend ab. Wie ist das also mit dem Kegelschnitt?«

Enttäuscht senkt Rolf seinen Kopf wieder über das Heft, schluckt ein paarmal und versucht, sich wieder zu konzentrieren. Wie war das noch mit dem Wert der Hyperbel?

»Du wolltest zuerst eine Nebenachse konstruieren«, ermuntert ihn Christa förmlich. Sie hat keine Konzentrationspause nötig. Das drängende Pochen des Herzens, sie hat es bisher noch nicht verspürt.

*

Als Vorspeise zum Abendmenü kalten Rheinsalm mit einer Creme de la Reine. Anna ist in der Küche, probiert und wirklich, sie hört die Engel läuten. Ja, da gibt's nix, in dieser Creme ist alles drin.

»Sehr gut, Melli. Wirklich ausgezeichnet«, lobt Anna.

Auch Edmund muß widerwillig zugeben: »Leider gut. Aber so gut auch wieder nicht, daß ich ihr den spinnerten Krott vergesse.«

»Mach ich Vorschlag«, bietet da Melli die Friedenshand. »Nimmt Chefkoch zurück die verrückte böhmische Buchtel, werd' ich zudecken mit Mantel der Liebe auch den spinnerten Krott. Na?«

Einen Augenblick zögert Edmund noch. Sein Küchenthron ist bei dieser Person doch arg ins Wanken gekommen. Aber da stößt ihn Anna in die Seite. »Also gut, schließen wir Frieden.« Nun gibt Melli auch ihren Einstand, so wie es üblich ist. Die Küchenluft macht trockene Kehlen. Lisa muß Bier heranbringen, pro Kopf eine Flasche, für den Chefkoch zwei. Auch Anna muß mittrinken. Und zum Schluß erscheint sogar Otto. Etwas verwundert sieht er die einträchtige Runde. Was ist los? Keine Toten auf dem Schlachtfeld, keine zertrümmerten Töpfe, keine abgebrochenen Pfannenstiele? »Ihr habt euch wieder vertragen?«

»Ja, Chef«, sagt Edmund und schmunzelt versöhnt, »mit der Person leg' ich mich nicht mehr an. Aber ich glaube, wir haben mit ihr einen guten Fang gemacht. Die kann was.«

»Na, dann gebt mir mal auch 'n Bier. Prost, auf die neue ›Kalte Mamsell‹!«

»Freut mich aber sehr«, sagt Melli mit einem Knicks, »daß auch Chef mir die Ehre antut.«

»Aber Melli«, sagt Otto, »wir sind doch alle eine Familie. Da gibt's mal Krach, da steigt mal ein kräftiges Feuerwerk hoch, aber wenn wir nicht alle zusammenhalten, dann kann ich meinen Laden doch gleich zumachen.«

Im Restaurant treffen die ersten Hausgäste zum Abendessen ein. Charlie meldet es gerade in der Küche. Also Schluß mit dem Sprüchemachen – und an die Arbeit. Die letzten heißen Stunden haben für die Küche begonnen.

»Was ist eigentlich mit Zimmer 14, mit dieser Frau Senftleben, die du einlogiert hast?« fragt Anna ihren Mann beim Hinausgehen. »Ist die nun in Vollpension oder ohne?«

»Weiß ich nicht«, sagt Otto, »man muß sie mal fragen.«

»Aber die meldet sich doch nicht. Der Jürgen war schon zweimal oben. Die Friedl hat ein paarmal 'raufgeläutet. Nix. Entweder hat sie den Hörer abgehängt, oder sie hört das Klingeln nicht. Die Tür ist abgeschlossen. Auf Klopfen reagiert sie auch nicht. Kommt mir doch komisch vor. Was ist das für eine Frau?«

Otto zuckt mit den Achseln. »Keine Ahnung. Etwas verschusselt kam sie mir vor, ein wenig verstört. Wahrscheinlich wird sie schlafen. Laß sie doch, Anna. Es ist unser Hausgesetz, der Gast kann bei uns tun und lassen, was er will.«

Das Abendessen geht vorüber. Draußen auf der Terrasse und in der Kaminhalle finden sich kleinere Gruppen von Gästen zusammen. Man schwätzt, man liest, schreibt Briefe, schließt die unvermeidlichen, unverbindlichen Ferienbekanntschaften.

Für die Buchnerfamilie wird es nun ruhiger. In der Schwarzwaldstube tagt der Stammtisch. Dr. Heck, der Hausarzt, Herr

Flemming, der dicke Sägewerkbesitzer, und Rechtsanwalt Starke haben sich schon eingefunden. Dazu kommen meist noch ein paar Weinbauern aus dem Rebland. Und zwischen allen sitzt natürlich Großvater Buchner, erzählt von seinen Forellen und läßt den großen Weinkrug kreisen.

Otto hat sich ins Büro zurückgezogen. In der Hochsaison kommt er nur selten dazu, sich am Stammtisch festzusetzen. Auch heute wartet noch viel Arbeit auf ihn – die Vierteljahresaufstellung für die Steuer, die er heute vormittag dem Finanzamt versprochen hat, der Bericht an den Hotelierverband und anderes mehr. Otto graust schon vor der Zeit, wenn die Friedl nicht mehr da sein wird. Bisher hat sie doch wenigstens einen Teil der Buchhaltung gemacht und die laufende Korrespondenz erledigt. Kommt kein Ersatz für sie, dann wird der Arbeitstag wohl noch länger werden.

Als Otto die Schublade seines Schreibtisches aufzieht, fällt ihm die versteckte Tageszeitung mit der Notiz vom Landtagsentscheid für den Stausee in die Hand. Heute morgen hatte ihn diese Nachricht noch erschreckt und in große Sorge gestürzt. Wie der Vogel Strauß hatte er da den Kopf in den Sand stecken wollen, um die Familie, vor allem den Vater, nicht in Panikstimmung zu versetzen. Aber war das nicht ein bißchen klein gedacht? Hatten die Buchners nicht schon ganz andere Tiefschläge des Schicksals verdaut und überstanden? Nein, das Versteckspiel mit der Zeitung ist albern. Man soll den Tatsachen ins Auge sehen, denkt Otto, und höchstwahrscheinlich ist das Stauseeprojekt jetzt schon längst ein Gesprächsthema am Stammtisch.

*

Ottos Vermutung trifft genau zu. In der Schwarzwaldstube hatte der dicke Flemming noch nicht zwei Minuten in seiner Kachelofenecke gesessen, da war er schon mit der Neuigkeit herausgeplatzt.

»Was sagt ihr, der Stausee wird gebaut, und uns drehen sie den Wasserhahn zu.«

Auch er ist ja mit seinen drei Sägewerken einer der Betroffenen. Aber Großvater Buchner war unter dieser Hiobsbotschaft weder zusammengebrochen noch hatte er empört auf die

Tischplatte gehauen. Er hatte nur still abgewinkt und sich nicht aus der Ruhe bringen lassen. Man weiß doch aus Erfahrung, was es mit solchen parlamentarischen Entscheidungen auf sich hat. Bis so ein Beschluß einmal endgültig durchgeführt wird, vergehen oft Jahre, da wechseln manchmal ganze Generationen – im Landtag wie auf dem »Forellenhof«. Nein, der Stausee soll ihn nicht um seinen guten Schlaf bringen.

»Komm, Lisa, wir trinken noch einen Liter.« Und der Weinkrug kreist weiter.

Als Otto viel später im Büro das Hauptbuch zuklappt und das Journal wegschließt, tagen die Alten am Stammtisch noch immer. Die müssen doch wohl aus einem ganz anderen Holz geschnitzt sein, denkt Otto und drückt sich leise am Stammtisch vorbei durch den Küchengang zur Treppe nach oben. Anna schläft bereits fest, und sehr bald fällt auch Otto todmüde ins Bett.

*

Kühl und frisch kommt der Morgen. Wie immer ist der Hausdiener Karl der erste, der im Hause herumgeistert. Mit seinem großen Korb geht er von Etage zu Etage, von Zimmertür zu Zimmertür und sammelt die Schuhe der Gäste ein, um sie dann unten auf dem Hof zu putzen. Jahrelang macht er das nun schon an jedem Morgen und kennt sich in der Physiognomie des Schuhwerks recht gut aus. Wie oft doch die Schuhe Aufschluß über ihre Besitzer geben. Da gibt es die alten, derben Wanderstiefel des Professors Sebald mit den aufgenähten Flikken. In den fünf Jahren, in denen der Herr Professor auf den »Forellenhof« kommt, sind es immer dieselben Schuhe geblieben. Nur hier und da sind noch ein paar sauber genähte Flicken dazugekommen. Der Herr Professor ist halt ein Pedant und sehr sparsam, um nicht zu sagen, ein wenig geizig. Karl hat von ihm noch nie ein Trinkgeld bekommen und auch keines erwartet. Da hat der Herr von Nr. 8 eine viel lockerere Hand. Aber wenn Karl sich dessen elgante Schuhe aus echtem Krokodilleder ansieht, an denen die Absätze schon bedenklich schiefgelaufen sind und das Innenfutter zerrissen ist, so möchte er meinen, daß es auch mit dem Innenleben dieses Herrn nicht ganz stimmt. Und gar nicht gefallen ihm Schuhe aus Wildleder. Was soll er da putzen? Da glänzt nichts, da strahlt nichts. Da sieht man doch rein gar nichts von seiner Arbeit.

Karl ist nun im ersten Obergeschoß. Vor dem Doppelzimmer Nr. 16 angelt er sich schmunzelnd die zärtlich einander zugewendeten Schuhe des jungen Ehepaares aus Lübeck. Nette Leute. Diese Schuhe wird er mit besonderer Liebe putzen. Jetzt Nr. 14. Nix. Betroffen schaut Karl auf den leeren Fleck. Keine Stiefel, keine Schuhe. Und an der Türklinke hängt noch immer wie gestern nachmittag das Schild: »Bitte nicht stören.« Komisch, denkt Karl, die Dame scheint wirklich einen guten Schlaf zu haben. Nun, da kann man nichts machen. Achselzuckend geht er weiter. Wenn einer gleich drei Paar Schuhe vor die Tür stellt, ja, das ist auch ihm etwas zuviel, aber wenn gar nichts draußen steht, so paßt ihm das auch nicht. Ordnung muß sein.

*

Wenig später sitzt die ganze Buchnerfamilie beim Frühstück in der Schwarzwaldstube. Am nahen Büfett werden die Frühstücksgedecke für die Gäste abgerufen, die auf dem Zimmer bleiben wollen. Noch immer hat sich Frau Senftleben, die Dame von Nr. 14, nicht gemeldet. Anna wird das langsam unheimlich.

»Jetzt sind es über achtzehn Stunden, daß man von der Frau nichts hört und nichts sieht. So lang kann doch kein Mensch schlafen. Ich laß mir das net ausreden, da ist was passiert.« Auch Otto ist unruhig geworden. »Gott behüte«, sagt er, »das können wir jetzt gerade gebrauchen. Ich geh' mal selber 'rauf.«

»Ruf, wenn du mich brauchst«, bietet sich Jörg an, »mit verrückten Frauen hab' ich Erfahrung.«

Otto hat sich die Friedl von der Rezeption mit nach oben genommen, und beide stehen nun vor der Tür von Nr. 14. Noch immer baumelt hier an der Klinke das Schild: »Bitte nicht stören.« Aber darauf nimmt Otto keine Rücksicht mehr, sondern klopft sehr energisch . . .

»Hallo! Frau Senftleben! Hallo!«

Nichts rührt sich. Auch das Rütteln an der Klinke bleibt ohne Erfolg. Wieder donnert Otto gegen die Tür, nichts. Man kann nur feststellen, daß der Schlüssel von innen steckt. Also auch ein Blick durchs Schlüsselloch ist nicht möglich. Otto und Friedl sehen sich betroffen an.

»Da stimmt was nicht«, sagt Friedl mit beklommenem Gesicht. »Ich fürchte, Herr Buchner, wir müssen die Tür aufbrechen. Soll ich den Karl rufen?«

Nein, die Tür aufbrechen wäre das letzte Mittel. Das will Otto noch nicht. Vielleicht kann man vom Hof aus mit einer Leiter das Fenster erreichen.

»Aber, bitte, macht es unauffällig«, jammert Anna, als Otto unten am Familientisch das Vorhaben mit Jörg bespricht. »Ihr wißt, so etwas ist für die Gäste immer ein Schock. Vielleicht sollte man auch gleich einen Arzt holen oder die Polizei verständigen?«

»Mach doch nicht die Pferde scheu, Mama«, sagt Jörg, »vielleicht ist's nur halb so schlimm. Ich seh' mir jetzt das Fenster an, und wenn es nur angelehnt ist, steig' ich ein.«

Sie haben Glück. Auf dem Garagenhof ist gerade niemand von den Gästen, und als der Hausdiener Karl die große Leiter heranschleppt und mit Ottos Hilfe aufstellt, reicht sie gerade bis zum Fenstersims von Frau Senftlebens Zimmer. Man kann schon von unten deutlich sehen, daß die Vorhänge zugezogen sind, und daß der eine Fensterflügel einen Spalt weit offensteht.

»Wenn er eingehakt ist, mußt du notfalls die Scheibe eindrücken«, sagt Otto zu seinem Sohn.

»Ja, ich weiß«, antwortet er. Und dann zögert Jörg doch für einen Moment. »Ob ich nicht erst mal 'n Schnaps trinke? Manchmal sieht so etwas nicht sehr schön aus.« Er hat plötzlich ein scheußliches Bild vor Augen, aufgeschnittene Pulsadern, Blut, ein Strick am Fensterkreuz oder am Bettpfosten.

»Soll ich lieber rauf?« fragt Otto.

»Nein, laß. Ich mach' das schon«, sagt Jörg, und dann steigt er hinauf.

Auf der letzten Leitersprosse angelangt, kann er tatsächlich den eingehakten Fensterflügel, mit der Hand durch den Spalt greifend, öffnen und aufstoßen. Er schiebt den Vorhang beiseite und da sieht er gleich als erstes auf dem Nachttisch neben dem Fenster ein halbvolles Wasserglas, daneben ein Röhrchen mit Tabletten.

»Kannst' was sehen?« fragt Otto, der unten mit Karl die Leiter festhält.

»Ja«, ruft Jörg hinunter, »was ich vermutet hatte – Tabletten!«

Diese blöden Frauenzimmer, denkt er, da haben sie Liebeskummer oder Ehestreit, haben Lebensüberdruß oder auch nur Langeweile und dann . . . Aber bei Tabletten gibt's wenigstens kein Blut zu sehen. Er stößt den Fensterflügel ganz auf, zieht den Vorhang weg, schwingt sich ins Zimmer und da liegt sie nun. Kein Blut, kein Strick. Frau Senftleben liegt mit dem Gesicht zur Wand gekehrt im Bett. Ihr nackter, voller Arm ruht auf der Decke.

Vorsichtig näherte sich Jörg dem Bett. Was tut man nun, wie benimmt man sich in einem solchen Fall? Ob sie wohl noch atmet? Vielleicht lebt sie noch? Ganz leicht berührt Jörgs Hand den Arm der Frau, da fährt diese plötzlich mit einem schrillen Aufschrei hoch, starrt Jörg entsetzt an und schreit:

»Was wollen Sie? Wer sind Sie?«

Auch Jörg hat einen solchen Mordsschreck bekommen, daß er zurückweichend nur stottert:

»Ich – ich heiße Buchner. Ich bin – bin hier der Junior.«

»Verstehe kein Wort«, schreit die Frau weiter, holt dann aus ihren Ohren zwei dicke Wachspfropfen heraus und fragt wieder: »Was wollen Sie hier?«

»Ich komme da durchs Fenster«, sagt Jörg ganz verdattert.

»Sind Sie wahnsinnig?«

Zum Glück erscheint nun auch Otto, der Jörg nachgestiegen ist, im Fensterrahmen.

»Aber, gnädige Frau«, sagt er, erleichtert die Situation erkennend, »wir waren in großer Sorge um Sie. Warum haben Sie sich denn nicht gemeldet?«

»Warum sollte ich mich melden?« fragt die Frau ganz empört. »Ich habe geschlafen.«

»Aber Sie haben fast neunzehn Stunden geschlafen.«

»Na und? Das ist gar nichts. Ich bin Frau Senftleben vom ›Goldenen Adler‹ in Liebenstock. Ich habe auch ein Hotel. Und endlich wollte ich einmal meine Ruhe haben und ausschlafen.«

Otto und Jörg sehen sich an, und dann fangen sie an zu lachen – ein langes, befreites Lachen. Sie hat auch ein Hotel? Ja, dann.

»Bitte vielmals um Entschuldigung, Frau Senftleben, und schlafen Sie ruhig weiter. Jetzt haben wir volles Verständnis.«

*

Kuni hat einen neuen Freund gefunden. Er heißt August und ist ein schwarzweißer Cockerspaniel aus Berlin. Gewiß, er kann ihm nicht ganz die geliebte Loni vom Sägewerk ersetzen, aber er ist ein fröhlicher Bursche, mit dem man hinter dem Haus über die Wiese jagen kann und der sich nicht zimperlich anstellt, wenn man ihn an seinen langbehängten Ohren zieht.

Natürlich ist der August nicht allein gekommen. Herr Stöger hat ihn aus Berlin mitgebracht. Die beiden waren schon kreuz und quer durch den Schwarzwald gefahren und sind vor ein paar Tagen im »Forellenhof« hängengeblieben.

Herr und Hund – das reist sich immer gut, denn die Hotels, in denen man keine Hunde mitbringen darf, die werden zum Glück immer seltener. Bei Otto Buchner sind jedenfalls auch die vierbeinigen Gäste immer gern gesehen. Denn nach Ottos Erfahrung putzen sich Hunde nur selten die Schuhe an den Vorhängen ab und brennen nie Zigarettenlöcher in die Bettwäsche. Er hat auch noch nicht erlebt, daß Hunde Hotelsilber als Souvenirs mitnehmen oder den Zimmermädchen in den Popo kneifen. Nein, wenn Hunde einen wohlerzogenen Herrn mitbringen, dann sind sie auf dem »Forellenhof« immer willkommen.

August ist auch wirklich sehr brav. Er verkneift sich beim Morgenspaziergang sogar das Bellen, um die noch schlafenden Gäste nicht zu wecken. Wahrscheinlich hat ihm der Kuni diesen dringenden Hinweis gleich ans Herz gelegt. Gebellt wird erst ab zehn.

Eines Morgens, Otto und Herr Stöger treffen sich mit den Hunden gerade vor dem Hotel, da kommt der Hausdiener Karl mit einem merkwürdigen Gesicht vom Garagenhof dazu und winkt den Chef zur Seite . . .

»Kommen Sie doch mal mit, Herr Buchner. Ich wasche gerade den Bielefelder Wagen. Da ist was passiert. Das gefällt mir gar nicht.«

Der Wagen mit dem Bielefelder Kennzeichen, ein Mercedes älteren Jahrgangs, steht auf dem Parkplatz zwischen mehreren Wagen anderer Gäste. Karl führt Otto – leider ist auch der neugierige Herr Stöger mitgekommen – zur Frontseite des Wagens.

»Schauen Sie sich das an, Herr Buchner.«

Ja, das sieht nicht sehr schön aus. Der rechte Kotflügel ist unter dem Scheinwerfer eingebeult und die Stoßstange erheblich verzogen.

»Ich hab' den Wagen erst gestern gewaschen. Da war das noch nicht«, erklärt Karl. »Und die Spritzer überall, das ist Blut. Was mach' ich da? Soll ich das abwaschen?«

Otto denkt einen Moment nach. Bielefeld? Das ist doch das Ehepaar Greindel von Zimmer 11.

Inzwischen hat der eifrige Herr Stöger schon sehr genau die Unfallspuren betrachtet und stellt nun fest:

»Das muß aber ein böses Ding gewesen sein. Auch an der Stoßstange klebt noch angetrocknetes Blut. Also ich an Ihrer Stelle, ich würde die Hände davon weglassen.«

Auch Otto ist dieser Meinung. Karl soll den Wagen so stehen lassen, wie er ist, am besten gar nicht mehr anfassen.

»Hören Sie mal«, erinnert sich plötzlich Herr Stöger, »da ist doch gestern was passiert, der Unfall auf der Herrenwieser Straße.«

Otto weiß noch nichts davon, aber Karl hat schon davon gehört. In den Abendstunden wurde eine Frau auf dem Fahrrad angefahren und ist schwerverletzt aufgefunden worden.

»Wer hat sie angefahren?« fragt Otto.

»Ja, wer?« Karl zuckt mit den Achseln. »Fahrerflucht. Die Polizei sucht ja gerade den Wagen.«

Die drei Männer sehen sich stumm an, dann gehen ihre Blikke wieder zu den Unfallspuren an dem Mercedes, und jeder denkt das gleiche.

»Das wäre eine schöne Geschichte«, murmelt Otto und macht ein bedenkliches Gesicht.

Aber Herr Stöger sagt erregt:

»Das ist keine Geschichte, Herr Buchner, das ist 'ne Mordsschweinerei! Ich meine, passieren kann jedem mal was. Aber Fahrerflucht, einfach abhauen und sich drücken? Nee!«

Er hat natürlich völlig recht. Aber Otto ist noch nicht ganz überzeugt. Eine Beule im Kotflügel ist schließlich kein Beweis. Man soll nicht immer gleich jemandem etwas Böses anhängen.

»Was sind denn das für Leute, diese Greindels?« will Herr Stöger wissen.

Otto kann nichts Nachteiliges über sie sagen. »Sie machen einen recht ordentlichen Eindruck. Ein Fabrikantenehepaar aus Bielefeld. Ich kenne sie nicht näher. Sie sind zum erstenmal da. Aber schließlich sind sie Gäste meines Hauses, und ich möchte Sie bitten, Herr Stöger, und auch dich, Karl, bis ich mit dem Mann gesprochen habe, wollen wir keinen Wind machen. Die Sache bleibt vorläufig unter uns.«

Damit wendet er sich ab und geht ins Haus zurück.

*

Für die Friedl in der Rezeption sind es die letzten Tage auf dem »Forellenhof«. Ihre Passage nach Amerika ist schon fest gebucht, und zu Ottos großer Erleichterung hat sich sogar eine Nachfolgerin für sie gefunden. Friedl hat sie selbst besorgt. Charlotte Liebscher heißt sie, eine gute, alte Bekannte von ihr, mit der sie einmal in einem Hamburger Hotel zusammengearbeitet hat. Frau Liebscher ist zwar heute verheiratet, mit einem Steward von der Hapag, aber die Ehe ist kinderlos geblieben, und da der Mann ständig zur See fährt, war sie aus Freundschaft zu Friedl ganz gern damit einverstanden gewesen, aushilfsweise noch einmal ins Fach zurückzukehren. Heute am Nachmittag wird sie nun auf dem »Forellenhof« erwartet, und Friedl hat bereits für sie eine sechsseitige »Dienstvorschrift für meine Nachfolgerin« verfaßt.

Sie klammert das Manuskript gerade zusammen, als Otto die Halle betritt. Nanu, was macht denn der Chef für ein Gesicht? Ist was los?

»Ich seh' Ihnen an, Herr Buchner, Ihnen bricht das Herz, weil ich Sie verlasse«, begrüßt Friedl den Chef.

»Ja, das ist es«, sagt Otto, »ich werd's kaum überleben. Aber jetzt geben Sie mir mal die Durchschrift von der Anmeldung Greindel, Zimmer 11.«

»Stimmt da was nicht?« fragt Friedl besorgt, als sie ihm den Anmeldeblock reicht.

»Doch, doch, ist schon in Ordnung«, sagt Otto beiläufig.

Und dann liest er noch einmal den Anmeldezettel: »Hugo Greindel, Fabrikant aus Bielefeld, mit Ehefrau Annemarie. Sagen Sie mal, Friedl, diese Greindels, sind die schon unten, oder frühstücken die auf dem Zimmer?«

»Die müssen noch oben sein. Ich glaube, Jürgen hat das Frühstück vor ein paar Minuten 'raufgebracht.«

»So, na, danke schön«, sagt Otto kurz und geht schon wieder.

Friedl sieht ihm kopfschüttelnd nach und legt den Anmeldeblock wieder weg. Sie hat das Gefühl, mit den Greindels scheint wohl doch nicht alles ganz zu stimmen.

*

Ja, etwas stimmt nicht im Zimmer 11. Jedenfalls steht das gute »Forellenhof«-Frühstück noch unberührt auf dem Tisch, und Herr Greindel, ein robuster Fünfziger in einem etwas zu eleganten Schlafrock, ist sichtlich bemüht, seine Frau, die noch im Bett liegt, aufzumuntern.

»Nun steh schon auf, Liebling. Der Kaffee wird ja ganz kalt.«

Doch die Frau, eine hübsche Blondine und etwa zehn Jahre jünger als er, ist nervös und macht ein ganz verzagtes Gesicht.

»Ich kann noch nicht frühstücken, Hugo. Dieser Schock von gestern, der liegt noch so auf meiner Seele. Ich habe Angst, ich habe eine schreckliche Angst.«

Greindel setzt sich für einen Moment an ihr Bett, streicht über ihr Haar und fragt eindringlich:

»Hast du Gewissensbisse?«

Und als sie bedrückt nickt, fährt er beruhigend fort: »Aber Kind, was soll denn passieren? Wenn er uns wirklich erkannt hat, dann werde ich ihm Geld anbieten, und er wird den Mund halten. Jedenfalls denke ich nicht daran, mir dadurch die paar schönen Tage hier verderben zu lassen.«

»Und wenn es doch 'rauskommt?« fragt die Frau. »Hast du dir mal überlegt, was das für Folgen haben kann?«

Doch ehe Greindel antworten kann, klingelt auf dem Nachttisch das Telefon, und Annemarie zuckt kläglich zusammen. Aber der Anruf kommt nur von Herrn Buchner. Er wünscht den Herrschaften einen guten Morgen und fragt, wann er Herrn Greindel einmal sprechen kann.

»Ja«, sagt Greindel am Telefon, »wenn es sehr dringend ist, bitte sofort. Meine Frau liegt noch im Bett, aber wenn es etwas Zeit hat, wär's mir lieber erst nach dem Frühstück. – Ja, dann kommen Sie später 'rauf. Wir sind ja hier und machen uns einen faulen Vormittag. – Also bis nachher.«

»Was will er denn von dir?« fragt Annemarie unsicher, als ihr Mann eingehängt hat.

»Keine Ahnung. Vielleicht sollen wir doch das Balkonzimmer nebenan kriegen. Wir werden's ja hören. Aber nun komm, steh auf. Ich hab' jetzt einen guten Kaffee wirklich nötig.«

*

Otto hat vom Büro aus telefoniert. Na schön, die Greindels laufen ihm nicht fort. Jetzt will auch er erst in Ruhe frühstükken. Aber nur Jörg trifft er in der Schwarzwaldstube an. Christa ist längst in der Schule, Großvater hockt schon wieder bei seinen Forellen. Und wo ist Mutter?

»Ich vermute, bei Ruth«, sagt Jörg, »die war heute früh völlig durcheinander, gar nicht ansprechbar und hat nur geheult.«

»Was hat sie denn?« fragt Otto.

»Ich hab's nicht herausgekriegt«, sagt Jörg, »ob sie Kummer hat oder ob's nur Launen sind. Ich kenn' mich da bei Frauen nicht aus.«

Ach, wenn sich Ruth doch selber auskennen würde. Sie fühlt sich einfach miserabel, sitzt noch in ihrem Morgenrock vor dem kleinen Frisierspiegel in ihrem Zimmer und versucht, ihr verheultes Gesicht wieder hinzukriegen. Und gerade jetzt muß Anna hereinkommen.

»Ja, Mädel, was hast denn? Sitzt was quer? Hat dir jemand was getan?«

Ruth dreht den Kopf weg, um die Tränen zu verbergen, die ihr von neuem in die Augen schießen.

»Nein, nichts, nichts. Ich kann mich heute nur selbst nicht leiden. Ich bin eine dumme Gans, ich weiß es, aber . . .«

Anna hat die Tür hinter sich geschlossen und setzt sich nun zu Ruth auf einen Hocker.

»Also nun red schon. Was ist? Hast du zuviel Arbeit?«

Ruth quält sich mit der Antwort. Ist es wirklich nur die Arbeit? Schließlich ist sie ja hergekommen, um im Hotel zu helfen. Sie war ja so froh, nach der schrecklichen Zeit in der leeren Wohnung wieder Menschen um sich zu haben und etwas Nützliches tun zu können. Aber daß man von dem Hotelbetrieb so aufgefressen wird!

»Ich schaff's nicht mehr. Ich hab' mich wohl doch etwas überschätzt.«

Nun ist es heraus, und Anna weiß Bescheid. Behutsam versucht sie, Ruth etwas aufzulockern, und sagt bewußt leicht, fast lachend:

»Ach, mein Kind, das kenne ich. Das ist der Saisonkoller. Den kriegen wir alle in jedem Jahr einmal, wenn das Haus von Mai bis November bis unters Dach voll ist. Da dreht man durch. Aber warum strampelst du dich auch so ab? Mach dir doch mal einen freien Tag.«

Aber gerade damit trifft sie Ruths empfindlichste Stelle.

»Und was fange ich mit dem freien Tag an? Soll ich mich ins Bett legen und den Tag verschlafen? Soll ich irgendwo hinfahren, allein?«

Und nun, als hätte sich eine Schleuse geöffnet, bekennt sie rückhaltlos:

»Es ist ja auch nicht die Arbeit, Anna. Es ist einfach mein ganzes dummes, verkorkstes Leben. Ich steh' überall nur am Rande. Das Hotel – das seid ihr. Das ist eure Familie, und jeder von euch weiß, wofür er sich abstrampelt, wie du es nennst. Aber ich, ja, ich bin auch Familie, aber ich gehöre doch niemals richtig dazu.«

Jetzt protestiert Anna aber doch sehr energisch.

»Was red'st denn für einen Unsinn! Läßt dich denn einer von uns spüren, daß du nicht dazugehörst?«

Ruth greift nach Annas Hand. So hat sie es doch nicht gemeint.

»Versteh mich doch. Ich mach' euch ja keinen Vorwurf. Ihr seid besonders nett zu mir. Ich stehe wunderbar mit den Kindern, und ich glaube, sie haben mich auch gern. Aber schau, Anna, es ist doch so. Wenn du abends müde bist, die Arbeit ist getan, dann hast du Otto, ihr könnt reden miteinander, euch streiten und euch wieder vertragen. Ihr habt eure Gemeinsamkeiten, eure Vertrautheiten. Auch die Kinder haben dich oder den Vater. Aber ich, ich bin halt nur die Tante. Ich hab' niemanden. Und das ist's wohl, was ich einfach noch nicht ertrage. Vielleicht bin ich noch zu jung dazu. Deshalb hab ich's schon zu Hause nicht ausgehalten und kam her zu euch. Und hier versage ich nun auch wieder. Ach, es ist ein Kreuz. In Indien werden die Witwen verbrannt. Da weiß man schon, warum.«

Anna ist der selbstironische Ton nicht entgangen, zu dem Ruth nun wiedergefunden hat, und so wagt sie nach kleiner Pause den Vorstoß: »Du solltest halt wieder heiraten.«

Ruth nähert ihr Gesicht dem Spiegel und blickt sich skeptisch an.

»Schau mich doch an, wie ich aussehe – verheult, mit einer roten Nase. Ich müßte mir doch erst einen mit dem Lasso einfangen.«

Nun muß Anna lachen. Sie steht auf und legt ihren Arm um die Schwägerin. »Ach, Ruth, du bist schon ein komisches Frauenzimmer.«

»Sag ruhig, ein verrücktes Frauenzimmer«, Ruth lacht schon ein wenig mit. Und auf einmal blitzt wieder etwas von ihrer alten Energie und von ihrem Humor auf.

»Laß mich nur«, sagt sie, »wenn ich mich mal so richtig ausgeheult habe, dann geht's auch wieder 'ne Weile. So, und jetzt hab' ich Hunger und will frühstücken.«

*

Als die beiden Frauen am Frühstückstisch erscheinen, ist Otto schon oben bei den Greindels in Zimmer 11.

»Es tut mir leid, daß ich Sie so früh gestört habe«, entschuldigt sich Otto, »ich hoffe, Sie haben gut geschlafen und gut gefrühstückt.«

»Der Schlaf war ein bissel kurz. Wir kamen erst spät ins Bett«, sagt Greindel. Er gibt sich betont jovial, hat für Otto einen Stuhl herangerückt und kommt gleich ins Erzählen.

»Wir waren gestern viel unterwegs. Eine schöne Tour, die Hochstraße bis Freudenstadt, dann Freiburg und das Glottertal. Und zum Schluß sind wir noch in Herrenwies in der ›Traube‹ hängengeblieben. Ist ja ein schönes Stück Erde hier, diese Schwarzwaldlandschaft.«

»Ja«, sagt Otto, »aber weswegen ich hier bin, Herr Greindel.

Verstehen Sie mich recht, ich möchte Ihnen Schwierigkeiten ersparen. Sie hatten gestern mit Ihrem Wagen einen Unfall.«

Donnerwetter, das hat sich aber schnell herumgesprochen. Herr Greindel wechselt mit seiner Frau einen überraschten Blick, aber er scheint die Angelegenheit nicht sehr tragisch zu nehmen. Die Beule am Wagen hätte er sich noch gar nicht angesehen. In der Nacht bei der Rückfahrt zwischen Untersmatt und Bühlerhöhe sei es passiert.

»Ich hab' so etwa achtzig Sachen drauf«, berichtet Greindel, »da läuft mir doch plötzlich 'ne Wildsau vor den Bug. Erst denk' ich, sie schafft's noch, aber da hab' ich sie schon rechts erwischt. Bums, krach. Meine Frau flog mir fast in die Scheibe.«

»Eine Wildsau?«

»Und was für ein Brocken. Sie lag so zwischen Stoßstange und rechtem Vorderrad. Ich glaubte schon, sie sei hin, aber auf einmal springt das Biest doch wieder auf, schreit, quiekt und haut ins Unterholz ab. Ich kann Ihnen sagen, mir haben direkt die Knie gezittert, als ich weiterfuhr.«

Ottos Gesicht läßt nicht erkennen, ob er dem Herrn Greindel dieses Autofahrerlatein glaubt. Gewiß, so etwas gibt's. Auch ihm ist bei nächtlichen Fahrten auf der Hochstraße schon öfter mal ein Stück Schwarzwild oder auch ein Rehbock über die Fahrspur gewechselt. Aber daß einer mit achtzig Sachen auf eine Wildsau fährt und noch lebend davonkommt?

»Haben Sie sich wenigstens die Stelle gemerkt, wo Sie das Tier erwischten?«

Herr Greindel sieht seine Frau mit einem fragenden Blick an und zuckt mit den Achseln. »Die genaue Stelle? Nee, den Kilometerstein hab' ich mir nicht angesehen. Ich sagte ja, so zwischen Untersmatt und Bühlerhöhe. War ja finstere Nacht, und nachher kam noch Nebel auf. Ich war froh, daß wir noch mal davongekommen waren. Ich hätte mich ja mit dem Wagen überschlagen können.«

Otto beugt sich vor. Zweifel und Besorgnis zugleich sind in seinem Blick, als er die Greindels nun darauf aufmerksam macht, daß auch ein Unfall mit einem Stück Wild meldepflichtig ist. Das städtische Forstamt muß Uhrzeit und Unfallstelle erfahren. Dann wird der zuständige Revierförster verständigt, damit er mit seinen Gehilfen und Hunden das offensichtlich schwerverletzte Tier sucht. Man kann doch so ein Stück Wild nicht einfach verludern lassen.

Aber von so einer Meldung will Herr Greindel gar nichts wissen.

»Um Gottes willen«, wehrt er ab, »wenn ich eine alte Wildsau anfahre, dann werd' ich mir doch nicht den ganzen Papierkram auf den Hals laden mit Protokollen und so.«

Auch seine Frau versucht nun die ganze Geschichte zu bagatellisieren. Aber Otto spürt gerade bei ihr eine auffällige Unsicherheit und Nervosität, und so läßt er nun den ersten scharfen Schuß los.

»Ja, wie Sie wollen, Herr Greindel, ich fürchte nur, um eine polizeiliche Vernehmung werden Sie nicht herumkommen.«

»Wie soll ich das verstehen?«

»Herr Greindel, gestern abend hat ein unbekannter Autofahrer bei Herrenwies eine Frau über'n Haufen gefahren und ist dann geflüchtet. Die Frau ist schwerverletzt und zur Zeit noch bewußtlos.«

Otto fängt einen erschreckten Blick auf, den Frau Greindel ihrem Mann zuwirft. Doch der reagiert fast empört und sagt mit abwehrender Geste: »Aber Sie wollen doch mich nicht etwa damit in Verbindung bringen?«

»Herr Greindel«, sagt Otto jetzt sehr ernst, »Sie sind mein Gast, und ich möchte Sie vor Unannehmlichkeiten schützen. Die Sache mit dem Unfall bei Herrenwies steht schon in der Morgenzeitung. Es läuft eine polizeiliche Fahndung nach dem schuldigen Fahrer. Alle Tankstellen und Reparaturwerkstätten sind verständigt. Wo Sie also jetzt auch mit Ihrem eingebeulten Wagen aufkreuzen, man wird sofort die Polizei holen. Verderben Sie sich doch bitte nicht Ihren ganzen Urlaub.«

Nun sitzen die beiden Greindels doch ziemlich verdattert und mit ratlosen Gesichtern da. Verdammt noch mal, ist das eine dumme Geschichte.

»Ja, was mach' ich denn da?« fragt Greindel nun recht kleinlaut.

Otto kann ihm nur einen Rat geben, möglichst schnell zur Dienststelle der Gendarmerie hinunterzufahren.

»Zeigen Sie dort Ihren Wagen, erzählen Sie, was passiert ist, und lassen Sie sich eine Bescheinigung geben, damit Sie nicht weiter in Verdacht kommen.«

»Und wenn man uns nicht glaubt?« fragt Frau Greindel.

»Warum soll man Ihnen denn nicht glauben, gnädige Frau? Sie waren doch dabei und können notfalls ein Protokoll als Zeugin unterschreiben. Außerdem wird ein Sachverständiger bei den Blutspuren an Stoßstange und Kotflügel ja wohl ohne Schwierigkeit feststellen können, daß es sich um Tierblut handelt.«

Otto steht auf. Mehr kann er in diesem Fall wirklich nicht für seine Gäste tun. Er hofft, daß sich alles zu ihren Gunsten klärt, und damit verabschiedet er sich.

*

Kaum ist Otto draußen, verliert Frau Greindel ihre mühsam bewahrte Fassung. Vernehmungen, Protokolle? Das darf nicht sein. Sie beschwört ihren Mann:

»Hugo, du kannst jetzt nicht zur Polizei gehen. Ich muß erst mit meinem Rechtsanwalt sprechen.«

»Quatsch«, sagt Greindel, »wo willst du den erreichen? Der ist doch auch im Urlaub.«

Verzweifelt greift sich Frau Greindel an den Kopf.

»O Gott, wären wir doch bloß gleich von Freiburg aus nach Hause gefahren. Aber du mußtest ja noch unbedingt nach Herrenwies in die ›Traube‹.«

Nun auch noch Vorwürfe und Anklagen. Da wird Greindel richtig wütend, haut auf den Tisch, daß das Frühstücksgeschirr klirrt.

»Konnte ich denn das alles ahnen, verdammt noch mal? Bin ich ein Hellseher?«

Die Greindels sind wirklich in einer argen Klemme.

*

Im Hotel läuft inzwischen der übliche Vormittagsbetrieb an. Ruth hat sich nach ihrem kleinen Zusammenbruch wieder großartig gefangen und richtet zusammen mit den Zimmermädchen die Etagen. Anna ist auf dem Markt, Jörg hilft dem Großvater beim Abfischen an den Teichen, und Otto sitzt im Büro über den Tagesdispositionen. Er hat zwar gleich nach dem Gespräch mit den Greindels über das Forstamt die Meldung von der angefahrenen Wildsau an die Försterei Untersmatt durchgegeben. Aber dann kommt er nicht mehr dazu, noch viel über diesen Fall nachzudenken.

Um so mehr Zeit hat dafür Herr Stöger. Er liest mit Vorliebe Kriminalromane, und der Anblick der blutbespritzten Stoßstange des Bielefelder Wagens hat seinen Spürsinn außerordentlich erregt. Außerdem ist er ein moralisch sehr empfindsamer Herr, der bei einem Fall von Fahrerflucht keinen Spaß versteht. Gewiß, er ist kein Denunziant und kein Angeber, und wenn ihm die Sache mit dem Parkverbot nicht passiert wäre . . .

*

Herr Stöger war nämlich nach dem Frühstück einmal kurz in die Stadt gefahren, um sich Berliner Zeitungen zu kaufen. Leider hatte er dabei übersehen, daß er seinen Wagen genau in einer Parkverbotszone abgestellt hatte, und als er nach einer kleinen Weile, seinen Hund an der Leine und die Zeitungen unterm Arm, zurückkehrte, stand da prompt ein Polizist, der gerade das Kennzeichen des Berliner Wagens notierte. Natürlich war Herr Stöger nicht sehr glücklich darüber gewesen, daß seine Zeitungen auf diese Weise gleich um fünf Mark teurer werden sollten. Er verlegte sich aufs Handeln und bot zwei Mark als gütlichen Vergleich. Aber nein, der strenge Ordnungshüter blieb eisern bei fünf Mark. Auch August, der Hund, hatte sich noch eingemischt, schimpfte laut bellend mit, kurz, es hatte eine recht geräuschvolle Auseinandersetzung gegeben, in deren Verlauf Herr Stöger dann voller Unmut die Bemerkung hatte fallenlassen, die Polizei sollte sich weniger um friedlich parkende Wagen kümmern und dafür mehr Beamte bei der Fahndung nach fahrerflüchtigen Autorowdys einsetzen. Auf dem »Forellenhof« stände jedenfalls ein Bielefelder Wagen, der verdammt nach einem frischen blutigen Unfall aussähe. Aber da hätte sich noch kein Polizist blicken lassen. Da scheue man wohl den weiten Weg.

So war der Stein ins Rollen gekommen. Herr Stöger war zwar trotzdem seine fünf Mark losgeworden, aber die Polizei hatte einen Tip.

Es ist so etwa gegen elf Uhr. Otto telefoniert gerade mit seinem Sohn Klaus, den man eigentlich zum Mittagessen erwartet. Aber Klaus sagt wieder einmal ab. Ist es der Liebesfrühling, den er gerade mit seiner Eva verlebt, oder ist es wirklich dringende Arbeit, die ihn fernhält? Otto bekommt es nicht ganz aus ihm heraus, da klopft es an die Bürotür, und Herr Greindel tritt ein.

Ob Otto wohl schon vom Forstamt eine Nachricht hätte, will er wissen. Herr Greindel macht nun doch einen recht geknickten Eindruck und scheint einzusehen, daß das Auffinden der Wildsau ein sehr wichtiges Alibi für ihn ist. Aber Otto kann ihm noch nichts Tröstliches sagen.

»So ein Waldrevier ist groß, Herr Greindel. Der Förster hat mir zwar gesagt, daß er gleich mit seinem Eleven und zwei Hunden alle Wildwechsel abgehen will. Aber bis so eine Schweißspur gefunden ist, das dauert seine Zeit. Aber darüber sollten Sie sich weniger Sorgen machen als um die polizeiliche Fahndung. Ich begreife nicht, warum Sie nicht schon längst unten bei der Gendarmerie waren. Warum sträuben Sie sich so dagegen?«

»Weil das einen endlosen Rattenschwanz von Vernehmungen gibt. Ich kenn' doch die Brüder. Die wollen immer alles ganz genau wissen, wo man war, warum man irgendwo war, was man da gemacht hat, wieviel man getrunken hat, sie wollen Zeugen genannt haben, und der halbe Tag ist dabei verloren.«

»Ja, wie Sie denken, Herr Greindel«, sagt Otto und zuckt mit den Achseln, »aber Sie bringen mich als Hotelier in einen erheblichen Konflikt. Wenn Sie nicht mein Gast wären – ich sag's Ihnen ganz offen – müßte ich eigentlich schon von mir aus eine Anzeige machen.«

»Ach, hören Sie auf!« Herrn Greindel ist das ganze Gerede schon zuviel. »In ein paar Tagen haben sie den flüchtigen Fahrer gefaßt, und dann kräht kein Hahn mehr danach.«

»Ich will es hoffen«, sagt Otto, »in Ihrem Interesse, Herr Greindel.«

In diesem Augenblick klingelt das Telefon auf dem Schreibtisch. Otto nimmt den Hörer, meldet sich und winkt dann mit alarmiertem Gesicht Herrn Greindel zu sich heran. Die Polizei.

Otto führt nun das Gespräch mit dem alten Gendarmeriemeister Gronefeld, den er schon lange kennt. Ja, er wisse von der Sache, aber diesmal sei die Polizei doch wohl auf der falschen Fährte. Der Bielefelder Wagen gehöre einem Gast, der heute nacht ein Stück Wild angefahren habe. Die Försterei sei schon verständigt. – Bitte, man könne sich den Wagen ja mal ansehen. Herr Greindel sei hier und stehe zur Verfügung. – Also bis nachher.

Otto hängt ein und wendet sich ärgerlich Herrn Greindel zu.

»Sehen Sie, nun haben Sie die Sache doch am Hals. In einer Viertelstunde ist die Polizei da.«

Herr Greindel hat sich vor Schreck auf einen Stuhl gesetzt und fragt nun mit kläglichem Gesicht:

»Aber wer hat denn um Gottes willen die Leute informiert?«

»Vermutlich dieser Herr Stöger«, sagt Otto, »ein etwas übereifriger Herr, der heute früh leider dabei war. Er wird gequatscht haben. Nun haben wir beide den Ärger. Ich muß Ihnen sagen, das ist mir sehr unangenehm. Ich habe nicht gern die Polizei im Hause.«

Es ist wirklich nur noch ein Häufchen Unglück, was von Herrn Greindel übriggeblieben ist. Ja, nun muß er sich wohl doch zu einem Geständnis bequemen. Leicht fällt es ihm nicht.

»Ich muß Ihnen etwas erklären, Herr Buchner«, beginnt er und druckst herum. »Ich bin in einer scheußlichen Situation. Aber Sie sind ja ein Mann, Sie sind auch verheiratet, und Sie werden so etwas verstehen.«

Otto sieht ihn erwartungsvoll an und nun beichtet Herr Greindel:

»Meine Frau ist nämlich nicht meine Frau.«

So, nun ist es heraus. Otto kann einen überraschten Ausruf nicht unterdrücken, denn eine solche Erklärung hatte er nicht erwartet. Und Greindel redet sich nun seine ganze Sorge von der Seele.

»Sehen Sie, Herr Buchner, deshalb versuche ich doch schon die ganze Zeit, mich um diese blöde polizeiliche Vernehmung zu drücken. Die Dame, mit der ich hier in Ferien bin – eine Frau Annemarie Herthel –, ist verheiratet, lebt aber in Scheidung. Ich bin auch verheiratet, und meine Ehe wackelt auch. Frau Herthel war übrigens früher meine Sekretärin im Betrieb, und wie es nun mal so im Leben ist, man kann zusammen nicht kommen, da denkt man, ach, mach dir doch mal 'n paar schöne freie Tage, fahr mal 'n bißchen weg. Sehen Sie, und dann läuft alles gleich so schief.«

Schon in Herrenwies gestern abend, in der ›Traube‹, hatte es angefangen, berichtet Greindel nun etwas weitschweifig weiter. Sie waren in das Lokal gekommen, und wer sitzt da an einem Tisch? Ein Angestellter aus Greindels Buchhaltung. Ausgerechnet muß der Kerl auch auf Ferienreise im Schwarzwald sein. Sehr unangenehm, sehr peinlich. Sieht den Chef mit der ehemaligen Sekretärin. Ja, und dann passiert noch die Sache mit der Wildsau.

»Nun lassen Sie bloß noch eine Panne mit den polizeilichen Protokollen eintreten, die Leute sind ja nicht gerade diskret, und dann sind wir geplatzt. Wir werden beide schuldig geschieden, und für mich ist der Ofen aus. Meine ganze Existenz steht auf dem Spiel, Herr Buchner. Meine Frau wird dann ihr Geld aus der Firma ziehen, und ich stehe vor der Pleite.«

Ja, eine sehr dumme Situation. Aber Otto hat keine Lust, sich noch weitere Details anzuhören. Schließlich kann er sich nicht auch noch um das komplizierte Privatleben seiner Gäste kümmern.

»Lieber Herr Greindel«, unterbricht er deshalb den Redeschwall, »menschlich kann ich das alles sehr gut verstehen. Aber ich habe ein Hotel – das ist mein Geschäft und meine Existenz.« Und mit vorwurfsvoller Stimme fügt er hinzu: »Sie haben sich bei mir als Herr Greindel mit Ehefrau eingeführt. Ich will daraus nichts machen, aber das muß sofort berichtigt werden. Auch ein Anmeldeformular im Hotel ist ein amtliches Dokument. Das haben Sie wohl vergessen.«

Nun, vergessen hat das Herr Greindel bestimmt nicht. Er wird also eine neue Anmeldung ausschreiben, und dann muß man sehen, wie man über die Hürden des polizeilichen Verhörs hinwegkommt.

*

Hätten die Greindels geahnt, wie schnell, wie sachlich und wie unbürokratisch die Untersuchung des Falles vor sich ging, so hätten sie sich eine Menge Sorgen und Aufregungen sparen können. Auch die Polizei hatte wenig Interesse daran, nun das ganze Privatleben des Herrn Greindel bis in die Intimsphäre aufzublättern. Zwar hatte sich der Gendarmeriemeister Gronefeld, der zusammen mit einem Beamten der Fahndung zum »Forellenhof« heraufgekommen war, zuerst sehr mißtrauisch die Unfallspuren an Greindels Mercedes angesehen. Aber dann hatte er ein paar sehr präzise Fragen gestellt, die Greindel durchaus glaubwürdig beantworten konnte, und als sich dann herausstellte, daß Greindel zu der Zeit, als sich der Unfall mit der Fahrerflucht ereignete, noch mit der Frau Herthel in der Herrenwieser »Traube« beim Wein gesessen haben mußte, war schon ziemlich klar, daß der Tip des Herr Stöger eine Fehlanzeige gewesen war. Schließlich hatte der andere Beamte vom Fahndungsdienst auch noch, unter der Stoßstange verklemmt, ein paar Sauhaare gefunden, und da waren wohl die letzten Zweifel beseitig. Es hatte nicht einmal mehr ein förmliches Protokoll gegeben, zu dem Frau Herthels Unterschrift gefordert wurde. Herr Greindel hätte also mit ihr, aller Sorgen ledig, den Rest seiner Urlaubstage auf dem »Forellenhof« verbringen können. Zwar nicht mehr in einem Doppelzimmer, wie sie begonnen hatten, sondern getrennt in zwei hübschen Einzelzimmern, die Otto durch einen Umtausch noch hätte freibekommen können. Aber daraus wird nichts mehr.

*

Das illegitime Urlaubsglück hat plötzlich einen Sprung bekommen. Vielleicht hatte Herr Greindel etwas allzu deutlich durchblicken lassen, wie sehr ihm an der Erhaltung seiner Ehe und damit am Gelde seiner Frau lag. Vielleicht war es sein gleichgültiger Ton gewesen, mit dem er über die Schwierigkeiten hinweggegangen war, die auch für Frau Herthel hätten entstehen können. Auf jeden Fall hatte sich sehr schnell erwiesen, daß beider Zuneigung zueinander wohl doch nicht stark genug war, eine solche Belastungsprobe zu ertragen. Und nun noch dieser lästige Umzug in getrennte Zimmer. Annemarie Herthel ist sehr verstimmt. Man kommt sich ja vor, als hätte man silberne Löffel gestohlen. Was sollen die Leute denken, die anderen Gäste? Und dem Herrn Buchner kann man nun überhaupt nicht mehr unter die Augen treten.

»Diese Peinlichkeit hättest du mir wirklich ersparen können«, sagt sie frostig. »Aber Taktlosigkeiten bin ich ja bei dir gewöhnt. Warum ziehen wir nicht ganz aus? Schließlich gibt es ja noch andere Hotels.«

»Von mir aus«, sagt Greindel patzig, »aber dann entscheide dich bitte sofort. Ich habe keine Lust, das Zimmer noch einen Tag länger zu bezahlen. Die paar Tage hier waren schon teuer genug.«

Annemarie wirft ihm einen vernichtenden Blick zu. »Wenn es dir zuviel wird, kann ich meinen Teil gern selbst bezahlen. Ich möchte dir nicht zur Last fallen.«

»Red nicht so dummes Zeug«, blafft Greindel zurück, »da ist man froh, daß diese blöde Unfallgeschichte so gut überstanden ist, und nun machst du mir hier ein solches Theater. Als ob ich mir nicht die größte Mühe gegeben hätte, dich aus der Sache herauszuhalten.«

»Mich wolltest du heraushalten?« Annemarie lacht höhnisch auf. »Deine Frau wolltest du heraushalten. Was aus mir wird, war dir doch völlig egal.«

Eine sehr unfreundliche Stimmung in Zimmer 11.

*

Auch Herr Stöger hat Kummer. August ist weg. Als er aus der Stadt ins Hotel zurückkam, wollte er nur kurz nach seiner Post fragen und hatte den Hund für ein paar Minuten am Türgriff seines Wagens angebunden. Aber die Leinenschlaufe war wohl etwas zu locker, und Augusts Sehnsucht, einmal frei herumzustromern, war zu groß gewesen. Als Herr Stöger zu seinem Wagen zurückkam, war August mitsamt der Leine verschwunden.

Wo treibt sich der Bursche herum? Herr Stöger macht das ganze Hotel verrückt. Haben Sie nicht meinen Hund gesehen? Er fragt alle Gäste, er fragt das Personal, er fragt Otto Buchner. Nein, Otto weiß auch nichts. Aber der kann sich doch nicht die Bemerkung verkneifen: »Fragen Sie doch mal die Polizei, Herr Stöger. Die hat ja im Fall Greindel sehr schnell funktioniert.«

»Wie meinen Sie das?«

»Ich meine, daß Sie die Angelegenheit durchaus etwas diskreter hätten behandeln können. Es wäre ja wirklich nicht nötig gewesen, mir gleich die Polizei auf den Hals zu hetzen.«

Herr Stöger zuckt mit den Achseln. »Erlauben Sie mal, in einem solchen Fall . . .«

»Der Fall ist einwandfrei geklärt«, sagt Otto sehr bestimmt, »Herr Greindel hat mit der Fahrerflucht nichts zu tun.«

»Um so besser«, sagt Herr Stöger rasch und ist schon wieder aus der Tür, »außerdem ist mir mein Hund jetzt wichtiger.« Und wieder saust er durch die Halle, über die Terrasse, zum Parkplatz.

»August! August!« Nichts. Nur ein paar Gäste drehen sich kopfschüttelnd und lachend um. Wie kann man einen Hund nur »August« nennen.

Dabei ist August sehr stolz auf seinen Namen. Kaiser und Könige trugen ihn schon. Und königlich ist auch seine Freude, mit der er nun, schon weit vom Hotel entfernt, über die Wiesenhänge dem Wald entgegenläuft. Die nachschleppende Leine ist zwar etwas störend bei seinen Sprüngen, aber die ganz ungeteilte Freiheit gibt es wohl auch für Hunde nicht. Schade ist nur, daß jetzt der Kuni nicht dabei ist. August hatte keine Zeit mehr gehabt, ihn zu verständigen, und so trabt er nun allein durch den dichten Wald. Wie herrlich es hier riecht. Nach Tannenharz, nach Pilzen und nach vermodertem Holz. Ganz anders als in den Straßen Berlins. Nun kommt ein kleiner Graben. August will gerade zum Sprung ansetzen, da gibt es einen Ruck. Plötzlich sitzt er fest. Das Ende seiner Leine hat sich unter einem Wurzelstock verfangen. Nun, das ist nicht so schlimm, denkt August zuerst, zieht, zerrt, dreht sich ein paarmal herum, aber die Lederleine zieht sich dadurch immer noch fester. Aus dem Halsband kann er auch nicht herausschlüpfen, und nun verläßt ihn doch langsam alle Abenteuerlust. Er fängt an, fürchterlich zu schimpfen, bellt, bellt, und als keine tröstliche Antwort kommt, verlegt er sich schließlich aufs Heulen.

*

Kurz vor drei Uhr hält der Autobus, der zwischen Baden-Baden und Gernsbach verkehrt, und bringt dem »Forellenhof« die ersten Kaffeegäste. Unter den Aussteigenden ist auch eine nette kleine Frau in hübschem Reisekostüm. Sie hebt ihren

Koffer aus dem Wagen, stellt ihn hin und schaut nun erst einmal prüfend zum Hotel hinüber. Ja, das Haus sieht nicht schlecht aus, denkt sie. Das könnte ihr gefallen. Und so marschiert sie, ihr Köfferchen in der Hand, munter auf den »Forellenhof« zu.

Als sie die Hotelhalle betritt – die Gäste sitzen fast alle auf der Terrasse –, ist die Rezeption gerade unbesetzt. Etwas neugierig sieht sich die Frau mit dem Köfferchen um. Wirklich, ein sehr hübsches Hotel. Plötzlich klingelt es am Klappenschrank, klingelt noch einmal, aber keiner geht an das Telefon. Ist wirklich niemand da? Resolut stellt die Frau ihr Köfferchen ab, geht hinter den Rezeptionstisch und nimmt den Hörer.

»Hier ist das Waldhotel ›Forellenhof‹. – Zwei Portionen Kaffee möchten Sie haben? Bitte sehr! Darf ich Ihre Zimmernummer erfahren? – Nummer sechzehn? – Ja, ich gebe es weiter. Danke!« Sie hat noch nicht eingehängt, da öffnet sich hinter ihr die Tür zum Büro, und Otto schaut verdutzt auf die fremde Person am Klappenschrank.

»Was machen Sie denn da?«

»Ich bin Charlotte Liebscher«, sagt da die kleine vergnügte Person, »und wenn's wo klingelt, da geh' ich 'ran. Zwei Portionen Kaffee bitte, für Nummer sechzehn.«

Otto versteht kein Wort. Ja, wer zum Teufel . . . Doch da kommt Friedl die Treppe herunter.

»Lottchen! Wie schön, daß Sie da sind«, ruft sie erfreut. Und die beiden Frauen fallen sich in die Arme.

»Herr Buchner, das ist Frau Liebscher, meine Nachfolgerin«, stellt dann Friedl die Angekommene vor.

Die neue Empfangssekretärin. Otto hat natürlich längst vergessen, daß sie ja um drei Uhr kommen wollte. Na, die führt sich aber gleich gut ein. Und auf den Mund scheint sie auch nicht gefallen zu sein.

»Sie kommen direkt aus Hamburg?«

»Ja, direkt. War'n büschen lange Fahrt«, sagt Frau Liebscher in unverkennbarem Dialekt der Hansestadt, »aber wenn unsere Friedl schon so schnell nach Amerika will, da mußte ich mich ja auch sputen.«

»Na, dann kommen Sie mal 'rein«, sagt Otto, läßt Frau Liebscher ins Büro eintreten und bittet Friedl: »Sagen Sie doch meiner Frau, sie möchte mal kommen.«

Friedl nickt, und Frau Liebscher ruft ihr aus der Tür noch nach: »Und nicht vergessen – zweimal Kaffee für Zimmer 16!«

*

Herr Stöger ist verzweifelt. Von August noch keine Spur. Er ist nun schon die ganze Talseite abgelaufen, die dem Hotel gegenüberliegt, er war bei den Sägewerken, bei den Fischteichen, nichts. Sehr bekümmert kommt er nun zum Hotel zurück. Wie jeder Hundebesitzer hängt er natürlich an dem Tier. August ist ihm seit Jahren ein guter und treuer Gefährte gewesen. Noch nie war er ihm weggelaufen. Man kann ihn doch nicht gestohlen haben.

Auf der Terrasse trifft Stöger den Kuni.

»Ob wir beide mal suchen gehen, Kuni? Er ist doch auch dein Freund. Komm mit, wir gehen mal zusammen.«

Der große gelbe Boxer schaut Herrn Stöger aus seinen runden Bernsteinaugen an, und als habe er verstanden, um was und um wen es geht, setzt er sich sofort an Stögers Seite, und beide gehen nun noch einmal über die Wiesen in Richtung des Waldes. Lange noch hören die Kaffeegäste auf der Terrasse Herrn Stögers Rufen und Pfeifen.

*

Im Büro schaut sich nun auch Anna die neue Empfangssekretärin an. Ja, sie gefällt ihr eigentlich recht gut. Gewiß, an den norddeutschen Dialekt muß man sich halt erst gewöhnen, aber sie scheint eine putzige kleine Frau zu sein, die ihr Fach versteht.

»Und Sie wollen gleich hierbleiben, Frau Liebscher?«

»Dja, hab' ich mir so gedacht. Ich meine, wenn Ihnen meine Nase gefällt, dann fang' ich gleich an. Aber bitte, sagen Sie doch Lottchen zu mir. Bin ich so an gewöhnt.«

Anna und Otto werfen sich lächelnd einen Blick zu. Na, schön, also Lottchen. Das klingt ganz familiär und paßt zum »Forellenhof«. »Aber hier weht auch manchmal ein scharfer Wind«, warnt Otto, »besonders an der Rezeption. Da geht's oft drunter und drüber.«

»Ach, das macht nichts«, sagt Lottchen vergnügt, »ich bin seefest. Außerdem weiß ich aus langer Berufserfahrung, wenn im Haus mal was schiefläuft, hat immer die Rezeption schuld. Lottchen ist unfähig, Lottchen verpatzt alles, Lottchen wird 'rausgefeuert. Bin ich auch sehr mit einverstanden. Einer muß es ausbaden. Also, wenn Sie mal Krach oder Ärger haben, bei mir kann er abgeladen werden.«

»Das ist gut zu wissen«, sagt Anna lachend, »aber ich glaube, wir sind eigentlich eine ganz nette und verträgliche Familie. Manchmal spielen wir zwar ein bisserl verrückt. Dann steht mein Mann kopf und ich lauf' schräg durch die Wand, dann wollen wir beide das Hotel in Brand stecken und auswandern.«

»Ach, da haben Sie man keine Sorge«, beruhigt sie Lottchen, »ich hol' Sie schon wieder zurück.«

Ja, das klingt alles recht gut. Die Buchhaltung und die Korrespondenz will Lottchen auch mitmachen. Nun wäre also nur noch das Problem der Unterbringung. Ein Zimmer beim Personal ist noch nicht frei, und Anna möchte Lottchen eigentlich nicht zumuten, bei Friedl auf der Couch zu schlafen.

»Zimmer 11 wird frei«, sagt da Otto, »soll Lottchen solange da einziehen.«

»Zimmer 11? Da wohnen doch die Greindels.«

»Nicht mehr lange«, sagt Otto, »die reisen in spätestens einer Stunde ab.« Und mit einem kleinen ironischen Lächeln fügt er hinzu: »Wohl 'n kleiner Zwischenfall im Eheglück.«

In Zimmer 11 wird gepackt. Die Schränke stehen offen, auf Betten und Stühlen liegen die Koffer und die Reisetaschen herum. Stumm und ohne sich anzusehen, sucht jeder seinen Kram zusammen. Bitterkeit und Feindseligkeit schweben im Raum. Man ist restlos fertig miteinander.

Mit einem geradezu versteinerten Gesicht geht Annemarie Herthel an ein Schrankfach, nimmt einen Stoß wollener Pullover heraus, um sie einzupacken.

»Der grüne ist meiner«, macht Greindel sie aufmerksam. Wortlos nimmt Annemarie den grünen Pullover vom Haufen und wirft ihn in Greindels Richtung auf das Bett.

»Du«, zischt Greindel nun in verhaltener Wut, »wenn du jetzt anfängst, mich wie einen krummen Hund zu behandeln, dann fahr bitte alleine nach Haus.«

»Das werde ich auch. Mit Vergnügen!« Annemaries Ton ist spitz und böse. »Glaub ja nicht, es macht mir noch Spaß, bis Bielefeld mit dir zusammen im Wagen zu sitzen. Ich werde mir ein Taxi bestellen, das mich zum Bahnhof fährt.«

Wenn sie es doch nur täte, denkt Greindel beim Einsammeln seiner Toilettenutensilien. Er kann dieses Gesicht nicht mehr ertragen, und der Ton, mit dem sie nun wieder ihren anklagenden Monolog hält, reißt an seinen Nerven ...

»Wir Frauen sind ja immer die Dummen. Aber ich habe schon gewußt, woher der Wind weht, als du damals das erste Mal mit meinem Rechtsanwalt sprachst. Nur sich nicht festlegen. Nur keine Verpflichtungen übernehmen.«

»Ich habe dir immer klar gesagt, daß ich Rücksichten zu nehmen habe. Auf die Firma und auf meine Frau«, läßt sich Greindel noch einmal auf einen Disput ein. »Es war zwischen uns nie von Heirat die Rede.«

»Von Heirat?« Annemarie lacht höhnisch auf. »Bilde dir nur nicht ein, ich hätte je darauf spekuliert, dich Geizkragen zu heiraten. Wo ist denn das Armband, das du mir seit Monaten versprochen hast?«

»Das kannst du dir an'n Hut hängen«, sagt Greindel jetzt grob, »bin ich verrückt, dir jetzt noch'n Armband zu schenken? Wo ist meine Zahnpasta?«

»Das war meine«, sagt Annemarie triumphierend, »die habe ich gekauft, von meinem Geld. Und ich werde auch meine Hotelrechnung alleine bezahlen. Von nun an brauchst du nie mehr etwas für mich zu tun.«

Gott gebe es, denkt Greindel und schlägt die Augen zur Decke. Denn er ist noch nicht ganz davon überzeugt. Und als Annemarie Herthel eine Viertelstunde später die Rezeption anruft, um sich ein Taxi zum Bahnhof zu bestellen, macht er nicht den geringsten Versuch, sie davon abzuhalten.

*

Auch auf Hundefreundschaft ist kein Verlaß mehr, stellt Herr Stöger betrübt fest. Eine ganze Weile war der Kuni brav mit ihm alle Waldwege abgelaufen, war mit auf die Hänge geklettert und hatte die Ohren gespitzt, wenn Stögers Rufe nach August im Wald verhallten. Es sah wirklich so aus, als sei auch er am Wiederauffinden seines langohrigen Freundes interessiert. Doch dann war ihm die Geschichte wohl zu langweilig geworden, und an einer Wegbiegung hatte er plötzlich kehrtgemacht, hatte Herrn Stöger allein gelassen und war mit langen Sätzen quer durch den Wald in Richtung auf den »Forellenhof« davongelaufen. Nun ist der Kuni also auch weg.

Die Düfte aus der heimatlichen Hotelküche werden ihn wohl mehr reizen, als mit mir durch den Wald zu stiefeln, denkt Stöger. Aber er irrt sich. Kuni hat ganz etwas anderes in der Nase als Fleischdüfte, schon oben an der Wegbiegung hatte er den artverwandten Geruch gespürt, und so läßt er nun auch den »Forellenhof« ganz links liegen, läuft nicht über die Wiese, sondern taucht im Unterholz des Waldes unter. Etwas mühsam kämpft er sich noch durch ein dichtes Brombeergestrüpp, aber dann hat er die freie Fläche vor sich und stürmt, die Nase auf der Spur, weiter.

Einmal hält er inne, hebt den Kopf, horcht, und da hört er es auch, ganz weit, ganz dünn, die klägliche Stimme seines Freundes.

Sofort nimmt Kuni die Richtung auf, läuft los, und es dauert auch kaum eine Minute, da hat er den August gefunden. Aha, die Leine. Natürlich, wenn so ein Stadthund in den Wald auf Abenteuer geht. Keine Erfahrung haben diese jungen Burschen, und nicht einmal eine Lederleine können sie richtig durchbeißen.

Augusts Stimme ist vom vielen Schimpfen und Hilfebellen ganz heiser geworden, aber beglückt und selig wackelt sein Schwänzchen, als Kuni nun sachverständig die Befreiung in Angriff nimmt. Zuerst wird einmal der Wurzelstock freigekratzt. Dann nimmt der große, starke Boxer die Leine in den Fang, stemmt sich mit aller Kraft gegen den Waldboden, zerrt und zerrt, dann gibt es einen Ruck. Kuni hat den ganzen Wurzelstock aus der Erde gerissen. Die Leine ist frei. August macht einen Freudensatz, will gleich losschießen.

Aber halt, halt, mein Freund, denkt Kuni, damit du nicht wieder Dummheiten machst, die Leine nehme ich.

Und so ziehen nun die beiden, Kuni immer Augusts Leine im Fang haltend, heimwärts, dem »Forellenhof« zu. August mault zwar hin und wieder etwas, daß er so gegängelt laufen muß, aber Kuni läßt nicht mit sich reden. Er hält ihn fest.

*

Jörg hat den großen Lkw am Ladeschuppen abgestellt und steigt müde und verschwitzt aus dem Fahrerhaus. Es ist spät geworden. Das war aber auch wieder eine Tour heute. Zweihundert Kilo Forellen hat er abgeliefert. Allerdings war auch noch ein kleiner Abstecher dabeigewesen. Nicht ganz zufällig war er, vom Kurhaus kommend, den kleinen Umweg durch die Elisenstraße gefahren, an deren Ende Gaby Bentrup wohnt.

Es könnte ja sein, hatte er gedacht, vielleicht ist die Kleine gerade im Garten. Im Vorbeifahren hatte er mal den Hals gereckt – und tatsächlich, sie war im Garten. Jörg hatte gebremst, ein kurzer Signalton. Und schon kam sie herausgelaufen.

»Nein, kommen Sie nicht hier 'rauf«, hatte Jörg abwehrend gesagt, »hier stinkt's nach Fisch, und ich hab' auch kaum Zeit.« Aber Gaby war weder durch den Fischgeruch noch durch Jörgs knappe Zeit abzuhalten gewesen. Schon war sie zu ihm heraufgeklettert und fand alles sehr schick. »Zweimal hab' ich Sie jetzt schon zu einer Party eingeladen, und nie sind Sie gekommen«, hatte sie dann mit Vorwurf gesagt. »Tut mir leid, daß ich immer absagen mußte, Gaby. Aber machen Sie noch einen dritten Versuch. Ich möchte schwören, dann komme ich.« – »Ehrenwort?« – »Ehrenwort!«

Dann waren sie noch zusammen drei Straßen weiter rund um den Lichtenthaler Block gefahren, ein paar recht vielversprechende Minuten, und Gaby war wieder zurück in ihren Garten gegangen. Verdammt noch mal, denkt Jörg, dieses kleine Biest ist nur ein Jahr älter als Christa, und wenn ich mir vorstelle, daß sie auch bald soweit ist . . . Ihm wird ganz heiß bei dem Gedanken.

»Ach, Herr Buchner, Sie haben wohl nicht zufällig meinen August gesehen?«

Jörg dreht sich um, es ist Herr Stöger, der gerade müde und abgekämpft vom Suchen des Weges daherkommt.

»Ihr Hund ist weg?«

»Ja, mitsamt der Leine. Er muß sich losgerissen haben, und ich suche schon seit Stunden die ganze Gegend ab.«

»Nee, Herr Stöger, ich war unterwegs auf der Hochstraße und unten in der Stadt, und da habe ich . . .«

Jörg hat den Satz noch nicht ausgesprochen, da hört man von der Terrasse her ein heiseres Bellen. Stöger fährt herum, und den Fahrweg herunter kommen die Hunde – nun zieht der August den Kuni nach sich – auf Stöger zugeschossen.

»August! Mensch Meier.« Stöger verfällt vor Freude in seinen alten Berliner Ton. »Wo warst du denn? Hat dich der Kuni doch noch gefunden?«

Und nun gibt es eine Umarmung, mit Streicheln und Klopfen und Hecheln und Schwanzwedeln, es nimmt gar kein Ende. Zwei der schönsten und größten Kalbsknochen werden den beiden Hunden versprochen, und Herr Stöger muß auf die Wiedersehensfreude sofort einen doppelten Schnaps trinken.

Lächelnd sieht Jörg dem Stöger mit den beiden Hunden nach, die nun zusammen zum Hotel hinaufgehen. Einen doppelten Schnaps, ja, den könnte er auch gebrauchen. Aber erst einmal waschen.

Am Bruthaus begegnet er dem Großvater. Auch der ist müde und abgearbeitet. Den ganzen Tag über kam er nicht zur Ruhe. Da waren wieder die Siebe in den »Mönchen« locker, die Zuflüsse waren verstopft, und der erste Teich mit den Setzlingen mußte abgelassen werden, weil er verschlammt war.

Der alte Buchner legt seinen Arm auf Jörgs Schulter.

»Ich geb' dir einen guten Rat, mein Junge: Wenn du einmal das Hotel übernimmst, überleg dir's vorher, ob du die Forellenzucht weiterführst. Ich bin ein alter Mann, hab' sonst nichts zu tun und kann mich darum kümmern. Aber es ist ein hartes Brot und frißt einen Mann auf von früh bis in die Nacht.«

»Ach, Großvater, bis ich in den Forellenhof einsteige, da fließt noch viel Wasser den Bach herunter«, sagt Jörg lächelnd.

»Hoffentlich fließt es«, sagt der Großvater mit ernstem Gesicht, »denn Wasser brauchen wir für die Fische, und wenn das einmal aufhört . . .«

»Machst du dir Sorgen wegen des Stausees?«

»Ja, Junge, ich mache mir große Sorgen, es sieht nicht gut aus. Aber red nicht darüber, dein Vater hat mit dem Haus schon genug am Hals.«

Jörg nickt verständig, und dann geht er mit ihm – den schweren alten Mann etwas stützend – auf das Hotel zu.

*

An der Rezeption in der Halle hat Lottchen bereits ihren Posten eingenommen. Es klappt auch schon ganz gut. Sie hat sich inzwischen mit der Zimmerliste vertraut gemacht, den Klappenschrank studiert und ist gerade allein, denn Friedl ist kurz zum Essen gegangen, als zwei merkwürdige Gestalten in der Halle erscheinen. Auch Jörg und der Großvater schauen etwas verwundert auf die unbekannte Person an der Rezeption. Nanu, wer ist denn das?

Aber Jörg hat schon geschaltet, zwinkert dem Großvater zu, der zwinkert zurück, und gleich werden sie ihren Spaß haben.

»Ach, bitte«, sagt Jörg zu Lottchen, die schon etwas ängstliche Augen macht, »das ist doch hier 'n Hotel, nicht?«

»Ja.«

»Wir hätten nämlich gern 'n Zimmer, wir beide.«

»Tut mir sehr leid«, sagt Lottchen sofort in Abwehr, »wir sind ganz besetzt.«

»Aber, Fräulein, so'n ganz kleines Zimmer werden Sie doch wohl noch haben.« Er zeigt auf den Großvater. »Ich muß doch den Kleinen hier ins Bett bringen. Der ist schon so müde.«

Auch der Großvater macht nun das Spiel mit und geht mit aufgerissenen Augen auf Lottchen zu. »Oder wollen Sie uns etwa nicht aufnehmen?« Und drohend fügt er hinzu: »Wir sind nämlich zwei ganz schwere Jungs.«

Zwei Irre, denkt Lottchen und weicht ganz verzagt an die Wand zurück. Doch da kommt erlösend Annas Stimme vom Treppenabsatz:

»Jörg! Vater! Gehts, bringt mir unser Lottchen net ganz durcheinander. Das ist Friedls Nachfolgerin.«

Und dann an der Rezeption stellt Anna die beiden Männer vor: »Noch ein Teil unserer merkwürdigen Familie, Lottchen, mein Sohn Jörg und Herr Buchner, mein Schwiegervater.«

Lottchen quält sich ein kleines Lächeln ab, aber Großvater reicht ihr versöhnlich die Hand. »Ja, ich bin hier die männliche Ahnfrau sozusagen. Also, herzlich willkommen im ›Forellenhof‹.«

»Danke«, sagt Lottchen noch etwas beklommen. »Sie können einem aber wirklich das Fürchten beibringen, Herr Buchner.«

»Da ist nix zum Fürchten, Lottchen«, beruhigt Anna sie lachend, »das sind nur zwei Lausbuben, die manchmal Dummheiten machen.«

*

Noch ist Spätsommer, aber die Vorboten des Herbstes setzen schon ihre bunten Zeichen. Die Buchen fangen an sich zu färben. Schneebeeren und korallenrote Ebereschen hängen im Buschwerk, und morgens liegt oft eine leichte weiße Nebeldecke über den Wiesen. Die Sonne wärmt schon nicht mehr so recht, und Kuni sucht sich zum Ausruhen sehr gern die geschützten Stellen an der Hauswand oder im Hoteleingang.

Im »Forellenhof« ist die Nachsaison angebrochen. Aber das Haus ist noch immer voll belegt wie im Hochsommer, und nur selten haben die Buchners einmal zwei oder drei freie Zimmer in Reserve. Auch Lottchen Liebscher sitzt noch in der Rezeption. Ursprünglich hatte sie schon Mitte September nach Hamburg zurückfahren wollen. Aber es geht ihr wie allen, wie den Gästen, dem Personal, der Familie. Wer einmal im »Forellenhof« Fuß gefaßt hat, ist dem Zauber dieses Hauses verfallen. Der geht nicht mehr fort, oder er kehrt jedenfalls immer wieder. Was soll Lottchen auch allein im kühlen, regnerischen Hamburg? Bis Weihnachten fährt der Mann noch zur See, und so bleibt sie lieber bis zum Saisonschluß bei den netten Buchners im Schwarzwald. Hier ist doch wenigstens Leben, hier ist ein ständiger Wirbel, hier kann in jeder Minute etwas Aufregendes, Unvorhergesehenes passieren.

Jetzt zum Beispiel, wo bleibt der Wagen der Bäckerei? Das Hotel hat keine frischen Brötchen. Schon seit einer halben Stunde hängt Lottchen am Telefon. Die Bäckerei sagt, der Wagen sei längst unterwegs. Aber angekommen ist er noch nicht. Die ersten Frühstücksgäste hat man noch mit Toast und Schwarzbrot vertröstet, aber . . .

Da kommt endlich der klärende Anruf. Der Bäckerwagen liegt unten am Geroldplatz mit Getriebeschaden fest. Lottchen klingelt rasch Jörg herunter. Er muß den Porsche anspannen und selber die Brötchen heraufholen. Hoffentlich liegen sie nicht im Straßengraben.

Jörg rast los, und Lottchen kann nun beruhigt wieder an die Arbeit gehen. Mit liebevollen Pinselstrichen vollendet sie das kleine Plakat, das den Hotelgästen den großen Abend ankündigen soll, der für heute geplant ist. Hauskonzert im »Forellenhof«.

Es war ein Einfall des Chefs gewesen, die Anwesenheit des bekannten Künstlerehepaars Reutter auszunutzen und ein kleines musikalisches Fest zu arrangieren. Herr Reutter ist Pianist, seine Frau Cellistin, und auf dem Programm sollen Werke zeitgenössischer Komponisten stehen.

Lottchen schwärmt für Musik. Und mit Hingabe malt sie noch ein paar lustige Kringel unter die Programmfolge. Gerade will sie das Plakat in der Rezeption aufhängen, da fährt sie erschrocken zusammen. Mit lautem Gepolter stürmen zwei kleine Buben, der eine als Cowboy, der andere im Indianerkostüm, die Treppe herunter und füllen die Halle mit ihrem Kriegsgeschrei.

»Schscht! Wollt ihr mal leise sein! Viele Gäste schlafen noch!«

Die beiden Ruhestörer sind Tom und Uwe Brieger, Zwillinge, die gerade vor ein paar Tagen hier im Hotel ihren elften Geburtstag feierten. Zwei richtige vergnügte Lausbuben, für die der »Forellenhof« mit den Fischteichen und dem nahen Wald ein herrliches Ferienparadies ist.

Für einen Moment sind sie sogar mucksmäuschenstill, schleichen auf Zehenspitzen zum Ausgang, aber kaum sind sie draußen, da toben sie wieder los und laufen mit Indianergeheul den Wiesen zu. Dort können sie lärmen, soviel sie wollen.

Lottchens schönes, farbenprächtiges Plakat wird von den ersten Gästen, die an der Rezeption erscheinen, sehr bewundert. Schau an, ein Hauskonzert. Eine hübsche Idee. Mal eine Abwechslung. Einige Gäste lassen sich sogar schon Plätze in der Kaminhalle reservieren. Es gibt aber auch andere, die die Ankündigung zeitgenössischer Komponisten mit etwas Mißtrauen lesen. Hoffentlich ist das nicht so ein atonales Gekratze, bei dem man Ohrensausen bekommt.

»Dann drück' ich mich lieber und setz' mich in die Schwarzwaldstube zum Wein«, sagt ein älterer Herr.

Auch in der Buchnerfamilie ist man über das bevorstehende musikalische Ereignis geteilter Meinung. Einer, der heilfroh ist, daß er nicht dabeisein muß, ist der Großvater. Er liegt noch im Bett und wird auch vorerst nicht aufstehen. Gestern abend ist ihm beim Abladen ein Fünfzigkilofaß auf den Fuß gerollt und hat ihm ein paar Zehen gequetscht. Anna sitzt gerade bei ihm und schaut sich die dickgeschwollenen Zehen an.

»Nein, damit kannst net aufstehen, Vater. Woll'n wir net doch lieber den Doktor Heck holen? Vielleicht ist was gebrochen?«

Aber davon will der Großvater gar nichts wissen. »Bei mir bricht nichts. Da ist ein bissel was gequetscht, was sauweh tut«, knurrt er, »aber das wird wieder. Die Hauptsach' ist mir, ich brauch' mir jetzt euer Hauskonzert nicht anzuhören.«

»Du«, sagt Anna, »ich gäb' auch was drum, wenn ich mich derweilen ins Bett legen könnt'. Aber das hat uns der Otto eingebrockt. Er hat gemeint, unser Haus müßte auch mal eine Attraktion bieten, einen künstlerischen Genuß. Dabei versteht er von Musik soviel wie ein Esel vom Radfahren. Ja, wenn die wenigstens an Mozart spielen würden oder an Schubert. Aber zeitgenössisch, für unsere Gäst'? Nun, wir werden ja sehen, wie's läuft. Zurück können wir eh net mehr. Das Plakat hängt schon in der Halle.«

*

Die beiden Herrschaften, gegen die es so viel Vorbehalte gibt, bewohnen das Zimmer 19. Karl-Friedrich und Elisabeth Reutter sind auf einer Gastspielreise durch Süddeutschland, und nach den anstrengenden Wochen, in denen sie fast jeden Abend in einer anderen Stadt musizieren, ist der »Forellenhof« der ideale Ort für eine kleine Ruhepause. Beide hatten eigentlich vor, dieselbe ausgiebig zu genießen. Und so sind sie nicht gerade sehr davon erbaut, sich heute abend schon wieder produzieren zu müssen. Elisabeths Cello lehnt noch in der braunen Stoffhülle in einer Schranknische, und sie hatte geschworen, es für mindestens zehn Tage nicht mehr auszupacken.

Sie selbst liegt noch im Bett, und ihr etwas strenges Madonnengesicht mit dem glatten Mittelscheitel trägt eine recht mürrische Miene.

»Ich begreife gar nicht, warum du diesen Leuten eine Zusage gegeben hast«, sagt sie mit Vorwurf in der Stimme zu ihrem Mann. »In Freiburg wolltest du das Konzert nicht abschließen, weil dir der Saal zu klein war, und hier sollen wir gar in einer lächerlichen Hotelhalle spielen. So etwas bringt weder Ruhm noch Geld.«

Herr Reutter zieht eben die Vorhänge auf. Er ist ein Mann mittleren Alters, mit dichtem Haarschopf und einer dunkelrandigen Hornbrille. Auch wenn sein Morgenrock schon etwas speckig aussieht, so pflegt er doch in Rede und Gestik ein etwas genialisches Pathos.

»Liebes Kind«, begegnet er nun dem Vorwurf seiner Frau, »du kannst diesen Abend heute doch wohl kaum als Konzert werten. Wir sind hier Gäste, und wenn man uns nun freundlich bittet . . .« – »dann hätte ich ebenso freundlich erwidert«, fällt ihm Elisabeth ins Wort, »entschuldigen Sie bitte, wir sind keine Amateure, und für Ihre Sommergäste ist unsere Musik bestimmt nicht populär genug.«

»Das hättest du auch nicht gesagt, liebe Elisabeth, denn das hätte Herrn Buchner bestimmt gekränkt. Außerdem, vielleicht springt doch etwas für uns heraus, ein kleiner Nachlaß auf die Hotelrechnung, oder wir brauchen überhaupt nichts zu bezahlen und haben dafür hier ein paar schöne Tage.«

»Du hast die Seele eines Schnorrers«, sagt Elisabeth darauf mit Verachtung, »dann können wir ja gleich durch die Wirtshäuser ziehen und für Bier und Bockwurst spielen.«

»Übertreibe doch nicht immer so maßlos«, sagt Herr Reutter nun langsam gereizt, »brüh mir lieber meinen Gallentee auf. Ich muß ihn eine Viertelstunde vor dem Frühstück trinken, hat der Arzt gesagt. Ich werde mich inzwischen rasieren.«

Damit geht er ins Badezimmer, und nun erhebt sich auch Elisabeth. Morgens ein Gallentee, mittags das Kreislaufmittel, abends die Magentropfen. Jämmerlich!

Der kleine Reisetauchsieder ist im Schrank unter der Wäsche versteckt, ein kleiner Plastiktopf steht im Nachtkästchen, Tasse und Sieb sind in einem Handkoffer. Elisabeth weiß aus Erfahrung, Zimmermädchen sehen solche Sachen nicht gern bei Gästen.

So, der Tauchsieder ist an die Steckdose der kleinen Leselampe am Bett angeschlossen, Wasser ist aufgefüllt, und nun geht auch sie ins Bad.

»Ich habe mir etwas überlegt«, empfängt sie dort Karl-Friedrich mit dem Gesicht voller Seifenschaum, »ich finde, wir sollten in der kommenden Saison mit unserem Repertoire doch eine etwas andere Linie einschlagen.«

»Willst du Kaffeehausmusik machen?« fragt Elisabeth ironisch und läßt das Badewasser ein, »dann bitte nicht mit mir.«

»Entschuldige, das Cello-Konzert von Brahms und Schumanns Sonaten für Cello und Klavier kann man wohl nicht als Kaffeehausmusik bezeichnen.«

»Aber sie sind zu Tode gespielt«, entgegnet Elisabeth heftig, »was kann man da noch herausholen?« Und nun hält sie ein eindringliches Plädoyer für die ungeheuren Möglichkeiten der modernen Musik. Man lebe doch nun mal in der heutigen Zeit und mit der heutigen Musik. Nur da sei noch Neuland zu beakkern, nur da seien noch Tiefen auszuloten und zu deuten.

»Sag mal, wie riecht denn das hier?« fragt Reutter und zieht die Nase kraus. »Hier stinkt's doch ganz gemein!«

»O Gott, der Tauchsieder! Dein Gallentee!«

Elisabeth stürzt ins Zimmer zurück, Reutter hinter ihr her, dicker blauer Qualm steigt vom Bett auf, füllt das Zimmer, Kopfkissen und Laken sind angesengt und glimmen.

Reutter reißt den glühenden Tauchsieder aus der Steckdose, wirft den durchgeschmorten Plastiktopf durch die Badezimmertür in die Wanne, Elisabth erstickt inzwischen mit einem feuchten Handtuch die noch glimmenden Stoffetzen.

»Möchte wissen, was du eigentlich in deinem Kopf hast«, schnauzt Reutter seine Frau an. »Ein Hirn wie'n Sieb! Aber Neuland beackern und Tiefen ausloten!«

Dann reißt er das Fenster auf, und nun betrachten sie den Schaden. Im Bettlaken ist ein großes Loch, das Kissen angesengt, und auch die Matratze zeigt Brandspuren.

»Schöne Schweinerei!«

»Aber wir haben ja noch Glück gehabt«, sagt Elisabeth.

»Glück nennst du das? Wenn du glaubst, daß die uns jetzt noch die Hotelrechnung erlassen, dann hast du dich geschnitten. Das kostet 'ne Kleinigkeit.«

Kaum hat er es gesagt, wird auch schon heftig an die Tür geklopft.

»Nicht aufmachen«, flüstert Elisabeth ihrem Mann zu. Aber da klopft es wieder, und sie hören draußen Annas etwas ängstliche Stimme:

»Herr Reutter! Ist was passiert? Es riecht so brandlig!«

Was soll Reutter machen? Er entriegelt die Tür, und mit recht verlegenem Gesicht muß er nun beichten. Der Tauchsieder, eingeschaltet und dann vergessen.

Nun, sehr erfreut ist Anna gerade nicht. Sie war aus Großvaters Zimmer gekommen, da war ihr auf der Etage der Brandgeruch in die Nase gestiegen. Zuerst hatte sie gedacht, er käme aus dem Bügelzimmer. Aber dann war sie alle Türen der Gästezimmer abgegangen, und nun hat sie die Sünder erwischt. Ein Tauchsieder also. Der Schrecken aller Hotelbesitzer. Das größte Unheil ist damit schon passiert.

»Meine Frau wollte mir einen Tee kochen«, erklärt ihr Reutter. »Ich muß nämlich in aller Frühe schon einen Gallentee trinken. Und da ist's halt geschehen.«

»Aber warum sagens denn das nicht in der Küche an, Herr Reutter«, sagt Anna und schüttelt den Kopf. »Dafür sind die Leut' doch da. Sie kriegen jeder Zeit alles, was Sie nur wollen. Aber da will man's Trinkgeld sparen, und dann wird die G'schicht zum Schluß sehr viel teurer.«

»Frau Buchner, ich bin natürlich bereit, den Schaden zu ersetzen.«

»Ach, das lassens man, dafür haben wir unsere Versicherung«, sagt Anna und sieht sich das angesengte Bettzeug an. »Aber eines verlang' ich von Ihnen«, fügt sie liebenswürdig, aber bestimmt hinzu, »Zur Strafe und damits net noch amal ein Hotel in Brand stecken: heut' abend beim Konzert – von mir aus spielens so modern, wie Sie wollen – aber zum Schluß will ich einen Mozart hören, verstanden? Einen, der auch das Herz erfreut. Als Draufgab' sozusagen. Einverstanden?«

»Einverstanden, Frau Buchner«, sagt Reutter. Er ist froh, daß die Sache mit so viel Charme aus der Welt kommt, und reicht Anna die Hand. »Haben Sie vielen Dank, und ich bitte nochmals sehr um Entschuldigung.«

»Schon gut, schon gut«, sagt Anna und zieht gleich das verbrannte Bettzeug ab. »Sie werden ja auch einen tüchtigen

Schrecken bekommen haben, hoffe ich. Und nur gut, wenn es bei dem Schreck bleibt.«

*

Der Sheriff Tom-Hawkins hat Uwe-Winnetou schon dreimal in die ewigen Jagdgründe befördert. Und nun ist das Indianerspielen auf der Wiese allmählich etwas langweilig geworden. Die beiden Brieger-Buben wechseln zu den Fischteichen hinüber. Da gibt es auch immer etwas Interessantes zu sehen.

Für den fußkranken Großvater ist Otto Buchner, der Chef, heute einmal selber schon früh unten am Ladeschuppen und kümmert sich um die Forellen. Zusammen mit dem Gehilfen Fritz sucht er sich aus dem Hälterungsbassin ein paar Kilo der schönsten Exemplare für die Küche heraus.

»Das durfte ich bei Ihrem Vater nie«, sagt der Fritz, »die größten Fisch' mußten bei ihm immer wieder in den Zuchtteich zurück.«

»Das glaub' ich«, Otto lacht und sortiert weiter aus, »mein Vater denkt nur an die Zucht, aber ich denke an meine Gäste.«

Hinter beider Rücken schleichen inzwischen Tom und Uwe Brieger durch das Gelände. Was kann man hier anstellen? Ob man mal versucht, in das geheimnisvolle Bruthaus zu kommen? Nein, da sitzt heute der Fischmeister drin. Aber man könnte vielleicht das Wasser stauen, das durch das große Zuflußrohr vom Bach in die Teiche strömt. Schon holt Tom zwei Bretter, aber da entdeckt Otto von weitem noch gerade rechtzeitig das Vorhaben.

»He! Ihr Westernboys, geht mal vom Wasser weg und laßt mir die Fische in Ruhe!«

Geduckt flitzen die Buben in Deckung und trollen sich außer Sichtweite. Heute sind aber wieder überall Aufpasser. Gestern hat sie der Fritz erst auf Trab gebracht. Da wollten sie ein Abflußsieb herausziehen. Nichts als Dummheiten haben die Bengels im Kopf.

»Laß sie man«, sagt Otto nachsichtig, »Großstadtkinder in den Ferien. Hier so frei herumzustromern, ist doch eine Wonne für sie.«

Damit schließt er die verzinkte Tragwanne mit den aussortierten Forellen und übergibt sie dem Fritz zum Transport in die Küche.

»Ich glaube, wir haben genug. Nun muß ich mich auch mal wieder ums Haus kümmern.«

Am Waldrand liegen Tom und Uwe langausgestreckt im Gras und beraten das nächste Unternehmen. Uwe hat einen Vorschlag.

»Auf dem Parkplatz vom Hotel, da könnten wir zum Beispiel aus den Autoreifen die Luft 'rauslassen.«

»Nein, das ist langweilig«, sagt Tom, »die meisten Gäste lassen ihre Karre doch sowieso stehen, und wenn wir schon was ausfressen, wollen wir auch unseren Spaß haben.«

»Ich weiß was«, sagt Uwe nach einer Weile, »wir besorgen uns 'ne große Büchse.«

»Wozu?«

»Unten am Sägewerk ist 'n kleiner Waldteich, und da gibt's 'ne Menge Frösche. Die fangen wir.«

»Und dann?«

»Mensch«, sagt Uwe, »mit 'ner Büchse voll Fröschen kann man sehr viel anfangen.«

Das leuchtet Tom durchaus ein. Mit Fröschen kann man was anfangen.

»Aber wo kriegen wir 'ne Büchse her?«

»Hinterm Hotel liegen 'ne Menge alte Gurkenbüchsen. Komm, wir holen uns eine.«

Rasch stehen beide auf und laufen voller Unternehmungslust zum Hotel zurück.

*

Anna könnte aus der Haut fahren. Was dieser Konzertabend für einen Wirbel macht. Sie ist gerade dabei, mit den Zimmermädchen und dem Hausdiener Karl die große Kaminhalle für den Abend herzurichten. Da steht der Flügel noch nicht richtig und muß ein paarmal verschoben werden. Eine Stehlampe muß noch her. Eben hat man eine Probereihe von Stühlen aufgestellt, aber selbst wenn man nur mit dreißig bis vierzig Zuhörern rechnet, dann gäbe das sieben Reihen, und so viele Stühle sind gar nicht frei. Man kann doch das Restaurant nicht auch noch ausräumen. Blumen müssen besorgt werden. Und Otto, dem man diesen genialen Einfall verdankt, der läßt sich überhaupt nicht sehen, sondern hockt unten bei den Forellen.

Endlich, als Anna mit der Arbeit fast fertig ist, kommt er an, die großen Wasserstiefel seines Vaters über die Schulter, und findet alles wunderbar.

»Sehr hüsch«, sagt er anerkennend, »und wenn dann am Abend noch der Kamin brennt, das wird zauberhaft. Weißt du, Schatz, wir müßten solche musikalischen Abende, kleine Konzerte oder auch mal interessante Vorträge alle drei Wochen einführen.«

Anna sieht ihn entsetzt an. »Du, das wäre der erste Scheidungsgrund in unserem Leben. Dann geh' ich dir auf und davon. Unter Garantie!«

»Ja, hör mal«, sagt Otto ganz erstaunt.

»Ich hör' gar nix«, wehrt Anna ihn energisch ab, »aber dann mußt du dich entscheiden, entweder führst du das Hotel weiter wie bisher, oder du machst eine Konzertdirektion auf.«

»Du findest meine Idee also nicht sehr gut?«

»Nein«, sagt Anna entschieden, »ich finde sie schlecht. Was entwickelst du plötzlich für einen Ehrgeiz, die Leut' mit künstlerischen Genüssen zu beglücken?«

»Weil ich der Meinung bin, so etwas kommt auch dem Geschäft zugute.«

»Das ist ein Irrtum, mein Lieber«, klärt Anna ihn auf. »Das kostet nur Geld. Außerdem scheinst du dir gar nicht klar darüber zu sein, daß so ein Abend das ganze Haus auf den Kopf stellt. Die Essenszeiten müssen verlegt werden, der Küchenplan muß anders laufen. Meine ganze Personaleinteilung kommt durcheinander. Im Restaurant kann kein Mensch mehr sitzen, weil nicht genug Stühle da sind. Daran denkst du nicht, und du merkst auch nix davon, weil ich inzwischen alles arrangiert hab'.«

Nun macht Otto doch ein recht betretenes Gesicht. Anna hat recht, da ist vieles, was er gar nicht bedacht hat, und etwas beschämt zieht er sie an sich . . .

»Du bist ein Engel, mein Schatz.«

»Fang net an zu schmusen«, sagt Anna leicht abwehrend, »ich bin kein Engel net, sondern eine ziemlich strapazierte Person. Was heut' schon so im Hause los war, das reicht mir.«

»War was Besonderes?«

»Nein, gar nix Besonderes«, sagt Anna grimmig, »nur in der Früh' gab's keine frischen Brötchen, dann ging in der Küche die Spülmaschine kaputt, und ums Haar hätt's noch an feschen Zimmerbrand gegeben.«

»Was?«

»Deine Künstler. Sie haben mir das Bett mit 'nem Tauchsieder angebrannt. Aber reg dich net auf, das ist schon erledigt. Das dicke Ende kommt erst, unser Sohn Klaus hat angerufen.«

»Was will er?«

Anna holt erst einmal tief Luft, und dann serviert sie Otto den schwersten Brocken.

»Heiraten will er!«

Die schwarzen Wasserstiefel fallen mit einem Plumps von Ottos Schulter. Er glaubt nicht recht gehört zu haben.

»Heiraten? Wann denn? Wen denn? Die Brillenschlange etwa, diese Eva Fabricius?«

»Ja, das Mädel halt, mit der er da zusammen ist«, sagt Anna achselzuckend. »Ich kenn' sie ja net einmal.«

»Ist denn der verrückt?« braust Otto nun auf. »Der Bengel ist nichts, hat nichts und will schon heiraten?«

»Jetzt komm erst mal frühstücken«, sagt Anna beruhigend, »mir ist's ja auch net recht, aber man muß halt mal reden darüber.«

Und am Frühstückstisch in der Schwarzwaldstube erzählt sie ihrem Mann nun eine lange, etwas verworrene Geschichte, die ihr Klaus am Telefon anvertraut hat. Er sei nun einmal der Meinung, die Eva wäre die richtige Frau für ihn. Die Mutter des Mädchens wolle aber in nächster Zeit die gemeinsame Wohnung mit der Tochter aufgeben, um zu ihrem Bruder nach Konstanz oder nach Freiburg zu ziehen. Und da sei es doch viel vernünftiger und praktischer, hätte der Klaus gemeint . . .

»Blödsinn, der Bengel ist noch grün wie Spinat«, regt sich Otto erneut auf. »Nichts als unausgegorene Ideen im Kopf. Der ist doch überhaupt noch nicht reif zu einer Ehe.«

»Na«, sagt Anna abschwächend, »Klaus ist immerhin fünfundzwanzig Jahre alt, und sehr viel älter warst du auch net, als wir heirateten.«

»Stimmt«, ereifert sich Otto, »aber ich glaube, ich war damals wohl auch ein anderer Kerl als er.«

Anna muß es zugeben. Gemessen an Ottos Lebenstüchtigkeit und Vitalität schneidet Klaus wirklich nicht günstig ab.

»Aber was reden wir uns die Köpfe heiß«, sagt sie schließlich, »ich muß erst amal hören, was da wirklich los ist. Aus so einem dummen Telefongespräch wird man nie recht klug. Weißt was, ich hab' noch ein paar Besorgungen zu machen für das Konzert heute abend. Ich fahr' nachher schnell 'rüber, nehm' für Klaus etwas Wäsche mit, und . . .«

»Das beste ist, du bringst den Jungen gleich hierher«, unterbricht Otto sie, »und dann rede ich mal mit ihm, und zwar sehr energisch.«

»Ich will sehen, was ich tun kann«, sagt Anna und fügt hinzu: »Aber ich wünschte, du würdest weniger energisch und dafür lieber vernünftig mit ihm reden. Sonst haben wir gleich wieder einen Mordskrach im Haus, und dein atonales Konzert würde mir als Tagesabschluß durchaus reichen.« Dann trinkt sie ihren letzten Schluck Kaffee, steht auf und gibt Otto sanft einen beruhigenden Kuß auf die Stirn.

»Und nun Servus, mein Schatz. Ich laß dich jetzt allein, also, paß schön auf, daß hier net noch mehr Dummheiten geschehen.«

Und weg ist sie.

Otto hat keine Freude mehr am Frühstück. Jetzt fällt ihm auch noch das Honigbrötchen aus der Hand. Alles klebt, die Finger, die Hose, das Tischtuch. Ottos Laune ist nun endgültig hin. Und ausgerechnet da muß auch noch Edmund, der Chefkoch, ankündigen, daß er mittags nicht mit der Rinderbrust auskommt!«

»Herrgott noch mal, dann kalkulier gefälligst etwas genauer«, braust Otto auf.

»Ist nicht meine Schuld, Chef«, verteidigt sich Edmund. »Sie rechnen niemals die Extras. Gestern sind allein über die ›Kalte Küche‹ vierzig Portionen Rindfleischsalat herausgegangen. Außerdem ist ja auch noch 'ne Menge Verschnitt dabei.«

»Das weiß ich«, sagt Otto gereizt, »aber wenn ihr mir bei sechzig Kilo Fleisch mit acht Kilo Verschnitt kommt, so ist das nicht normal. Und was ich noch bemerken möchte, das Hirschragout gestern war ein Schlangenfraß. So etwas möchte ich in Zukunft nicht noch einmal erleben. Die Küche vom ›Forellenhof‹ hat einen Ruf zu verlieren.«

Damit knallt er die Serviette auf den Tisch, steht auf und geht davon.

Schlangenfraß hat der Chef gesagt. Empört und zutiefst beleidigt kommt Edmund in die Küche zurück. In vierzig Berufsjahren hat ihm das noch keiner gesagt. Und beim Fleisch wäre zuviel Verschnitt.

»Soll er doch das Rindvieh ohne Knochen zur Welt kommen lassen, wenn ihm acht Kilo Verschnitt zuviel sind! Mir so etwas vorzuhalten!«

Wütend reißt sich Edmund die hohe weiße Mütze vom Kopf und feuert sie in eine Ecke.

»Schluß! Ich pack' meinen Kram. Ich gehe!«

Erstarrt steht die Küchenmannschaft um Edmund, der sich nun resolut die Schürze abbindet. Doch dann kommt die Melli dazu.

»Was hör' ich! Willst du Kram packen und hinschmeißen? Bist du hirnrissig?«

Energisch nimmt sie Edmunds Mütze und setzt sie ihm wieder auf den Kopf. Aber so leicht ist Edmund nicht zu beruhigen.

»Schlangenfraß, hat er gesagt.«

»Zu was?« will Melli wissen.

»Zu dem Hirschragout von gestern.«

»Da hat er recht. Das war auch ein Schlangenfraß«, sagt Melli trocken.

Und nun ist die Suppe am Überkochen. Erbost reißt sich Edmund von neuem die Mütze vom Kopf.

»Du bist also auch gegen mich«, schreit er Melli an.

Aber die weiß längst, wie sie ihren Edmund behandeln muß, nimmt ihn sanft beim Arm und redet wie mit einem kranken Kind.

»Schau, Eddi, ist dir Hirschragout nicht gelungen. Nun, kann passieren. Warum nicht. Mußt du nicht sein so empfindlich wie Primadonna oder Filmstar und gleich Kram packen.«

»Über zwölf Jahre bin ich jetzt Chefkoch!«

»Ist ja gut«, sagt Melli und bindet ihm die Schürze wieder zu, »denke nur dran, wie ich hierherkam. War ich erst zwei Stunden hier in Küche, und schon hast du mir gesagt, böhmische Schneckhexe und buchtlige Tratschen. Hätt ich auch Kram packen müssen und alles hinschmeißen. Hab ich nicht getan und nun sind wir gute Freunde. Komm, gib Bussi auf die liebe Melli, und heut' abend gehen wir schön ins Konzert.«

Da muß Edmund nun wirklich schon wieder etwas lächeln. Der Schlangenfraß ist vergessen, und in der Küche steigt das Barometer wieder auf heiter bis sonnig.

*

Anna ist mit dem Mercedes auf der Autobahn nach Karlsruhe. Die paar Besorgungen für den Konzertabend waren eigentlich nur ein Vorwand gewesen. Sie will mit Klaus sprechen und möglichst noch bevor er mit dem Vater zusammentrifft. Die Heiratsabsicht ihres ältesten Sohnes hat auch Anna recht beunruhigt. Mein Gott, wie die Kinder heranwachsen. Wie lange ist's her, daß der Bub noch in der Wiege lag? Sind es wirklich schon über fünfundzwanzig Jahre? Was für eine Zeit. Jahre, voll mit harter, anstrengender Arbeit, aber auch mit vielen schönen und glücklichen Stunden. Nein, sie hat es nie bereut, daß sie den Traum ihrer Jugend von einer großen und glänzenden Theaterlaufbahn begraben hat. Die Bühne ihres Lebens ist dafür der »Forellenhof« geworden. Und mit Hingabe hat sie hier alle Rollen gespielt, die ihr das Schicksal im Laufe der Jahre in die Hand gab: Frau und Geliebte ihres Mannes, seine Freundin und Kameradin, die Mutter seiner Kinder, seine Sekretärin, seine Gouvernante, seine Putzfrau und sein Packesel. Und nun soll sie vielleicht gar noch die Rolle einer Schwiegermutter spielen. Nun, sei's drum.

Als Anna, das Wäschepaket unterm Arm, den Klingelknopf an Klaus' Wohnungstür drückt, hat sie richtig ein wenig Herzklopfen. Noch nie hat sie ihren Ältesten unangemeldet besucht. Vielleicht ist das junge Mädchen gerade bei ihm? Ich hätte ihn doch vorher anrufen sollen, denkt Anna. Aber da wird die Tür schon geöffnet, und sie steht einer unbekannten Dame gegenüber, die etwa in ihrem Alter sein könnte.

»Guten Tag, ich bin Frau Buchner.«

Annas Ton ist etwas beklommen, und auch in der Stimme der anderen schwingt etwas Verlegenheit.

»Ah, ich bin Frau Fabricius, Evas Mutter.«

»Mein Sohn ist nicht da?« fragt Anna etwas enttäuscht.

»Die Kinder sind gerad' eben 'runtergegangen. Sie müssen

aber gleich wiederkommen. Sie wollten nur noch ein paar Zeitungen holen, es waren wohl auch keine Zigaretten mehr da. Aber bitte, kommen Sie doch herein.«

Als Anna durch die kleine Diele in Klaus' Zimmer geht, hat sie für einen Augenblick das dumme Gefühl, in eine fremde Wohnung gekommen zu sein. Die Kinder, hat diese Frau Fabricius eben gesagt. Anna spürt einen kleinen schmerzhaften Stich, und zum erstenmal wird ihr klar, daß sie ihren Sohn nun mit anderen Menschen teilen muß. Frau Fabricius hat Annas Enttäuschung gespürt und versucht, ihre Anwesenheit zu erklären.

»Entschuldigen Sie, ich bin zufällig gerad' hier, weil wir . . .«

Aber Anna hat sich schon wieder gefangen und wehrt lächelnd ab.

»Ah, nix. Sie brauchen sich doch nicht zu entschuldigen. Nur, wenn man so als Mutter kommt, Sie werden's verstehen, da schluckt man erst amal, wenn die Tür aufgeht und da steht dann jemand Fremdes.«

Eine dumme Situation auch für Maria Fabricius. Da ist sie erst vor einer halben Stunde zusammen mit ihrer Tochter gekommen, wollte Klaus abholen, um in der Kunsthalle die neue französische Ausstellung zu besuchen. Nur für ein paar Minuten hat man sie allein gelassen, und nun hat es den Anschein, als habe sie bereits hier vom Reich des jungen Mannes Besitz ergriffen.

Aber Anna ist nicht der Mensch, der lange eine Befangenheit aufkommen läßt. Außerdem gefällt ihr diese Frau Fabricius wirklich recht gut. Und so ist man ziemlich bald im Gespräch. Natürlich geht es um Klaus. Und Anna muß etwas bedrückt feststellen, daß diese fremde Frau über die Arbeit und die beruflichen Pläne ihres Sohnes sehr viel mehr weiß als sie selbst. Aber so ist das wohl immer im Leben, wenn ein junger Mann aus dem Elternhaus geht und sich seine eigene Welt aufbaut. Man hält da als Mutter nicht mehr Schritt. Dazu kommt der Saisonbetrieb im Hotel, die knappe Zeit, die Entfernung.

»Sie sehen ja, ich kenn' noch net einmal seine – ich meine Ihre Tochter Eva«, sagt Anna, »und nun hör' ich heut', die beiden wollen schon heiraten.«

»Nun, gar so schnell wird's nicht gehen«, antwortet Frau Fabricius, »aber was sagen Sie überhaupt dazu?«

Anna zuckt mit den Achseln. »Was soll ich dazu sagen? Der Junge ist schließlich erwachsen. Ich bin nur etwas überrascht. Hab zwar gewußt, daß er hier eine Liebelei oder eine Freundschaft hat. Aber nun scheint's halt doch etwas mehr zu sein als nur eine Liebelei.«

»Ja, es ist mehr, Frau Buchner, sehr viel mehr«, bestätigte Maria Fabricius. »Vielleicht bin ich auch selbst nicht ganz unschuldig an diesem plötzlichen Entschluß. Sehen Sie, ich wohne mit meiner Tochter draußen in Leinhausen. Und im Frühjahr geb' ich die Wohnung auf. Mein Bruder ist Witwer geworden. Er hat in Freiburg ein großes Haus und ist nun allein. Ich soll zu ihm ziehen. Eva möchte natürlich hierbleiben. Verständlich, sie hat hier die Stellung an der Hochschule, Klaus ist hier, na, und so kam eben der Gedanke der Heirat auf. Soll Eva hier erst wieder ein möbliertes Zimmer mieten? Zwei junge moderne Menschen, die machen heute kein großes Problem mehr daraus. Und wenn man so gut zueinander paßt . . .«

Rasche Tritte im Treppenhaus, die Wohnungstür wird aufgeschlossen, und Klaus stürmt mit Eva herein.

»Hallo, Mama! Hab deinen Wagen schon unten entdeckt.« Klaus umarmt seine Mutter mit großer Herzlichkeit, und dann führt er ihr Eva zu.

»Das ist sie, Mama!« Und um gleich alle Feierlichkeit abzuwenden, fügt er lachend hinzu: »Wenn sie dir nicht gefällt, sag's gleich. Noch kann ich sie umtauschen.«

Anna war von Otto vorgewarnt. Eine Brillenschlange, hat er gesagt, eine Zigeunerin mit intellektuellem Charme. So ein Unsinn. Das ist doch ein nettes, natürliches Mädchen, das lachen und vergnügt sein kann. Und wenn sie noch dazu so gescheit ist, wie sie aussieht, soll's kein Fehler sein. Nein, wenn es also sein soll, dann wäre der Anna diese Eva durchaus willkommen.

Klaus stellt Gläser auf den Tisch, bringt etwas zu trinken.

»Mach net soviel Umstände«, wehrt Anna ab, »ich muß ja gleich wieder nach Hause. Stell dir vor, Klaus, wir haben heute abend ein Hauskonzert.«

»Ein Hauskonzert?« Klaus ist verblüfft. Das ist was Neues. Das gab's noch nie im »Forellenhof«.

»Vater hat es arrangiert. Ich find's recht überflüssig, aber nun ist's mal geschehen.«

»Wer spielt denn?«

»Ein Ehepaar Reutter . . . Cello und Klavier.«

Ah, das Ehepaar Reutter. Klaus und Eva nicken sich zu. Sie kennen die beiden von der Musikwoche in Donaueschingen. Zwei ernsthafte Künstler, muß Klaus zugestehen. Sehr modern, natürlich. Aber ob die Gäste im »Forellenhof« nun gerade an der Musik große Freude haben werden? Klaus ist sehr skeptisch.

»Ich bin's auch«, sagt Anna, »hast net Lust, dir's anzuhören? Ich sollte dich sowieso gleich mitbringen. Kannst dir ja wohl denken, warum.«

Klaus lächelt. Er hat schon verstanden. »Hast's Vater also gesagt?«

»Sollt' ich's etwa nicht?«

»Doch, natürlich. Und wie ich ihn kenne, ist er vermutlich nicht gerade in Tränen ausgebrochen. Ich kann's mir genau vorstellen . . .« Und nun kopiert Klaus des Vaters Ton in sehr treffender Weise. ». . . Dieser Lausejunge ist nichts, hat nichts! Jetzt will er auch noch heiraten! So ein Blödsinn! Übers Knie sollte man ihn legen.«

»Vom Übersknielegen hat er nichts gesagt«, sagt Anna lächelnd, »aber das andere trifft's in etwa.«

»Na gut«, sagt Klaus und wirft Eva einen zuversichtlichen Blick zu, »dann auf in den Kampf.«

»Du willst wirklich mitkommen?« fragt Anna ungläubig.

»Warum nicht? Je eher wir's ausfechten, um so besser.«

»Dann mach' ich einen Vorschlag«, sagt Anna spontan, »ich hab' unten den großen Wagen. Fahren wir doch alle zusammen 'raus! Eure Kunstausstellung läuft euch nicht weg. Wir essen bei uns draußen, und wenn's zum großen Familienkrach kommt, zusammen übersteht man es leichter.«

*

Im »Forellenhof« finden sich die ersten Mittagsgäste ein. Gemessenen Schrittes und im Bewußtsein seiner Prominenz begibt sich auch das Ehepaar Reutter in das Restaurant. Aber ihr Auftritt mißlingt leider. Tom und Uwe Brieger, jetzt zwar nicht als Cowboy und Indianer, sondern gewaschen, gekämmt und in zwei netten Sommeranzügen steckend, können es trotzdem nicht lassen, sich gegenseitig jagend, durch das Hotel zu toben. Den ersten Rempler bekommt Herr Reutter schon auf der Treppe ab, als sich die Buben an ihm vorbeidrängen. Das zweite Mal erwischt es ihn vor der großen Schwingtür zum Restaurant, und da reißt ihm nun doch die Geduld.

»Komm doch bitte mal her, ja«, er winkt sich den Tom heran. Und ehe sich dieser versieht, hat er klatsch – klatsch! – ein paar rechts und links hinter die Ohren.

»Gib deinem Bruder davon eine ab. Damit ihr lernt, daß ein Hotel keine Spielwiese ist. Ihr seid ja fürchterliche Kinder.«

Ein kleiner Zwischenfall in der Halle, nur von wenigen Gästen bemerkt, aber von weittragender Bedeutung. Mannhaft hat Tom die Schläge eingesteckt. Kein Geschrei, keine Träne, kein Wort. Aber der Blick, mit dem er sich nun von Herrn Reutter abwendet, der verheißt nichts Gutes. Auch später, als die beiden Buben sehr brav, sehr sittsam bei ihren Eltern am Tisch sitzen, wird die Reuttersche Ohrfeige nicht erwähnt, und nur ganz verstohlen stößt Tom hin und wieder seinen Bruder unter dem Tisch an. Dann drehen sich ihre Köpfe in Richtung zum Fenster, wo den Reutters gerade zwei vortreffliche Forellen serviert werden. Die Brüder nicken sich in heimlichem Einverständnis zu und genießen schon jetzt das schöne Vorgefühl ihrer Rache.

»Guten Appetit! Ich hoffe, es schmeckt.«

*

Otto Buchner geht, seine Gäste grüßend, durch die Tischreihen. Von seiner Familie ist noch niemand da. Mit einiger Spannung erwartet er Annas Rückkehr. Natürlich wird sie Klaus nicht mitbringen, sondern in mütterlicher Schonung versuchen, die bevorstehende Auseinandersetzung wieder hinauszuschieben. Und auch der Junge wird sich bestimmt nicht gerade danach drängen, mit dem Vater in ein hartes Gespräch zu kommen.

Aber Otto hat sich geirrt. Als er wenig später vor der Haustür steht, sieht er staunend eine ganze Familieninvasion vom Garagenhof her auf sich zukommen: Anna, Klaus, das Mädchen Eva, eine fremde Dame, auch Jörg ist eben mit dem Porsche gekommen, hat Christa und deren Freundin Gaby von der Schule mitgebracht. Sieben vergnügte Menschen, die ihm heiter zuwinken, ja, und da kann er nun wohl nicht länger den bösen, zornigen Vater spielen, da kann er die Situation nur noch mit Humor nehmen. So stellt er sich also mit ausgebreiteten Armen vor die Tür und sagt lachend abwehrend:

»Tut mir leid, meine Herrschaften, mein Haus ist voll. Ich habe kein einziges Bett mehr frei für Sie!«

Es wird eine Riesenmittagstafel in der Schwarzwaldstube. Neun Personen am Familientisch. Otto gibt sich besondere Mühe, ein liebenswürdiger Gastgeber zu sein. Er muß übrigens zugestehen, daß diese Eva Fabricius heute einen weitaus günstigeren Eindruck auf ihn macht als bei der ersten Begegnung. Ein fröhlicher, offener Mensch und reizend anzusehen. Auch die Mama ist eine sehr passable Erscheinung, stellt Otto fest.

Natürlich wird bei Tisch nicht von den Heiratsabsichten der jungen Leute gesprochen. Bevor man sich zum Essen setzte, hatte Otto seinem Sohn Klaus nur einen kurzen freundschaftlichen Wink gegeben, er möge sich später zum Kaffee einmal oben bei ihm im Wohnzimmer einfinden. Das war alles. Und so verläuft das Mittagessen in heiterer, gelöster Stimmung. Man bedauert nur, daß der Großvater mit seinem kranken Fuß oben im Bett liegen muß. Aber Ruth berichtet, daß er ganz guter Dinge sei, und amüsiert erzählt sie, wie sie ihn am Vormittag beim Frühstück erwischt hat. Aus einem Versteck in seiner Kommode hätte er sich einen Viertelschinken herausgeangelt, eine Flasche Schwarzwälder Kirsch hätte unter dem Bett gestanden, und sein Appetit wäre enorm gewesen. Otto lacht. Er kennt die Schrullen seines Vaters, und auch Anna kann ein Lied davon singen. Wenn sie in Großvaters Zimmer einmal Großreinemachen veranstalten, dann finden sie in seinen Schränken oft ganze Batterien von leeren Weinflaschen. Überall hat er kleine Depots, sogar unten im Bruthaus bei den Teichen – einen Kanten Brot, ein Stück Schinken, einen Schnaps oder einen Wein. Darum nimmt man es auch nie tragisch, wenn er das erste Frühstück versäumt oder überschlägt. Verhungern wird er bestimmt nicht.

Man ist schon beim Nachtisch. Es gibt Vanille-Eis mit Brombeeren. Anna ist sehr glücklich, daß das Mittagessen so friedlich verlief. Es war also doch ein guter Einfall gewesen, Klaus mit seiner Freundin und deren Mutter gleich mit ins Haus zu bringen und einfach zu Otto an den Tisch zu setzen. Das hat alles sehr vereinfacht. Aber was anderes irritiert Anna nun. Da ist diese Schulfreundin von Christa, die Gaby Bentrup. Nein, die gefällt ihr nicht. Dieses Kokettieren mit Jörg, dieses herausfordernde Getue. Es ist nicht ungewöhnlich, daß Christa hin und wieder jemanden von der Schule zum Essen mitbringt. Der Rolf Volkmar, der mit seinem Moped schon öfter auf dem »Forellenhof« war und Christa bei den Schularbeiten half – ja, das ist ein netter Junge. Aber dieses Mädchen? Und wie Jörg mit ihr umgeht. Spinnt sich da vielleicht etwas an? Ich muß mal mit Christa darüber reden, denkt Anna etwas beunruhigt.

*

Es ist Gaby Bentrups erster Besuch auf dem »Forellenhof«. Als Christa ihr in der Schule von dem bevorstehenden Hauskonzert erzählte, hatte sie sofort erklärt, das wolle sie sich auch anhören. Sie interessiere sich zwar mehr für Jazz und Beatmusik, aber das wäre doch einmal eine Gelegenheit, den berühmte »Forellenhof« kennenzulernen. Natürlich hofft sie, daß dabei auch ein kleiner Flirt mit Jörg herausschaut.

Und sie hofft nicht vergebens. Gleich nach dem Essen läßt sie sich von ihm durch das Haus führen, und Endstation ist dann Jörgs Zimmer.

»Hübsch. Sehr gemütlich, so eine richtige Junggesellenbude«, sagt Gaby und sieht sich neugierig um.

»Sie kennen wohl schon einige?« fragt Jörg etwas anzüglich.

»Gott, man kommt so 'rum«, pariert Gaby mit leichtem Ton und läßt sich Feuer für ihre Zigarette geben. Dann betrachtet sie interessiert die an der Wand hängenden Plaketten und Diplome. Es sind Jörgs Sporttrophäen.

»Das dort ist der Sieg in der badischen Skimeisterschaft, vom letzten Jahr«, erklärt Jörg zu einer großen Bronzemedaille. »Im Slalom hat's leider nur zum zweiten Platz gereicht.«

»Und was ist das hier?« Gaby zeigt auf eine abgebrochene Skispitze unter einem Bergkiefernzweig.

»Ein Andenken an eine verunglückte Landung beim Springen von der Hornißgrindenschanze. Hat mir sechs Wochen Krankenhaus eingebracht.«

Gaby dreht sich zu ihm um und sieht ihn herausfordernd an.

»Sie sind also schon immer so ein stürmischer Draufgänger gewesen, wie?«

Jörg ist leicht verblüfft. Dieses kleine Biest hat einen verdammt flotten Ton. Für Unterprima allerhand. Einen Moment denkt er daran, sie einfach an sich zu ziehen und zu küssen, aber da wendet sich Gaby schon wieder ab und geht auf den offenen Barschrank zu. »Sagen Sie mal, bekommt man hier eigentlich nichts zu trinken?«

*

Klaus sitzt beim Großvater am Bett. Mit dem alten Herrn hat er sich eigentlich immer am besten verstanden. Schon als er hier noch als Bub herumspielte, war Großvaters Zimmer oft ein Zufluchtsort gewesen, aus dem er dann immer wieder getröstet in die etwas harte Umwelt zurückgekehrt ist.

Aber heute hat Klaus keinen tröstenden Zuspruch nötig. Vor der Aussprache mit dem Vater ist ihm nicht bange. Er ist innerlich sehr fest und klar, und nachdem er nun den Großvater über all seine Pläne informiert hat, lehnt er sogar lächelnd den angebotenen Schluck Schwarzwälder Kirschwasser ab.

»Ich brauche mir keinen Mut anzutrinken, Großvater. Wenn ich auch eure Tüchtigkeit und euren Geschäftssinn nicht geerbt habe, euren Dickschädel habe ich auf jeden Fall. Und wenn Vater nein sagt, dann wird es eben ohne den Familiensegen gehen.«

»Bravo, mein Junge«, sagt der Großvater, dem Klaus' Haltung sehr imponiert. »Laß dich nicht unterkriegen. Und wenn dein Vater gegen eure Heirat ist, ich bin sehr dafür. Und etwas habe ich hier ja auch noch mitzureden.«

»Ich dank' dir für die Schützenhilfe«, sagt Klaus und drückt dem Großvater die Hand, »aber ich hoffe, Vater wird sich überzeugen lassen. Und nachher, wenn ich heil aus der Höhle des Löwen herauskomme, dann bring' ich dir meine Eva her. Aber jetzt muß ich gehen, Vater wartet schon drüben auf mich.«

»So, na, dann frag ihn mal so nebenbei, ob er sich noch daran erinnert: Vor gut fünfundzwanzig Jahren hab' ich auch da drüben gewartet. Auf ihn. Da wollte ich ihm nämlich die Heirat mit deiner Mutter ausreden. Angeschrien hab' ich ihn damals, bitte, dann renn doch in dein Unglück! Ein dummer Junge bist du noch und willst schon heiraten. Noch dazu ein Mädel aus Wien. Nun, was hat's genützt? Und recht hat er gehabt, daß er nicht auf mich gehört hat. Also, mach's gut, Klaus. Ich halt' dir die Daumen.«

*

Während Klaus und Otto ihren Kaffee im Buchnerschen Wohnzimmer trinken, hilft Eva der Anna in der Kaminhalle beim Arrangieren der Blumen. Himmel, was hier noch alles gemacht werden muß. Zum gemütlichen Kaffeeplausch haben die Frauen wirklich keine Zeit. Es soll ja auch ein bissel freundlich aussehen beim Konzert.

Es ist erstaunlich, wie rasch Anna Kontakt zu dem jungen Mädchen gefunden hat. Da ist schon gar kein Gefühl der Fremdheit mehr.

Außerdem gibt die Spannung über den Ausgang des schicksalsträchtigen Gesprächs zwischen Vater und Sohn den beiden Frauen bereits das Gefühl von Verbündeten. Ob der Krach wohl schon im Gange ist? Bestimmt wird Otto wieder seine berühmten Prinzipien und Grundsätze ins Feld führen, und der Querkopf Klaus wird mit Vehemenz versuchen, dagegen Sturm zu laufen. Anna schaut zwischendurch des öfteren besorgt zur Decke. Das Wohnzimmer liegt genau über der Kaminhalle. Aber noch zeigt die Decke keine Risse, noch dröhnt Ottos Stimme nicht durch das Haus.

»Sie müssen halt aus allem ein Problem machen, die Mannsbilder«, sagt Anna mit kleinem Seufzer.

»Ja, das kenn' ich von Klaus«, bestätigt Eva und macht ein wissendes Gesicht.

»Ich glaub's Ihnen gern, meine Liebe, der Bub macht's einem auch nicht immer leicht. Aber wenn man als Frau da ein bisserl gescheit ist, dann läßt man die Männer ruhig reden. Auf einmal werden sie müd', etwas Neues fällt ihnen dann nicht mehr ein.«

»Ach, dem Klaus fällt leider immer noch was ein, und wenn wir uns streiten . . .«

»Wie? Ihr streitet euch?« Anna ist ganz beglückt. »Also, das ist gut, das ist überhaupt das Beste. Wissen Sie, Eva, eine Liebe, wo net mal gerauft wird, daß die Fetzen fliegen, das ist fad. Es muß ja net immer mit einem Loch im Kopf enden. Aber zwei Eheleut', die sich net amal angiften, das ist wie a Suppen ohne Salz. So, und jetzt haben wir hier auch genug gearbeitet. Ich werd' uns einen guten Kaffee bestellen. Wo ist Ihre Frau Mama eigentlich?«

Eva weiß es auch nicht. Vermutlich steckt sie in der Hotelküche. Nach dem Essen hat Ruth Buchner sie nämlich einmal hinter die Kulissen des »Forellenhofs« geführt, ihr Küche, Keller und Magazin gezeigt, und da war Maria Fabricius gleich so begeistert gewesen, daß sie sich am liebsten eine Küchenschürze umgebunden und mitgeschafft hätte.

»Sie soll nur vorsichtig sein«, sagt Anna lachend zu Eva, »hier wird man leicht beim Wort genommen, Arbeitskräfte fehlen uns immer.«

Dann nimmt sie Evas Arm, wirft noch einen letzten zufriedenen Blick über die hübsch hergerichtete Kaminhalle, da stehen die beiden Briegerbuben vor ihr.

»Na, ihr Lausbuben? Wieder auf dem Kriegspfad?«

Aber Tom und Uwe haben jetzt gar nichts Kriegerisches vor. Sie fragen nur sehr artig, ob sie heute abend wohl auch das Konzert hören dürfen.

»Ach, das ist doch nichts für euch. Da langweilt ihr euch nur«, sagt Anna und streicht den Buben nett über die Blondschöpfe.

»O nein, Frau Buchner, das glaub' ich bestimmt nicht«, sagt Tom, »wir sitzen auch schön brav und sind ganz still.«

»Könnt ihr das denn überhaupt?«

»Doch, ganz bestimmt. Wir sagen keinen Mucks und hören nur zu.«

»Na gut«, erwidert Anna schließlich, »wenn noch ein Platz frei ist, dann dürft ihr auch dabeisein.«

Da freuen sich die Buben, und mit einem fröhlichen »Wir danken auch schön, Frau Buchner«, schwirren sie wieder ab.

»Kinder von unseren Gästen«, sagt Anna erklärend zu Eva, »ein bisserl anstrengend, aber zwei nette Buben.«

Ob sie das wohl auch gesagt hätte, wenn sie das verräterische Grinsen bemerkt hätte, das Sekunden später auf den Gesichtern der beiden Knaben stand? Wahrscheinlich hätte sie dann schon das Unheil gewittert.

*

Dicker Zigarrenqualm hängt im Wohnzimmer, und der Kaffee ist längst ausgetrunken. Überraschenderweise ist es zwischen Vater und Sohn noch zu keinem heftigen Zusammenstoß gekommen. Vielleicht war es die entschiedene und selbstsichere Haltung von Klaus, die Otto davon abgehalten hat, ihn noch immer als grünen Bengel zu behandeln. Und als er hörte, daß die Heirat zwar geplant sei, aber keinesfalls vor dem nächsten Frühjahr stattfinden sollte, war er ohnehin schon ziemlich beruhigt. Dennoch hat sich das Gespräch nun wieder zugespitzt, als Otto an die alten Gegensätze rührt. Gewiß nur aus väterlicher Sorge, aber er will es einmal von Klaus hören.

»Wie hast du dir das denn vorgestellt, Junge? Heiraten, eine Ehe führen, Familie gründen. Menschenskind, dazu gehört doch ein großes Verantwortungsbewußtsein.«

»Und du meinst, das hätte ich nicht?« fragt Klaus etwas angriffslustig.

Otto, der jeden scharfen Ton vermeiden möchte, beantwortet diese Frage nicht direkt, sondern legt seine Hand auf die Schulter des Sohnes.

»Klaus, wir sind uns in den letzten Jahren etwas fremd geworden, ich gebe zu, daß es zum Teil auch meine Schuld war. Aber du mußt verstehen, daß mich deine ganze unsichere Existenz, deine Labilität, vor allem in der beruflichen Entwicklung, daß mich das ziemlich beunruhigt und enttäuscht hat. Zuerst wolltest du studieren und Examen machen. Dann hat dich das Theater mehr gereizt, und nun bist du bei der Schriftstellerei gelandet. Niemals hast du richtig gewußt, was du wolltest . . .«

»Das war einmal, Vater«, sagt Klaus und steht nun auf. »Heute weiß ich sehr genau, was ich will und was ich kann. Natürlich, in der ersten Zeit habe ich noch getestet. Welcher junge Mensch tut das nicht? Gut, ich habe ein paar Umwege gebraucht, aber auch die waren sehr nützlich. Ich habe eine Menge dabei gelernt, was mir jetzt bei meiner schriftstellerischen Arbeit sehr zugute kommt.« Er bleibt stehen, blickt den Vater an und sagt drängend: »Bitte, Vater, nenne mir irgendwelche Gründe, weshalb ich Eva nicht heiraten soll. Wir lieben uns. Ich weiß, das allein ist kein Garantieschein fürs ganze Leben. Den hat keiner von uns in der Tasche. Und was das Wirtschaftliche, ich meine das Finanzielle angeht: In ein paar Wochen kommt mein zweites Buch heraus. Der Verlag hat schon jetzt die Lizenzen für die französische und die englische Übersetzung vergeben. Ich werde also relativ gut verdienen. Eva und ich, wir sind beide keine Luxusgeschöpfe. Du brauchst dir wirklich keine Sorgen zu machen, daß wir verhungern.«

»Red nicht solchen Quatsch«, sagt Otto etwas unwillig, »du weißt genau, wenn du etwas gebraucht hast, hast du's immer bekommen. Und dabei bleibt's. Ich habe auch gar nichts gegen deine Eva. Ich finde sie reizend. Und sie ist auch sicher ein wertvoller Mensch. Ich habe ganz andere Bedenken. Ich möchte nicht, daß du . . .« Otto sucht nach Worten. Es ist nicht leicht für ihn, sich verständnlich zu machen. ». . . sieh mal, Klaus, du stehst jetzt am Anfang, hast die ersten Erfolge, bei dir ist endlich der Knopf aufgegangen. Junge, jetzt fang doch erst mal an zu leben!«

»Was verstehst du unter leben?« fragt Klaus, und es klingt beinahe etwas überheblich. »Soll ich mir die Hörner abstoßen, wie man so zu sagen pflegt, drei oder vier Geliebte aushalten, und den flotten Max markieren?«

»Da würde ich vermutlich sehr schnell auf die Bremse treten«, sagt Otto lachend. Doch dann fährt er eindringlich fort: »Klaus, es gibt eine goldene Junggesellenfreiheit, auch ohne daß man gleich verrückt spielt, und wenn man die verpaßt, kann man sie später nie mehr nachholen. Dann ist's vorbei.«

»Sprichst du aus Erfahrung?« fragt Klaus mit etwas ironischem Lächeln. »Wenn ich nachrechne, hast du in meinem Alter ja auch schon geheiratet.«

»Stimmt«, gibt Otto zu, »aber bei mir ging's auch gut. Ich habe mit deiner Mutter ein unverschämtes Glück gehabt. Die ersten schönen Jahre draußen . . . Wien, dann England, Frankreich. Immer mit ihr zusammen und nur glücklich. Du, so etwas hat Seltenheitswert. Ich hatte also weder etwas zu bereuen noch etwas nachzuholen.«

»Na also, Vater«, sagt da Klaus, »und warum soll's bei mir denn anders sein? Laß uns doch daran glauben, daß wir Buchners das Glück in Erbpacht haben, wenigstens das Glück mit unseren Frauen.«

Und er sagt das so überzeugt, so hoffnungsfroh, daß Otto für einen Moment ganz still wird, ihn nur ansieht und dann in seine Arme schließt . . .

»Also, dann geh'«, sagt er lächelnd, »hol uns ein paar Flaschen Sekt herauf, bring mir deine Eva her und trommle die ganze Familie zusammen.«

*

Eine Viertelstunde später sind sie alle mit glücklichen und erleichterten Gesichtern im Wohnzimmer versammelt. Sogar den Großvater hat man aus dem Bett geholt, und Christa hat nach längerem Suchen auch Jörg und Gaby aufgetrieben. Es wird keine große, offizielle Verlobungsfeier. Im »Forellenhof« ist man in diesen Dingen betont unfeierlich. Man hat auch bei dem Betrieb, der im Hause weiterlaufen muß, gar keine Zeit dazu, und so erfolgt also Evas Aufnahme in die Buchnersche Familie in ganz improvisiertem Rahmen. Anna hat gerade noch Zeit, die weiße Küchenschürze abzubinden, da schäumt der Sekt schon in den Gläsern, und Otto nimmt Eva bei der Hand . . .

»Von Herzen alles Glück, mein Mädchen. Du wirst es nötig haben, denn dieser Bursche hier . . .«, damit zieht er Klaus zu sich heran, ». . . das ist ein verdammt harter Brocken. Der tut nämlich nur so, als sei er weltfremd und ein Träumer. Wenn du bei dem nicht richtig aufpaßt, so überfährt er dich glatt, und du kannst gleich die weiße Fahne hissen, so wie ich eben auch vor ihm kapituliert habe. Aber Klaus hat vorhin auch etwas sehr Schönes und sehr Wahres gesagt.« Otto wendet sich damit nun an alle. »Er sprach vom Glück der Buchners mit ihren Frauen.«

»Oje, jetzt wird's doch noch feierlich«, sagt Anna und schnüffelt ein klein wenig vor Rührung.

»Laß man, mein Schatz«, erwidert Otto lächelnd, »ich gebe ja selten genug zu, daß die Buchnerschen Frauen das Beste vom ›Forellenhof‹ sind. Aber ich denke an unsere Mutter, die eine so wunderbare Frau war, ich muß von dir reden, Anna, du hast mein Leben so schön, so bunt, so reich und glücklich gemacht. Ruth, auch du gehörst zu unseren prächtigen Frauen, und wenn du, Eva, es nun auch mit uns Buchners versuchen willst, so sei uns herzlich willkommen und laß dich umarmen.«

Aber dazu kommt es nicht mehr. Ein energisches Klopfen stört das schöne Familienbild, mit beleidigtem, unwirschem Gesicht steht der Oberkellner Charlie in der Tür.

»Chef, das geht aber nicht! Die holen mir für das Konzert sämtliche Stühle aus dem Restaurant. Wo soll ich denn meine Gäste hinsetzen?

Aus ist's mit der Feierlichkeit. In der nächsten Viertelstunde traben sämtliche Buchners durch das Haus und suchen alle verfügbaren Stühle zusammen.

*

Man hatte mit ungefähr dreißig bis vierzig Konzertbesuchern gerechnet. Aber es kommen weit mehr. Die kühle Witterung hat viele Hausgäste bewogen, auf den Abendspaziergang zu verzichten, dazu kommen noch einige Herrschaften, die nur der Zufall für diesen Abend in den »Forellenhof« geführt hat, und schon allein die Familie Buchner mit Anhang und etlichen Leuten vom Personal füllen eine ganze Stuhlreihe.

Im Kamin knistern die Holzscheite, und zusammen mit den Kerzenleuchtern an den Wänden geben sie dem Raum eine festliche Stimmung. Lottchen macht am Eingang zur Halle die Honneurs und führt die Gäste zu ihren Plätzen. Mehrere Stuhlreihen sind schon dicht besetzt. Nun kommen auch die Briegers mit ihren Zwillingen. Sehr gesittet, fast andachtsvoll gehen Tom und Uwe Hand in Hand an der Seite der Eltern.

»Komm mehr zur Mitte«, sagt Frau Brieger zu ihrem Mann. Aber Tom und Uwe wollen möglichst ganz vorne sitzen, damit sie alles genau sehen können.

»Hier gibt's nichts zu sehen«, sagt Herr Brieger, »wir sind nicht im Zirkus.«

Tom und Uwe zwinkern sich zu. Wenn sich der Vater da man nicht irrt. Na schön, dritte Reihe ist ja noch nahe genug. Die Briegers setzen sich, und Tom und Uwe starren stumm und fasziniert auf den großen schwarzen Konzertflügel vor ihnen auf dem Podest.

In der Rezeption hat Ruth Buchner inzwischen den Dienst am Klappenschrank übernommen. Sie will gern auf das Konzert verzichten, um Lottchen die Freude zu machen, dabeisein zu können. Nach der Geschichte mit dem Tauchsieder am Morgen ist sie den Reutters sowieso nicht sehr grün. Nun schließt sie die große Tür zum Ausgang, damit möglichst wenig Außenlärm hereindringt. Dabei macht sie eine merkwürdige Entdeckung. Hinter dem großen, gerafften Vorhang der Tür steht eine leere blecherne Gurkenbüchse. Wer hat denn die dahin gestellt? Kopfschüttelnd befördert Ruth sie sofort durch den Hinterausgang zu den Mülltonnen. So etwas ist keine Empfehlung für ein erstes Hotel. Man muß doch wirklich besser auf die Putzfrauen aufpassen.

Kurz vor halb neun ist es dann soweit. Die Kaminhalle ist voll besetzt mit Musikfreunden, und das Ehepaar Reutter erscheint, von Otto und Anna geleitet, in der Halle. Ein höflicher Auftrittsapplaus begrüßte sie. Otto schaltet das Oberlicht aus, schließt die Schiebetür und nimmt dann mit Anna in der Familienreihe neben Klaus und Eva Platz.

Auf dem Podium öffnet Karl-Friedrich Reutter nun den Flügel und stellt die Noten auf. Schräg vor ihm sitzt seine Frau Elisabeth mit ihrem Cello. Noch ein paar Sekunden konzentrierter Spannung und erwartungsvoller Stille. Aber gerade als Reutter das Einsatzzeichen geben will, rollt die Schiebetür noch einmal quietschend auf, und vor den erstaunten Augen der Familie erscheint als Nachzügler Großvater Buchner. In seinem alten Gehrock, den verbundenen Fuß im Pantoffel, stapft er humpelnd und mit brummigem Gesicht auf einen freien Platz am Seitengang zu. Die Reutters werfen ihm einen sehr mißbilligenden Blick zu. Otto kann ein Schmunzeln nicht ganz unterdrücken, Anna kichert leise in sich hinein, Jörg und Klaus grinsen.

Aber nun ist das Konzert durch nichts mehr aufzuhalten. Auf den kleinen, mit Schreibmaschine getippten Programmzetteln steht als erstes Musikstück eine »Suite in drei Sätzen für Cello und Klavier«. Es ist das Werk eines jungen französischen Komponisten, eines Vertreters der gemäßigt-modernen Richtung.

Aber für das Konzertpublikum im »Forellenhof« ist es wohl immer noch nicht gemäßigt genug. Etwas erschreckt fahren die

Zuhörenden schon bei den ersten harten Akkorden zusammen. Dann setzt das Cello ein, und als der schöne, seelenvolle Klang gleich in furiose staccati übergeht, von wildhämmernden Passagen des Klaviers begleitet, ist die Enttäuschung allgemein.

Karl-Friedrich und Elisabeth Reutter sind zweifellos zwei sehr virtuose Künstler. Aber der Sinn ihrer Darbietung bleibt dunkel und unverständlich. Bei den Zuhörern gibt es die ersten befremdeten Blicke, einige runzeln die Stirn und werden unruhig. Auch Otto fühlt Annas ironischen Blick und hat plötzlich das unsichere Gefühl, mit diesem Hauskonzert wohl doch nicht ganz den richtigen Griff getan zu haben. Die einzigen, die völlig unbeteiligt dasitzen, sind Tom und Uwe Brieger. Sie scheinen die Musik gar nicht zu hören. Mit unbeweglichen Gesichtern schauen sie unverwandt auf den Flügel. Nur ihre Ohren sind feuerrot vor Erwartung.

Wieder ein wildbewegtes Crescendo. Und endlich, mitten in einem bravourösen Lauf, der in eine schrille Kadenz des Cellos mündet, da kommen sie. Der erste ist ein dicker brauner Frosch, der aus dem Inneren des Flügels heraus auf dessen Rand springt. Patsch, da sitzt er. Reutter, völlig in seine Musik versunken, bemerkt ihn noch nicht. Auch kaum jemand vom Publikum. Nur Uwe stößt leicht den Tom mit dem Ellenbogen an. Der nickt kaum merklich und verzieht keine Miene. Und nun ist auch der zweite Frosch da. Schwups, sitzt er dicht neben dem Notenblatt. Und den sieht nun auch Reutter. Er sieht ihn, aber er glaubt es nicht. Ein Frosch? Das ist ein Spukbild. Das darf nicht wahr sein. Reutter verliert sein Konzept, ist schon aus dem Takt, seine Finger irren unkontrolliert über die Tasten. Und immer mehr Frösche kommen nun. Angespornt durch die beiden ersten, hüpft nun eine Vielzahl von großen und kleinen Fröschen um Reutter herum. Fünf, acht, zwölf, schon sind es über zwanzig, die mit Raketenstart aus dem Flügelinnern herausspringen. Reutter sitzt wie gelähmt da. Schweiß steht auf seiner Stirn. Jetzt setzt ein besonders kühner Springer zum Weitflug an, landet genau vor Elisabeths Füßen. Entsetzt schreit diese auf, läßt das Cello fallen, und nun ist das Konzert nicht mehr zu retten.

Mit dem Schreckensruf »Frösche! Frösche!« springen die Damen der ersten Stuhlreihe quietschend auf. Auch die Gäste in den hinteren Reihen erkennen nun die Ursache der Störung. Schallendes Gelächter ertönt. Den meisten ist der Abbruch des Konzertes nur allzu willkommen. Ein heilloses Durcheinander entsteht. Viele drängen nach vorn, Stühle fallen.

Großvater Buchner schlägt sich vor Vergnügen in seinem Sessel auf die Schenkel. Anna, an Ottos Schulter hängend, laufen vor Lachen die Tränen herunter. Und Otto, noch unentschlossen, ob er mitlachen oder empört sein soll, versucht vergeblich gegen den Tumult anzukämpfen.

»Ich bitte Sie, meine Herrschaften . . .«

Aber niemand hört mehr auf ihn. Nur Herr Reutter, der erregt auf dem Podest inmitten der herumspringenden Frösche seine Frau stützt, die einer Ohnmacht nahe ist, schreit Otto mit verzerrtem Gesicht zu:

»Ein Bubenstück, Herr Buchner! Eine unerhörte Beleidigung! Wir werden noch heute abreisen!«

Ein zustimmender Applaus des Publikums antwortet ihm. Volkesstimme! Was soll Otto da noch sagen? In Gottes Namen, dann sollen sie eben abreisen. Jetzt erst einmal die Frösche einfangen.

»Tom, Uwe! Kommt, helft uns dabei.«

Wo kommen die Viecher überhaupt her? Auch Jörg, Klaus und Christa beteiligen sich an der Froschjagd. Hupp, hupp. Wie schnell die Biester springen. Es ist ein herrlicher Spaß.

*

Es wird ein sehr weinseliger Abend im »Forellenhof«. Noch lange sitzen die Hausgäste in vergnügter Stimmung in der Schwarzwaldstube und im Restaurant zusammen. Über das verunglückte Hauskonzert wird noch viel und lange gelacht. Natürlich rätselt man, auf welche Weise wohl die Frösche in den Flügel gelangt sind. Aber keiner weiß etwas Genaues. Irgendein Lausbubenstreich wird es gewesen sein. Vielleicht die verdammten Zwillinge der Briegers? Na, Schwamm drüber. Ohne die Frösche hätte man das Konzert wohl auch kaum überstanden.

Auch für Otto und Anna wird es sehr spät, bis sie ins Bett kommen. Was war das wieder für ein turbulenter Tag. Otto hat den sensationellen Ausgang seiner musikalischen Veranstaltung noch nicht ganz überwunden und schüttelt, in den Kissen liegend, etwas traurig den Kopf. Das erste Konzert, das er veranstaltete, war ein Froschkonzert.

»Weine nicht, Liebling«, tröstet ihn Anna, »mir hat es sehr gefallen. Schad, daß die Saison jetzt ausgeht, als Konzertagent hättest du direkt eine Zukunft.«

Damit küßt sie ihn sanft und kuschelt sich an seine Seite. Aber so rasch kommt der Schlaf nicht, und beide liegen noch lange wach. Sie hören noch, wie Jörg heimkommt und den Wagen auf dem Garagenhof einstellt. Er hat Klaus und Eva mit ihrer Mutter nach Karlsruhe zurückgebracht. Jetzt, das sind Karls Schritte auf dem Kies. Er geht mit Kuni die letzte Runde um das Hotel und schließt die Haustür ab. Dann ist Ruhe.

Otto schließt die Augen.

Nur die Gedanken kreisen noch. Der neue, der kommende Tag verdrängt bereits das Heutige. Planung, Disposition und Vorsorge. Morgen mittag ein Forellenessen für achtzehn Personen. Die Voranmeldung der Umsatzsteuer muß ’raus. Am Dienstag ist die Hotelierstagung. Die Ventilationsanlage in der Küche muß auch repariert werden. Aber vielleicht hat das noch Zeit bis zum Saisonschluß. Anfang November hört im »Forellenhof« der Hotelbetrieb auf. Die ersten Wintergäste kommen erst gegen Mitte Februar. Und für diese Zeit bekommt auch das Personal den verdienten Urlaub.

Ich möchte Anna auch einmal Ferien verschaffen, denkt Otto. Nicht einmal hat sie in den letzten Jahren etwas Ruhe und Erholung gehabt. Jetzt ist Ruth mit im Haus, Jörg ist schon sehr selbständig geworden. Es müßte eigentlich möglich sein.

»Schläfst du schon, Schatz?« fragt Otto leise.

Anna schüttelt leicht den Kopf. Auch sie hat noch an so vieles denken müssen. An Klaus und Eva, an Jörg und an die etwas aufdringliche Gaby, an die Veränderungen, die sich durch die sich vergrößernde Familie ergeben werden. Klaus wird natürlich für den Anfang noch einen Zuschuß brauchen.

»Nein, ich schlafe auch noch nicht.«

»Hör mal«, beginnt Otto vorsichtig, »wollen wir nicht beide einmal verreisen?«

»Verreisen?« Anna ist sofort hellwach und richtet sich auf. »Liebling, ich steh’ sofort auf und pack’ die Koffer. Wo willst du denn hin mit mir?«

»Ich dachte, so ein paar Wochen, vielleicht kurz nach Weihnachten.«

»Nach Weihnachten? Ach, dann wird doch wieder nichts draus«, sagt Anna enttäuscht. Sie kennt das schon, das Plänemachen von Jahr zu Jahr, und immer kommt etwas dazwischen.

»Wir brauchen ja das Haus nur einmal etwas später zu eröffnen. Wir machen Urlaub bis Mitte Februar, fahren nach Griechenland in die Sonne, anschließend noch zwei Wochen nach Wien, wenn du magst.«

»Hör auf, hör auf! Ich kann's net glauben, es wär' zu schön. Aber laß uns schon ein bisserl träumen davon. Und vergiß net, morgen früh ist die Brauereirechnung fällig. Auf Zimmer zwölf und dreizehn müssen die Waschbecken ausgewechselt werden, und wir haben drei Abreisen. Gute Nacht, Liebling.«

*

Nichts war aus den schönen Urlaubsplänen geworden. Gar nichts. Anna hatte es vorher gewußt. Darum war sie nicht einmal so sehr enttäuscht gewesen, sondern hatte Otto selbst dazu gedrängt, die Flugkarte nach Athen noch vor Weihnachten zurückzugeben. Die Bauarbeiten im Obergeschoß, wo vier Gastzimmer noch je ein eigenes Bad erhalten sollten, hatten wesentlich mehr Zeit und auch mehr Geld beansprucht, als vorgesehen war. Dann mußte die Klimaanlage in der Küche vollständig modernisiert werden. Die Maler wurden nicht rechtzeitig fertig, und als man sich gerade eine kurze Ferienwoche in Wien leisten wollte, hatte sich Christa mit einer Rippenfellentzündung hingelegt.

Aber Anna, diese heitere Pessimistin, trägt so etwas mit Fassung. Sie weiß, Pläne und Träume sind gut, aber man muß von ihnen Abschied nehmen können, wenn es nicht anders geht. So wurde also ohne Urlaub zu machen weitergewurschtelt, und ab Mitte Februar hatten die Buchners dann wie immer den »Forellenhof« in neuem Glanz für ihre Gäste geöffnet.

Es war diesmal ein langer und harter Winter geworden. Es hatte viel Schnee gegeben, und bis Ende März fuhren noch skilaufende Gäste vom »Forellenhof« hinauf zur Hochstraße, wo es zwischen Hornisgrinde und Kniebis ein paar hervorragende alpine Abfahrten gab.

Längst ist nun der Schnee geschmolzen. Eine warme Junisonne steht am blauen Himmel, und im »Forellenhof« ist Vorsaison. Die ganze Familie Buchner steht wieder wie gewohnt auf ihrem Posten. Der Großvater und Jörg kümmern sich um die Forellenzucht. Otto und Anna dirigieren den Hotelbetrieb, und Ruth hat wieder ihre Etagen übernommen. Anfang Mai haben Klaus und Eva geheiratet. So wie sie es gewünscht hatten, war es nur ein kleines Fest im engsten Familienkreis gewesen. Dann hatte Klaus noch rasch sein zweites Buch beendet, und nun sind die beiden Glücklichen auf Hochzeitsreise in Spanien.

Auch beim Personal hat es keine Veränderung gegeben. Die alte Mannschaft mit Charlie und Edmund an der Spitze, mit der Melli und den alten Zimmermädchen, ist wieder vollzählig zur Stelle, und sogar das Lottchen ist aus Hamburg in den Schwarzwald zurückgekommen, nachdem sich ihr Mann entschlossen hatte, noch ein weiteres Jahr zur See zu fahren.

Kuni – natürlich ist auch Kuni noch da. Im Winter hatte ihn ein bösartiger Abszeß an der Hinterhand gequält. Das war keine gute Zeit für ihn gewesen. Auch an die Operation beim Tierarzt Dr. Schromm denkt er nicht gern zurück. Nach der Narkose war er eine Woche lang sehr klapprig auf den Beinen gewesen. Aber nun geht's wieder, und er genießt die warme Mittagssonne auf der Terrasse.

Jetzt hebt er den Kopf. Ein Wagen kommt den Fahrweg herauf. Schon so früh neue Gäste? Kuni steht auf, äugt zum Garagenhof hinüber und erkennt Jörgs roten Porsche. Ach, ist das eine Fuhre. Da klettern gar sechs Figuren aus dem Sportwagen heraus. Kuni schüttelt mißbilligend den Kopf. Bummelanten. Morgens um sieben erst nach Hause kommen. Seitdem sich Kuni aus Altersgründen nicht mehr nachts bei der Loni am Sägewerk herumtreibt, ist er ein Moralist geworden. Er hat sich in letzter Zeit sogar angewöhnt, spät nach Mitternacht heimkehrende Gäste zu verbellen.

Aber Kunis Entrüstung ist überflüssig. Christas Schule hat ein Sommerfest gefeiert, und die jungen Leute haben mit ihren Lehrern, dem Direktor und den Protektoren zusammen die Nacht durchgetanzt. Gegen Morgen war dann Rolf Volkmar auf den Einfall gekommen, noch auf die Yburg zu fahren, um dort den Sonnenaufgang zu erleben. So hatte Jörg seinen Porsche vollgeladen: Christa, Rolf, Gaby Bentrup war natürlich mit von der Partie, dazu noch Jochen Hauschild und Jutta Loos. Ein herrlicher Morgen. Nach der Yburg war man noch kurz am Baggersee vorbeigefahren, war in dem kalten, erfrischenden Wasser ein paar Runden geschwommen, und dann hatte Jörg die Freunde zu einem guten Frühstück im »Forellenhof« eingeladen.

Anna ist gerade beim Anziehen, als Christa zu ihr ins Schlafzimmer gestürmt kommt.

»Morgen, Mutti.«

»Morgen, Spatz, na, wie war's?«

»Ganz nett. Nicht sehr aufregend«, sagt Christa und streckt sich auf dem Bett der Mutter aus. »So ein Schulball, weißt du, mit den Lehrern und den Jungs, fast alle von unserer Schule, die kennt man eben schon zu genau.«

»Hast net viel getanzt?«

»Doch, natürlich.«

»Und kein Herzklopfen mit heimgebracht? Dich net ein bissel verliebt?«

Christa schüttelt lachend den Kopf. »Etwas Herzklopfen nur vom kalten Wasser. Wir sind noch im Baggersee geschwommen, und das war eigentlich das Schönste.«

»Schade«, sagt Anna.

»Warum?«

»Weil ich meine, es gehört halt dazu, daß ein Mädel in deinem Alter ein bisserl verliebt ist. Wenn ich zurückdenke an die Zeit, als ich achtzehn war, da war ich gerad' auf der Schauspielschule, und ich glaub', verliebt war ich zu der Zeit immer.«

Eigentlich sollte es umgekehrt sein, aber an Christas Stelle kommt nun Anna ins Schwärmen. Das Jahr damals auf dem Seminar in Wien, mein Gott, da gab's den Rudi Brunner, dann den Toni Zimmerer, der heute ein großer Charakterdarsteller an der Burg ist, und dann, wie hieß denn der nur, der . . .

»Mutti! So viele Affären hast du gehabt?«

»Affären? Keine Spur davon«, Anna lacht, »glaubst du, für die ich damals geschwärmt hab', von denen hätt' mich auch nur einer angeschaut? Keiner hat mich auch nur einmal um ein

Rendezvous gebeten. Und ich hätt' so gern mal eines gehabt. Ich hab' auch viel geheult in der Zeit damals.«

»Also, das tät' ich nie, Mutti«, sagt Christa entschieden und richtet sich auf. »Heulen, weil man verliebt ist?«

»Wart's ab, Spatz«, sagt Anna lächelnd, »auch dich wird's mal erwischen. Und gerad' wenn du gar nicht daran denkst. Es läßt keinen aus. So, nun leg dich rasch noch ein paar Stunden schlafen.«

Aber davon hält Christa gar nichts. »Wir haben doch die ganze Bande mitgebracht, Mutti. Rolf, die Gaby, Jutta und den Jochen Hauschild. Die sitzen alle unten in der Schwarzwaldstube und warten aufs Frühstück. Wir haben einen Mordshunger.«

»Warum hast du mir das net gleich gesagt, Kind? Da muß ich ja 'runter und euch was zu essen machen. Die Küche hat bestimmt noch nicht auf.« Und während sie sich rasch die Haare richtet, fragt sie noch einmal: »Die Gaby ist auch dabei, sagst du?«

»Ja«, sagt Christa unbefangen.

»Hör mal, Spatz«, fragt Anna nun zum erstenmal ihre Tochter direkt. »Zwischen Jörg und Gaby, ist das was Ernstes?«

»Weiß ich nicht«, sagt Christa ausweichend und lacht, »vielleicht ja, vielleicht nein. Da mußt du Jörg schon selber fragen. Und wenn schon. Gaby ist doch sehr nett. Vielleicht ein bißchen überspannt, sie ist ein kleines Biest, sagt Jörg immer.«

»Aber sie geht doch noch zur Schule, genau wie du«, stellt Anna fest, »sie ist doch noch viel zu jung.«

Nun, da ist Christa ganz anderer Meinung. »Gaby ist immerhin neunzehn. Sie ist über ein Jahr älter als ich. Sie ist doch schon eine richtige Frau. Was willst du denn, Mutti? Mich hast du eben noch ermuntert, ich soll endlich mal was anfangen.«

»Ich hab' dich nicht ermuntert, etwas anzufangen«, stellt Anna sofort richtig, »ich habe nur von Herzklopfen gesprochen, vom Schwärmen und vom Verliebtsein.«

»Ach Mutti, was hast du für seltsame Vorstellungen.« Christa schließt Anna gerührt in die Arme. »Wir schreiben uns nun mal heute keine Verse mehr ins Poesiealbum. Das war deine Zeit. Bei uns gibt's ja nicht einmal mehr richtige Liebesbriefe. Da wird einfach telefoniert ... ›Hast du Zeit, ich hol' dich ab‹ ... ›Kommst du mit, wir fahren 'raus‹ ... ›Danke, nein, ich hab' schon 'ne Verabredung‹ . . . ›Gut, dann 'n andermal.‹ Bei uns ist das alles sehr unkompliziert. Außerdem haben wir eine ziemlich genaue Kenntnis gewisser biologischer Funktionen. Mach dir um Jörg und die Gaby nur keine Sorgen. Unser Juniorchef weiß schon, was er tut.«

»Wenn du meinst«, sagt Anna etwas schwach und sieht wohl ein, daß die Kinder, daß die heranwachsende Generation doch ganz anders ist als zu ihrer Zeit. In manchen Dingen vielleicht sehr viel klarer, sachlicher und nüchterner. Aber ist sie auch glücklicher?

*

Es war eine große Tiegelpfanne voll mit Bratkartoffeln, Speck und Eiern. Nun ist sie leer. Die sechs jungen Leute haben gefuttert, als hätten sie seit Wochen nichts zu essen bekommen. Dann hatte Anna noch den Kaffee gebracht und sich ein paar Minuten zu einem kleinen Schwatz mit an den Tisch gesetzt.

Jochen Hauschild, der die »Forellenhof«-Wirtin noch nicht kannte, ist hingerissen und begeistert von ihr. »Das waren nicht nur die schönsten Bratkartoffeln meines Lebens, Frau Buchner, Sie sind auch eine – wenn ich das sagen darf – eine bezaubernde Frau. Ein Jammer, daß Sie schon verheiratet sind. Wollen Sie mich nicht wenigstens adoptieren?«

Auch der sonst so schüchterne Rolf Volkmar bekennt: »Wenn Sie heute nacht auf dem Fest gewesen wären, Sie hätten all unsere jungen Mädchen ausgestochen.«

»Ach geht's«, wehrte Anna lachend ab, »ich bin eine alte Frau. Ich brauche meinen Schlaf, und der Tanz hier im Haus, der reicht mir. Ihr seht ja, da geht's schon los. Ich muß mich tummeln.«

In der Küche ist eben der Chefkoch Edmund mit seiner Mannschaft eingetroffen, das Büfettmädchen Lisa nimmt ihren Dienst auf, und nebenan im Restaurant beginnen die Kellnerlehrlinge mit dem Eindecken der Frühstückstische für die Gäste. Und überall ruft man nach der Chefin.

»Wie kommt ihr überhaupt nach Haus?« fragt Anna beim Abschied von den Kindern. »Ich muß nachher zum Markt in die Stadt. Wollt's ihr mitfahren?«

»Mit Ihnen bis ans Ende der Welt«, ruft Jochen überschwenglich, »aber unsere spendable Gaby hat schon eine Pferdedroschke bestellt. Der Kutscher muß gleich da sein.«

Anna ist überrascht. Einen so romantischen Einfall hat sie der Gaby gar nicht zugetraut. Natürlich, so im Zuckeltrab in offener Kutsche in den Morgen hinein zu fahren, das ist wirklich reizvoller, als im Marktwagen zwischen Kisten und Körben zu sitzen.

»Also, dann viel Spaß und gute Heimfahrt. Laßt euch mal wieder sehen.«

*

An der Rezeption trifft Anna ihren Mann, der mit Lottchen über der Zimmerliste brütet. Es gibt bei der Verteilung schon wieder Probleme. Eben sind drei neue telegrafische Anmeldungen gekommen. Nun ist das Haus wieder voll, und die Saison hat kaum begonnen. Noch ein viertes Telegramm ist da. Maria Fabricius, Evas Mutter, schickt einen dringenden Hilferuf aus Freiburg. »Liege hier völlig schief. Kann ich als Aushilfe vorübergehend bei Euch unterkommen? Gruß Eure recht unglückliche Maria.«

Anna und Otto sehen sich verblüfft an. Was ist da passiert? Erst vor einem Monat hatte Maria ihre Wohnung, in der sie bis zur Hochzeit zusammen mit Eva gewohnt hatte, aufgegeben und war zu ihrem verwitweten Bruder nach Freiburg übergesiedelt. Weiß der Teufel, was da nun nicht geklappt hat.

»Was meinst du, soll sie kommen?« fragt Otto.

»Natürlich«, sagt Anna spontan, »lieber heute als morgen. Ich bin heilfroh um jede helfende Hand. Schick ihr ein Antwortkabel, daß sie sofort kommen soll.«

Am Klappenschrank schnarrt das Telefon, und Lottchen meldet sich: »Ja, Herr Reinhardt, Ihr Frühstück ist bestellt. – Also, Sie wollen jetzt keinen Kaffee, sondern Tee? – Bitte schön. Ja, ich bestelle um. – Natürlich kann Ihre Gattin auch Toast haben. Nur, vorhin wollte sie keinen. – Aha, und jetzt will sie welchen. Verstehe. – Gerne, Herr Reinhardt, kommt sofort.«

Lottchen hängt lächelnd ein. »Zimmer 21, die Reinhardts«, erklärt sie für Anna und Otto, »das geht jeden Morgen so. Zuerst bestellt sie für beide Kaffee. Dann ruft er zurück und will Tee. Wenn sie die Eier im Glas haben möchte, bestellt er danach Spiegeleier. Scheint ein Ferienspiel der beiden zu sein. Ganz lustig, aber etwas anstrengend für die Küche.«

»Nimm's leicht, Lottchen«, sagt Anna nachsichtig, »der Gast hat immer recht. Und wenn die Leut' zum Frühstück 'n sauren Hering mit Vanillesoße bestellen, sie sollen ihn haben.«

*

Jörg und Christa schlafen bereits, als die Pferdedroschke mit Gaby, Jutta, Rolf und Jochen noch über den Höhenweg dahinzuckelt. Es ist ein wunderbarer Ausklang nach der durchtanzten Nacht, nach dem Schwimmen und dem herrlichen Frühstück im »Forellenhof«, so langsam durch den schimmernden Morgen zu fahren. Hoch über dem Tal schlängelt sich die wenig befahrene Straße an den Berghängen entlang, und weit voraus sieht man in der Umarmung der grünen Hügel die Stadt liegen.

Jochen hat seine Gitarre bei sich. Zuerst klimpert er im Fahrtrhythmus nur ein paar Akkorde, dann findet er bald eine Melodie, und nun singen die vier in ausgelassener Stimmung ein lustiges Schlagerlied. Sogar der alte Kutscher, in seinem traditionellen Baden-Badener Rock mit den Aufschlägen und dem Lackzylinder, scheint vorn auf dem Bock ein wenig mitzubrummen.

Hinter einer Biegung verengt sich die Fahrbahn. Straßenarbeiter sind beim Ausbessern der Böschung. Die Kutsche passiert gerade die enge Durchfahrt, als ein großer eleganter Straßenkreuzer angeschossen kommt und noch rechtzeitig bremst. Es ist ein »Buick« mit holländischem Kennzeichen. Zwei junge Leute sitzen darin, amüsiert winken sie zur Kutsche hinüber, und der Herr am Steuer ruft auf englisch: »Hallo! Wir suchen das Hotel ›Forellenhof‹. Ist das der richtige Weg?«

»Ja«, antwortet Jutta, sehr stolz auf ihre gute englische Aussprache. »Sie sind genau richtig. Wir kommen gerade von dort.«

Sie beschreibt noch kurz die Richtung, in der das Hotel liegt, dann »Good bye und gute Fahrt.«

»Holländer«, sagt Rolf, dem Wagen nachblickend, »sahen

nett aus, die beiden.« Und Jochen fügt hinzu: »Scheint sich sogar schon in den Niederlanden herumgesprochen zu haben, daß man im ›Forellenhof‹ so gut ißt.«

Dann nehmen sie ihren Gesang wieder auf, die Fahrt geht weiter.

*

Ruth ist empört. In Zimmer 19 sehen die Vorhänge aus, als hätte man sie als Putzlumpen für die Schuhe benutzt.

Als sie Otto auf der Treppe trifft, führt sie ihn ins Zimmer zurück und zeigt ihm die Schandflecken.

»Wir müssen die Vorhänge auswechseln, so kann man das Zimmer doch keinem Gast anbieten. Ich versteh's nicht, ob die Leute zu Hause auch so mit ihren Sachen umgehen?«

Otto zuckt mit den Achseln. »Eine alte Hoteliererfahrung, liebe Ruth. Für manchen Gast sind die Ferien auch zugleich ein Urlaub von Erziehung, Kultur und guten Sitten. Die Hemmungen hat man zu Hause gelassen, hat vergessen, sie einzupakken.«

Er hat es kaum gesagt, da geht im Nachbarzimmer ein Mordskrach los. Geschirr fällt klirrend zu Boden, und eine eheliche Auseinandersetzung beginnt, die auf einen recht kriegerischen Ton gestimmt ist.

Otto und Ruth sehen sich betroffen an. »Das Ehepaar Reinhardt«, flüstert Ruth ihrem Schwager zu. Der nickt und weiß Bescheid. Man hört zwar nur Fetzen der gegenseitigen Vorwürfe und Beschimpfungen, wie »Ein Skandal, wie du dich benimmst!« und »Laß mich in Ruhe! In jedem Urlaub machst du dasselbe Theater!« oder: »Ich ertrag's nicht länger. Ich kann dich nicht mehr sehen!«

Otto zieht ängstlich den Kopf ein und sagt leise: »Du, hier verdrück' ich mich lieber.«

Aber er hat die Treppe noch nicht erreicht, da fliegt die Tür von Zimmer 21 schon auf und Frau Reinhardt, eine kleine, fast zierliche Dame, erscheint zornrot und in Tränen aufgelöst auf dem Etagenflur. Gerade noch sieht sie Otto verschwinden, und rasch läuft sie jammernd und hilfeflehend hinter ihm her.

»Herr Buchner, ach, bitte, Herr Buchner!«

Armer Otto, denkt Ruth, die hat er nun auf dem Hals. Aber

in der nächsten Sekunde schießt auch Herr Reinhardt wutentbrannt aus dem Zimmer. »Flora!« donnert er seiner Frau nach.

Aber Flora antwortet nicht mehr. Die ist weg. Jetzt entdeckt Herr Reinhardt Ruth im Türrahmen des Nachbarzimmers und winkt kurz mit dem Finger.

»Kommen Sie her, Fräulein«, sagt er ziemlich barsch und zeigt durch die offene Tür auf die am Boden liegenden Scherben des Frühstücksgeschirrs, »räumen Sie das mal gleich weg.«

Ruth ist über dieses Ansinnen so verblüfft, daß sie tatsächlich mit ins Zimmer geht, doch dann sagt sie sehr kühl:

»Also, erstens bin ich kein Fräulein. Zweitens bin ich kein Zimmermädchen.«

»Wer sind Sie denn?«

»Ich bin Frau Buchner. Ich gehöre hier zur Familie.«

»Entschuldigen Sie«, knurrt Herr Reinhardt einlenkend, »habe ich nicht gewußt.«

»Und drittens«, fügt Ruth hinzu, »wenn Sie schon mit dem Frühstücksgeschirr herumwerfen, dann heben Sie es auch gefälligst selber wieder auf.«

Ruths energischer Ton bringt Herrn Reinhardt langsam wieder zur Vernunft. Er bückt sich tatsächlich, kriecht zwischen Tisch und Stühlen herum und sammelt die Scherben auf.

»Sie haben völlig recht, entschuldigen Sie, und setzen Sie mir den Schaden auf die Rechnung . . . Aber denken Sie bitte nicht, daß ich das war«, sagt er, die zerbrochene Teekanne in der Hand, zu Ruth aufblickend, ». . . meine liebe, kleine, sanfte Frau war es, die mir das an den Kopf werfen wollte. Eine entsetzliche Frau! Sechzehn Jahre bin ich mit ihr verheiratet. Und in jedem Urlaub erlebe ich das gleiche. Dabei müssen Sie nicht glauben, daß wir eine unglückliche Ehe führen . . .«

»Nein, nein«, sagt Ruth ironisch, »so wie Sie sich beide vorhin anbrüllten, das klang ganz nach Eheglück und Harmonie.«

»Wirklich, ich meine es ernst«, sagt Herr Reinhardt, der inzwischen die Scherben aufgelesen hat und sich erschöpft in einen Sessel fallen läßt, »zu Hause sind wir die verträglichsten Menschen. Da habe ich meinen Beruf, meine Arbeit, da haben wir unsere Freunde, Besuche, Ablenkung. Nur in den Ferien, da kommt es dann wie ein Koller über uns. Wahrscheinlich 'ne Nervensache. Da ist man den ganzen Tag von früh bis spät zusammen, und das hält ja kein Mensch aus. Das ist ja die Hölle.

Zum – ja, zum Mörder kann man da werden!« Herr Reinhardt wischt sich den Schweiß von der Stirn, dann zieht er für Ruth einen Stuhl heran.

»Bitte, setzen Sie sich doch einen Moment zu mir. Sie haben so eine beruhigende Wirkung.«

Das ist neu für Ruth. »Wenn Sie sich da man nicht irren, Herr Reinhardt.«

»Nein, nein, ich spüre so etwas sofort. Sie können einem doch wenigstens zuhören. Aber meine Frau, ich bin ja keine Minute allein, und immer redet diese Person. Sie redet ununterbrochen. Ich kann kein Buch mehr lesen, keine Zeile in der Zeitung, ohne daß sie redet, mich tausend Dinge fragt oder mir dummes Zeug erzählt. Ich habe ja gar nicht gewußt, wie dumm diese Frau ist. Und sie wird immer dümmer. Und wenn sie einmal nicht redet, ja, auch das kommt sogar vor, dann sieht sie mich an. Und das ist das schlimmste. Dieser Blick. Dieser liebevolle, sanfte Blick. Ich sage Ihnen, einfach unerträglich. Stellen Sie sich vor, unser Urlaub im letzten Jahr . . .«

Ruth schielt schon eine ganze Weile zur Tür. O Gott, denkt sie, wie komme ich hier nur weg?

Aber Otto geht es nicht besser. Unten in der Halle, kurz vor der Bürotür, hatte ihn Frau Reinhardt noch erwischt und sich mit verheultem Gesicht an ihn geklammert. Nun bittet sie um Hilfe, um Schutz und Rat. Otto hat sie mit in das Büro genommen. Die Situation ist nicht gerade angenehm.

»Vielleicht können sie mir ein anderes, ein Einzelzimmer geben, Herr Buchner. Zusammen mit meinem Mann werde ich ja verrückt. Das halte ich nicht mehr aus.«

»Liebe gnädige Frau«, versucht Otto sie in sanftem Ton zu beruhigen, »ich habe kein anderes Zimmer mehr frei. Weder ein Einzelzimmer noch ein Doppelzimmer. Sie müssen sich schon etwas zusammennehmen. Alle beide.«

»Ach wissen Sie«, sagt da Frau Reinhardt und läßt sich auf Ottos Schreibtischstuhl sinken, »zu Hause, da ist alles anders. Da führen wir eine ganz harmonische Ehe. Mein Mann hat seinen Beruf, der ihn völlig ausfüllt, ich habe meine Arbeit im Haushalt. Und wenn er dann heimkommt, dann essen wir, sitzen am Fernseher oder haben Besuch von Freunden, und dann gehen wir schlafen. Aber im Urlaub, wo man von früh bis spät zusammen ist – nein, das ist unerträglich. Man möchte sich doch mal unterhalten. Aber mein Mann sitzt einfach nur da und träumt und denkt. Was denkt der Mann nur immer, frage ich mich. Er kann doch nicht immer nur dasitzen und denken. Das ist doch seelische Grausamkeit. Habe ich nicht recht?«

Otto zuckt mit den Achseln. Psychotherapie ist nicht gerade sein Fach.

»Aber wenn Sie das nun schon seit sechzehn Jahren in jedem Urlaub erleben, gnädige Frau, warum gehen Sie dann nicht lieber zusammen in ein nettes Sanatorium anstatt in ein Hotel?«

»In ein Sanatorium?« Frau Reinhardt sieht Otto ganz verständnislos an. »Wir sind doch nicht krank, Herr Buchner? Ein Mensch muß doch seine Ferien haben, ein bißchen Erholung und Entspanung . . .«

»Ach, das nennen Sie Entspannung?«

Eine Irre, denkt Otto. Wie werde ich sie nur los? Auch sein Vorschlag, einfach die Koffer zu packen und abzureisen, stößt auf wenig Gegenliebe.

»Abreisen und meinen Mann hier allein lassen? Nein, nie täte ich das. Wo soll ich denn hinfahren? Nach Hause in die leere Wohnung? In ein anderes Hotel? Und mit wem soll ich dann reden? Nein, Herr Buchner, das wäre ja noch schlimmer. Mein Mann ist doch wie ein Kind. Er ist doch auf mich angewiesen. Ach, was soll ich nur machen?«

Fahren Sie zum Teufel, möchte Otto am liebsten sagen. Er hat nun wirklich genug davon.

Aber immer noch freundlich, nur sehr entschieden, zieht er nun Frau Reinhardt aus seinem Schreibtischstuhl heraus.

»Jetzt gehen Sie erst mal eine Stunde spazieren, durch den Wald oder zu den Forellenteichen. Schön tief Luft holen dabei. Das beruhigt, man kommt auf andere Gedanken.«

Spazierengehen. Und dankbar, als sei das die Lösung des Problems, nimmt Frau Reinhardt diesen Rat an.

»Eine gute Idee, Herr Buchner. Spazierengehen. Wirklich, das werde ich tun.«

Doch an der Tür dreht sie sich noch einmal um und sagt beinahe strahlend:

»Aber wissen Sie, dazu hole ich mir dann doch lieber meinen Mann herunter. Denn so alleine herumlaufen, ist ja auch nicht sehr spaßig. Man hat ja Urlaub, nicht? Also, vielen Dank, Herr Buchner.«

Als sich die Tür hinter ihr schließt, ist Otto am Zusammenbrechen. Es ist nicht zu fassen. So etwas stiehlt einem nun die Zeit. Kaum sitzt er am Schreibtisch, flattert Ruth atemlos und erschöpft herein.

»Otto! Ich bin total erledigt. Dieser Herr Reinhardt.«

»Danke, ich weiß Bescheid«, Otto winkt grimmig ab, »ich hatte bis jetzt seine Frau bei mir. Reizende Leute.«

»Zwei Verrückte. Ich hab' dem Mann vorgeschlagen, doch lieber getrennt zu verreisen, ehe sie sich gegenseitig umbringen. Schaut der mich ganz dumm an und sagt: Ohne meine Frau soll ich verreisen? Aber allein ist es ja noch schlimmer. Was soll ich denn da anfangen? Dann habe ich doch niemanden mehr, über den ich mich ärgern kann. Nein, den beiden ist nicht zu helfen. Ich möchte nur empfehlen, ihnen in Zukunft unzerbrechliches Geschirr hinaufzuschicken.«

Das Telefon schnarrt. Lottchen ruft von der Rezeption aus durch, daß soeben zwei neue Gäste angekommen wären. Das holländische Ehepaar, das sich schon telegrafisch angemeldet hatte.

»Danke, Lottchen. Ich komme sofort«, sagt Otto, und zu Ruth gewendet: »Die Herrschaften für Zimmer neunzehn. Ich hoffe, wir haben uns da nicht auch wieder einen Fall fürs Irrenhaus eingehandelt.«

*

Es sieht nicht so aus. Willem Wynheer aus Rotterdam und seine junge Frau Lis machen einen ganz normalen Eindruck.

»Herzlich willkommen im ›Forellenhof‹. Ich heiße Buchner«, begrüßt Otto seine neuen Gäste an der Rezeption. »Sie kommen schon sehr früh. Ich fürchte, Ihr Zimmer ist noch nicht ganz fertig.«

»Verzeihen, wir sprechen deutsch nur sehr schlecht. You speak english?«

Natürlich spricht Otto Englisch so gut wie Deutsch und Französisch. Verständigungsprobleme gibt es im »Forellenhof« nicht. Und wenn es ganz schwierig wird, holt man Charlie, der sich sogar italienisch und spanisch verständigen kann.

»Wir sind heute nacht durchgefahren«, erklärt nun Lis Wynheer die frühe Ankunft, »wir kommen über die Schweiz aus Italien.«

»Dann frühstücken Sie doch erst mal in Ruhe«, sagt Otto, »in der Zwischenzeit wird dann auch Ihr Zimmer soweit sein.«

Ein Vorschlag, den die Wynheers gerne annehmen. Sie wollen etwa sechs Tage im »Forellenhof« bleiben. Ein kleiner Nachurlaub in Deutschland nach der großen Italienreise. Das Gepäck lassen sie noch im Wagen. Leider kann Otto ihnen keine Garage mehr anbieten, denn die sind alle besetzt. Aber der Parkplatz ist ja sicher und bequem.

*

Charlie schüttelt den Kopf. So etwas hat er noch nicht erlebt: Ein großes holländisches Frühstück hatten sich die Wynheers bei ihm bestellt. Nun gut, das können sie haben. Und Charlie hatte schon allerhand gebracht, gebackene Eierspeisen, eine riesige Aufschnittplatte mit Schinken, Wurst und Käse, dazu mehrere Sorten Brot, Butter, Honig, Marmelade. Aber das war immer noch nicht genug. Ob man nicht noch etwas Lachs haben könnte und schönen Räucheraal und vielleicht so kleine pikante Gürkchen, fragt Herr Wynheer.

»Wir Holländer essen viel und gut, Sie verstehen«, sagt er lächelnd.

Etwas gequält lächelt Charlie zurück. Gewiß, er versteht. Er wird also noch Lachs, zwei Portionen Räucheraal und die kleinen pikanten Gürkchen bringen. Doch als Herr Wynheer zu allem nun noch eine Flasche Schnaps haben möchte, am liebsten Genever oder einen guten klaren Korn, da muß Charlie sich doch sehr wundern. Über den Niedergang der Eßkultur im allgemeinen und im besonderen über das, was ein holländischer Magen schon am frühen Morgen verträgt.

*

Auch Otto hat Grund, sich zu wundern. Da war die Abreise der Familie Sattler. Nette Leute. Aber Herr Sattler war kein sehr guter Autofahrer, und als er auf dem Garagenhof etwas unvorsichtig aus der Reihe der anderen parkenden Wagen herausfuhr, hätte es um Haaresbreite eine Kollision mit dem Buick der Wynheers gegeben.

Als die Sattlers fort sind, schaut sich Otto den Buick noch einmal an. Der große Wagen beansprucht ziemlich viel Parkplatz. Man sollte für ihn wohl doch eine Box in der Garage freimachen. Otto untersucht die Stoßstange. Zum Glück hat sie keinen Kratzer. Aber etwas Merkwürdiges entdeckt er. Was ist das für ein komisches Kennzeichenschild? Es trägt zwar ordnungsgemäß den Polizeistempel von Rotterdam, aber es ist nicht wie üblich angeschraubt oder fest montiert, sondern sitzt lose in zwei Einstecklaschen. Man kann es also herausziehen und beliebig auswechseln. Otto geht um den Wagen herum. Hinten ist es die gleiche Geschichte. Sehr praktisch, denkt Otto. Ein Griff, und man fährt unter anderer Flagge.

Otto ruft den Hausdiener Karl, der in der Nähe den Rasen sprengt, und zeigt ihm das Herausziehen des Nummernschildes.

»Hast du so etwas schon mal gesehen?«

»Nee«, sagt Karl naiv, »ist'n Holländer. Vielleicht ist das bei denen so.«

»Quatsch«, sagt Otto, »so etwas gibt es in keinem Staat der Welt!«

*

Anna kann den Fall nicht allzu ernst nehmen. Als sie vom Markt zurückkommt und im Büro ihre Ausgaben ins Journal einträgt, berichtet ihr Otto mit geheimnisvoller Miene von seiner Entdeckung. Aber Anna lacht ihn aus.

»Liebling, ich glaub', du möchtest nur amal an Kriminalfall erleben.«

»Im Gegenteil, ich möchte keinen erleben«, entgegnet Otto, »schon gar nicht im eigenen Hause. Du weißt, ich habe immer ein gutes Gespür für Menschen. Und diese beiden Leutchen da aus Rotterdam gefallen mir gar nicht.«

»Gefallen tun mir viele nicht, die bei uns wohnen, mein Schatz. Wir können uns die Gäste nicht aussuchen. Ich habe diese Wynheers zwar noch nicht gesehen, höre nur eben von dir, sie hätten gut und reichlich gefrühstückt. Aber das spricht ja wohl nicht gegen sie.«

»Entschuldige mal, eine Flasche Schnaps schon zum Frühstück, Lachs, Räucheraal, Wurst, Schinken, Käse, und noch für jeden drei Spiegeleier. Das war eine Rechnung von über vierzig Mark. Ich kann mich nicht erinnern, jemals mit dir so teuer gefrühstückt zu haben.«

»Ja, leider, weil du ein Geizkragen bist und mich verhungern läßt. Hast du Angst, daß sie die Rechnung nicht zahlen werden?«

»Ich habe überhaupt keine Angst. Ich bin nur vorsichtig.«

Es klopft. Charlie tritt ein. Er will sich nur die Disposition für die Mittagszeit holen, aber Otto hält ihn noch zurück.

»Charlie, jetzt sagen Sie doch meiner Frau einmal, was Sie von den beiden Holländern halten, die heute früh ankamen.« Und zu Anna gewendet: »Du setzt ja sonst so viel auf Charlies Menschenkenntnis und seine lange Berufserfahrung.«

Charlie sieht von einem zum andern und zögert. Er ist diskret und spricht nicht gern über Gäste, die an seinem Tisch essen.

»Na, los, Charlie«, ermuntert ihn Anna mit etwas Ironie, »vielleicht kommen Sie auch auf die Titelseite: Oberkellner vom ›Forellenhof‹ entlarvt ein Verbrecherpaar.«

»Es müssen doch keine Verbrecher sein, Chefin«, sagt nun Charlie und ist bemüht, sich sehr zurückzuhalten. »Aber wenn man als Kellner Gäste am Tisch bedient, dann sieht man mehr und hört mehr. Ich kann nur etwas sagen: Diese beiden jungen Leute, also bestimmt kommen sie aus keinem guten Stall, Chefin. Eierspeisen mit dem Messer schneiden, ein Stück Räucheraal einfach aus der Hand essen und sich die Fettfinger dann am Tischtuch abwischen, nein, feine Leute sind das nicht. – Bitte, andere Länder, andere Sitten. Der Engländer zum Beispiel legt beim Essen immer das Messer an den Tellerrand und hält die linke Hand unterm Tisch. Die Amerikaner schneiden sich zuerst das ganze Fleisch in kleine Stücke, und dann fangen sie erst an zu essen . . .«

Charlie hält ein richtiges kleines Referat über Tischsitten im Ausland. Er ist ja in seiner Jugend weit herumgekommen, war in Griechenland, in der Türkei und kennt den ganzen Nahen Osten.

»Schon gut, Charlie«, bremst Otto ihn schließlich, »ich will ja nur wissen, was Sie für einen Eindruck haben.«

»Ja, und was mir gar nicht gefällt, wie ich den Tisch abräume, schiebt mir der Mann einen Zehnmarkschein hin. Sehen Sie, Chefin, wenn er mir eine Mark gegeben hätte oder auch zwei Mark, bitte, in Ordnung. Aber gleich zehn? Das ist so protzig. Ist er Onassis? Was ist er überhaupt von Beruf?«

»Auf der Anmeldung steht: Kaufmann.«

»Dann sehen Sie sich mal seine Hände an, Chef. Das ist nie ein Kaufmann. Das ist ein Mann, der immer schwer mit seinen Händen gearbeitet hat. Und dann, wie er mit seiner Frau sprach, auf holländisch natürlich, und ich hab nicht alles verstanden, aber allein der Ton . . .«

»Ach, gehts doch, Herrschaften«, greift jetzt Anna beinahe unwillig ein, »wollt ihr eure Gäste auch noch erziehen? Ist halt nicht jeder mit dem Knigge in der Wiege groß geworden. Ich möcht' euch nur daran erinnern, wie im Frühjahr der hochwohlgeborene Graf Kirchsiedel, Präsident der Bundesaufsichtsbehörde, in unserem vollbesetzten Restaurant seiner Frau die heiße Gulaschterrine auf den Kopf gehaut hat.«

Otto und Charlie können sich gut erinnern. Es war sehr peinlich, aber man hat es der Frau herzlich gegönnt.

»Na also«, sagt Anna, »schließlich wollen wir die beiden ja nicht an Kindes Statt annehmen. Wenn sie ihre Rechnung bezahlen und bei der Abreise nicht Bettzeug und Handtücher mitnehmen, geht uns alle andere nix an. So, nun macht Platz, ich muß jetzt arbeiten.«

*

Otto gibt es nicht auf. Da er Anna nicht überzeugen kann, versucht er es bei Jörg. Er muß ihn ohnehin wecken, denn inzwischen ist ein Anruf von Maria Fabricius gekommen, daß sie schon am frühen Nachmittag mit dem Zug aus Freiburg in Baden-Oos eintreffen wird. Sie scheint es verdammt eilig zu haben, von dort wegzukommen. Jörg wird sie also vom Bahnhof abholen müssen.

Ja, und nun diese Geschichte mit den komischen Nummernschildern an dem holländischen Buick. Jörg ist sofort hellwach.

»Aber wenn das wirklich ein geklauter Wagen ist oder ein Fahrzeug, das man so bei Raubzügen oder anderen Gangsterstücken benutzt, wo man gerne die Kennzeichen auswechselt, wo sind dann die anderen Nummernschilder?«

»Im Kofferraum vermutlich«, sagt Otto, der sich zu Jörg an den Bettrand gesetzt hat.

»Kann man da 'ran? Haben wir die Wagenschlüssel?«

Otto schüttelt den Kopf. Die Wagenschlüssel hat Herr Wynheer leider nicht abgegeben. Aber das ist kein Problem für Jörg. Man muß nur sehen, daß der Wagen über Nacht in die Garage kommt. Und wenn das wirklich ein paar schräge Vögel sein sollten, dann dürfte der »Forellenhof« für sie Endstation sein.

»Aber mach noch nicht so viel Wind, Junge«, sagt Otto, »wenn wir uns geirrt haben, sehen wir beide nicht sehr gut aus. Mutter lacht mich deswegen sowieso schon aus.«

Jörg beruhigt ihn. Kein Mensch wird etwas erfahren. Er wird stille, aber gründliche Arbeit leisten.

»So, und nun laß mich aufstehen, Vater.«

Otto rückt beiseite, und Jörg springt mit solcher Vehemenz aus dem Bett, daß ein kleines gerahmtes Foto vom Regal in die Kissen fällt.

»Ah, die Gaby. Sehr hübsch«, sagt Otto und schaut sich das Bild mit anerkennendem Blick an. »Ein ernster Fall?«

»Bei mir ist nichts so ernst, Vater«, sagt Jörg lächelnd, »du kennst mich ja. Natürlich, ich bin ein bißchen verliebt, ja, sie ist ja auch ein prima Mädchen.«

»Bitte, bitte, ich hab' nichts dagegen«, beeilt sich Otto zu versichern, »nur, nachdem Klaus gerade geheiratet hat, viel zu früh für den Jungen – das ist noch immer meine Meinung – hab' ich keine große Neigung, schon so bald wieder eine Hochzeit auszurichten.«

»Keine Angst«, beruhigt da Jörg den Vater, zieht sich nun die Pyjamajacke aus und steuert auf das Badezimmer zu. »Ich bin ein alter Fuchs und laß mich nicht so leicht einfangen.«

»Du, das geht manchmal schneller, als man denkt«, ruft ihm Otto nach, »auf einmal hat man den Kopf in der Schlinge, dann kommen Tränen, Vorwürfe und Beschwörungen, du hast mir doch versprochen, und so weiter.«

»Ich verspreche nie etwas«, tönt Jörgs unbekümmerte Stimme, und dann hört Otto nur noch das Wasser rauschen.

*

Zum Mittagessen waren die Wynheers nicht im Restaurant erschienen. Wahrscheinlich schliefen sie noch, und es war wohl auch kaum zu erwarten, daß der Hunger sie schon wieder aus dem Bett getrieben hätte. Sie tauchten erst am frühen Nachmittag wieder auf, schlenderten durch die Hotelhalle, wechselten ein paar unverbindliche Worte mit Lottchen und gingen dann auf den Parkplatz zu ihrem Wagen. Jörg beobachtete es durch das große Fenster der Kaminhalle, sah, wie die beiden in den Buick stiegen und offensichtlich zu einer kleinen Spazierfahrt starteten.

Ja, das ist wohl jetzt die beste Gelegenheit, hatte Jörg gedacht. Viel Zeit hatte er ja auch nicht. In einer halben Stunde mußte er schon am Bahnhof sein und Maria Fabricius abholen. Also, 'ran an die Arbeit.

Auch Christa hat es trotz der verbummelten Nacht nicht lange im Bett ausgehalten. Schulfest hin, Schulfest her. Morgen muß sie in Geschichte einen Vortrag über Napoleon und die Europäische Idee halten. Im Grunde beherrscht sie das Thema, aber sie notiert sich an ihrem Schreibtisch noch ein paar Stichworte, blättert in einigen Nachschlagewerken, da kommt Jörg zur Tür herein. Unter den Arm geklemmt hält er einen der üblichen kleinen Papierkörbe, so wie sie sich in den Gastzimmern befinden.

»Na, Spatz, ausgeschlafen?«

»Hm. Schularbeiten.«

»Dann hast du wohl keine Zeit, was?« fragt Jörg und stellt den Papierkorb auf den Tisch.

Christa sieht ihn verwundert an: »Zeit, für was?«

»Ich hätte eine kleine Fleißpause für dich, Spatz. Du hast doch früher immer so gern Puzzlespiel gemacht. Paß auf, hier ist ein Papierkorb mit Inhalt. Lauter kleine Fetzen.« Er hat inzwischen einen großen Bogen genommen und den Inhalt des Papierkorbes darauf geschüttet. »Ich weiß nicht, was das alles ist – Briefe, Zettel mit Notizen – zum Teil ganz kleine Schnipselchen. Und jeden einzelnen davon sollst du dir nun genau ansehen und alles Zerrissene wieder zusammensetzen. Am besten klebst du es auf. Kannst du das?«

Christa sieht ihren Bruder verwundert an. »Das ist aber 'ne Mordsarbeit. Wo kommt denn das Zeug her?«

»Aus einem Gastzimmer. Frag nicht so viel.«

»Suchst du Liebesbriefe?«

»Quatsch«, sagt Jörg, »ich suche überhaupt nichts Bestimmtes. Aber der Inhalt eines Papierkorbes sagt manchmal mehr über einen Menschen aus als seine Brieftasche. Und es gibt hier ein paar Leute im Hotel, über die ich und Vater gerne mehr erfahren möchten, als auf dem Anmeldezettel steht.«

»Aha«, sagt Christa, »ich soll also 'ne Filiale von Scotland Yard aufmachen. Na schön. Dann seh' ich leider nur sehr schwarz für Napoleon und die Europäische Idee, denn dein Papierkorb wird mir sehr viel mehr Spaß machen.«

Und schon beginnt sie die kleinen Papierfetzen zu sortieren und fingert ein paar leere Zigarettenhüllen aus dem Haufen.

»Stelle fest, die Herrschaften sind starke Raucher und bevorzugen Zigaretten mit Korkfilter. Das hier ist ein Abschminkpapier mit Lippenstiftspuren von einem ziemlich ordinären Rouge.«

*

Die Hotelterrasse ist schon dicht besetzt mit Kaffeegästen. Das schöne Vorsommerwetter hat viele Ausflügler in das Oostal gelockt, und auf dem Parkplatz vom »Forellenhof« ist kaum noch eine Lücke frei. Karl muß die ankommenden Wagen bereits auf die Behelfsplätze am Rande des Fahrwegs einweisen.

Bei Kaffee und Erdbeertorte hat sich auch das Ehepaar Reinhardt aus dem Zimmer 21 unter einem bunten Sonnenschirm niedergelassen. Holder Friede ist wieder bei ihnen eingekehrt. Während Herr Reinhardt still dasitzt und den Blick träumend in die Weite gerichtet hat, stickt seine Frau eifrig an einer Tischdecke und plappert mit fröhlicher Penetranz vor sich hin . . .

». . . man kann natürlich auch ganz kleine Karos nehmen, in Rot und in Blau, und zwischendurch mal ein gelbes. Das sieht sehr hübsch aus, findest du nicht? Frau Heuser hat so eine, weißt du. Aber die ist rund. Und runde mag ich nicht sehr. Woran denkst du, Lothar?«

»Wie bitte?« fragt Herr Reinhardt. Er hat seine Frau weder angesehen noch hat er ihr zugehört. Ihre Stimme ist nicht weiter zu ihm vorgedrungen als das Klappern des Geschirrs an der Küchenausgabe.

»Ich fragte dich, woran zu denkst«, wiederholt Frau Reinhardt.

»An gar nichts. Nur so.«

Über der Nasenwurzel von Frau Reinhardt kräuselt sich eine Falte, aber schon plätschert es weiter:

»Andererseits haben die runden den Vorteil, daß das Karomuster immer einen Kreis bildet. Man braucht also keinen Kantenabschluß und kann sich allmählich bis zur Mitte vorarbeiten. Verstehst du, wie ich das meine?«

»Ja, ich verstehe, wie du das meinst«, sagt Herr Reinhardt völlig mechanisch und gleichgültig. Dann sieht er auf seine Uhr. Es ist halb fünf, und er denkt daran, daß er zu Hause um diese Zeit sein Büro verläßt, den Fahrstuhl aufschließt und hinunterfährt. Wenn er dann zur Autobushaltestelle läuft, kommt er an einem kleinen Geschäft vorbei. Er ist dort schon öfter stehengeblieben. Man verkauft hier Waffen, Jagdgewehre, Revolver, Pistolen, Totschläger, Schlagringe und Dolche. An dieses Geschäft muß er denken, und sein träumender Blick kehrt zu seiner Frau zurück.

*

Maria Fabricius ist da. Jörg hat sie gerade vom Bahnhof abgeholt und gleich bis an die Hoteltür gefahren. Die Arme scheint wirklich etwas durchgemacht zu haben und sieht sehr mitgenommen aus.

»Gott, bin ich froh, daß ich hier bei euch bin«, sagt sie, als Anna sie in herzlicher Umarmung begrüßt, »das war ja ein fürchterlicher Reinfall!«

Später, nachdem auch Otto sie begrüßt hat, kann sie dann Anna bei einer Tasse Tee im Wohnzimmer endlich von ihrem Mißgeschick berichten.

Sie hatte sich früher immer gut mit ihrem ältesten Bruder Richard gestanden. Er war als kaufmännischer Leiter einer großen Fabrik elektrotechnischer Anlagen ein wohlhabender Mann und bewohnte mit seiner Frau Agnes ein schönes Haus in Freiburg. Die Ehe war kinderlos geblieben. Und als sich Richard vor zwei Jahren pensionieren ließ, konnte er mit seiner

Frau einem ruhigen und gesicherten Lebensabend entgegensehen. Aber dann war Agnes vor einem Jahr ganz plötzlich gestorben . . .

»Bei der Beerdigung hatte ich Richard zuletzt gesehen. Tiefe Trauer. Mit Tränen in der Stimme hatte er sich an mich geklammert. ›Maria, du darfst mich jetzt nicht allein lassen. Du bist meine einzige Schwester. Du mußt mir darüber hinweghelfen, daß Agnes nicht mehr da ist. Ich habe das große Haus, da ist so viel Platz. Komm doch zu mir. Du brauchst dir auch nie mehr Sorgen zu machen.‹ Schön, hab' ich gedacht, der arme Richard. Man darf ihn jetzt nicht im Stich lassen. Ich breche also meine Zelte in Leinhausen ab, gebe die Wohnung auf, verkaufe noch verschiedenes, und wie ich in Freiburg ankomme – ich war wie vor den Kopf geschlagen – gleich am ersten Abend steigt da eine flotte Party mit lauter jungen Dingern. Musik und Tanz und Sekt. Das ging bis vier Uhr nachts. Ich glaube, drei dieser Mädchen blieben gleich bis zum Mittag da. Frag mich nicht, wo sie geschlafen haben.«

»Ja, so ein schmerzlicher Verlust trifft eben manchen sehr hart«, sagt Anna mit ironischem Lächeln. »Wie alt ist denn dein Herr Bruder?«

»Er wird jetzt sechsundsechzig«, sagt Maria empört.

»Na, hörst. Das ist doch enorm«, sagt Anna beeindruckt, »find' ich aber sehr tüchtig.«

»Also, bitte«, sagt Maria, »ich verstehe vieles. Bin auch kein Kind von Traurigkeit. Soll er machen, was er will, soll er leben, wie er will. Aber nicht mit mir. Denn das ging ja immer so weiter in diesem Stil. Und es hat auch gar nicht lange gedauert, da quartierte sich eins von diesen Mädchen fest ein und ging gar nicht mehr weg. Und das schönste war, die fing plötzlich an, mir zu sagen, was ich für sie zu tun hätte. Also, da ist mir dann doch der Kragen geplatzt. Ich hab' mich dann mit meinem Bruder auch gleich in die Wolle gekriegt, hab' ihm gesagt, was es für ein Skandal sei, wie er sich aufführe, na ja, und damit war's aus. Nun sag doch mal selbst, Anna, hab' ich das nötig? Ich bin unabhängig, Eva ist jetzt verheiratet, ich habe meine Pension und mein eigenes Geld. Nur eine Wohnung hab' ich jetzt leider nicht mehr. Wo soll ich hin? Ja, und da kam mir eben der rettende Gedanke, ihr seid mitten in der Saison, und vielleicht könnt ihr mich gebrauchen. Ich putz' euch das Gemüse, ich koch' euch den Kaffee, ich mach' euch die Betten.«

»Maria, du bist ein Prachtstück«, sagt Anna nun lachend, »also, Gemüseputzen brauchst du hier wirklich nicht, auch für den Kaffee und für die Betten haben wir jemand, aber an Arbeitsmangel ist bei uns noch keiner eingegangen. Auch für dich wird sich hier schon das Richtige finden. Komm, jetzt zeig' ich dir erst mal dein Zimmer.«

*

Jörg kommt mit einem triumphierenden Lächeln ins Büro.

»Ich hab' ihn, Vater.«

Otto sieht von der Aufstellung der Lohnlisten auf und ist nicht gleich im Bilde.

»Wen hast du?«

»Den Buick in der Garage. Box Nummer vier.«

»Wie hast du das geschafft?«

Es hätte sich ganz zufällig ergeben, berichtet Jörg. Als er seinen Porsche zum Garagenhof zurückfuhr und einen Platz suchte, waren die Wynheers gerade von ihrem Ausflug zurückgekommen. Dabei hätte er sich kurz mit ihm bekannt gemacht: »Ich bin hier der Junior, Mr. Wynheer. Wenn Sie für Ihren Wagen eine Garage haben möchten, Box Nummer vier ist für Sie frei.«

»Oh, thank you«, hatte Herr Wynheer erfreut gesagt, ließ seine Frau Lis aussteigen und war in die offene Garage gefahren. Eine Gelegenheit für Jörg, auch mit der hübschen kleinen Frau ein paar Worte zu wechseln.

»Sie fahren einen schönen, starken Wagen.«

»Ja«, hatte Lis gesagt, »stark und sehr zuverlässig. Wir sind durch ganz Italien damit gefahren.«

»War's schön?«

»Sehr schön. Aber heiß war es, fast zu heiß. Richtig atmen und sich wohl fühlen kann man erst wieder hier in Deutschland.«

Dann war Herr Wynheer aus der Garage zurückgekommen.

»Aber als ich ihm den Vorschlag machte, den Wagenschlüssel doch an der Rezepton abzugeben, alle Gäste würden das tun, damit der Hausdiener die Wagen morgens gleich herausfahren und waschen kann, davon war der Herr nicht sehr angetan. Den Schlüssel an der Rezeption abgeben? No, das ist nicht gut. Vielleicht braucht man den Wagen noch einmal spätabends, dann schläft schon alles im Hotel. No, da wäre es besser, die Autoschlüssel bei sich zu haben.«

»Schade«, sagt Otto und sieht seinen Sohn an, »den Schlüssen haben wir also nicht?«

»Nein, leider noch nicht«, sagt Jörg. »Aber wir haben ja Zeit. So schnell laufen die beiden uns nicht davon.«

*

Willem und Lis Wynheer machen noch einen Spaziergang um das Hotel. Hübsch ist es hier, wirklich sehr hübsch. Sie gehen zu den Forellenteichen hinunter, klettern über die kantigen Steine am Bachrand und laufen durch das hohe Gras der Wiesen. Zwei junge Menschen, nichts weiter im Sinn, als noch ein bißchen Urlaubsfreude zu genießen und es sich gutgehen zu lassen.

Als sie ins Hotel zurückkommen, hat Lottchen an der Rezeption eine Überraschung für sie. Ein Telegramm ist da. Willem und Lis sehen sich verwundert an. Ein Telegramm im Urlaub ist nie gut. Man reißt den Umschlag auf, liest gemeinsam und ist sehr enttäuscht. Aus ist's mit der Urlaubsfreude.

In einem Gemisch von Englisch und Deutsch wendet sich Wynheer nun an Lottchen. »Very sorry, Madame, this cable keine gute Nachricht. Morgen früh, leider wir müssen abreisen.« Und seine Frau erklärt ergänzend: in Rotterdam sei der Vertreter ihres Mannes plötzlich erkrankt. Es täte ihnen schrecklich leid, aber sie müßten den Urlaub abbrechen.

Lottchen bedauert das ehrlich. Was für ein Pech. Dabei seien sie gerade erst angekommen. Aber auch für das Hotel sehr unangenehm. Sie hätten sechs Tage fest gebucht, und das bedeute nun einen Ausfall.

Willem Wynheer ist großzügig. »No, ich will nicht, daß Sie haben Ausfall. Vielleicht wir können teilen den Schaden. Meinetwegen Sie machen Rechnung für drei Tage. Okay?«

Ja, das kann Lottchen nicht allein entscheiden. Das muß sie erst mit Herrn Buchner besprechen. »Ich sage Ihnen noch Bescheid und rufe durch, Mr. Wynheer«, sagt sie freundlich.

Und Mr. Wynheer winkt ebenso freundlich ab. »Machen Sie sich keine Mühe, es hat Zeit. Später, wenn wir gehen zu Dinner, werden Sie gesprochen haben, und ich zahle dann Rechnung.«

*

Die plötzliche Abreise der Wynheers ist für Jörg und Otto wie eine kalte Dusche. Da hatten sie gedacht, einen tollen Fang gemacht zu haben, fühlten sich schon wie Sherlock Holmes persönlich und hofften auf ein paar Tage voll mit knallharter Spannung. Nun soll die Geschichte also ausgehen wie das Hornberger Schießen.

Otto macht als erster einen Rückzieher. »Lassen wir die Hände davon, Jörg. Vielleicht hat Mutter recht, wir hängen uns da in eine Sache 'rein, die uns nichts angeht. Wir sind ja nicht geschädigt.«

Jörg ist nicht so schnell bereit aufzugeben. Die Sache mit dem Telegramm findet er doch reichlich merkwürdig.

»Nun, daß jemand krank wird, soll's geben«, sagt Otto, »da kann man nichts machen.«

»Und was soll ich ihm nun berechnen, Herr Buchner?« fragt Lottchen, die noch immer im Büro auf einen Bescheid wartet. »Er ist bereit, für drei Tage zu zahlen.«

»Kommt ja gar nicht in Frage«, ist Ottos Standpunkt, »wir können das Zimmer doch morgen schon wieder belegen. Warum soll ich ihm da mehr abnehmen? Rechnen Sie also nur die heutige Nacht, dazu das Extrafrühstück und was sonst noch im Restaurant war. Aus.«

Als Lottchen das Büro verläßt, kommt Christa mit einer großen Papierrolle unter dem Arm hereinspaziert.

»Da. Bin fertig«, sagt sie zu Jörg und übergibt ihm ihre Arbeit, »dafür kannst du morgen meinen Vortrag über Napoleon halten.«

»Was ist das?« fragt Otto verwundert, als Jörg den Bogen auf dem Schreibtisch ausrollt.

»Das ist der Inhalt des Papierkorbs aus Zimmer 19. Als die Wynheers vorhin wegfuhren, hab' ich mir erlaubt, ihn sicherzustellen. Und Christa hat ihn in kriminalistischer Feinarbeit für uns präpariert. Hast du prima gemacht, Spatz.«

Christa hat wirklich ausgezeichnet gearbeitet. Da fehlt auch kein Schnipselchen. Alles ist wieder an seinem Platz und übersichtlich geordnet aufgeklebt. Einige Einkaufsbons, ein Kinobillet, ein paar Zettel mit handschriftlichen Bemerkungen, ein leerer Briefumschlag, eine Quittung der Autobahnraststätte Leipheim und eine Münchener Hotelrechnung.

»Dazu kommen noch drei Zigarettenhüllen, eine Bonbontüte mit dem Aufdruck eines Schokoladengeschäftes in München und eine Papphülse eins Kopfschmerzmittels«, sagt Christa.

Sehr interessiert schauen sich nun Otto und Jörg die Sachen an, und beide stolpern sofort über die Hotelrechnung. Sie trägt den Aufdruck »Hotel Maximilian München« und ist auf den Namen Andrew McGormick ausgestellt. Endsumme 216 Mark für drei Übernachtungen im Zimmer 34. Die Rechnung trägt das Datum vom 21. Juni.

»Das war doch gestern«, sagt Jörg, »also ich freß'n Besen, wenn dieser Mr. McGormick aus München nicht unser Willem Mynheer ist. Dabei hat mir diese Person noch vorhin erzählt, sie wären erst heute über die Schweiz direkt aus Italien gekommen. Ruf doch mal einfach in München an, Vater. Das Ganze stinkt doch wie'n fauler Fisch.«

*

Nun wird die Geschichte doch noch sehr aufregend. Otto spricht mit dem Empfangschef vom Hotel »Maximilian« in München, und Jörgs Vermutung bestätigt sich aufs Haar. – Jawohl, ein junges Ehepaar, der Mann hätte sich mit einem kanadischen Paß auf den Namen McGormick ausgewiesen, hat drei Tage im »Maximilian« gewohnt. Die Beschreibung, die der Empfangschef gibt, paßt genau auf die Wynheers. Und auch an den Wagen kann er sich erinnern. Es war ein grauer Buick.

Das Jagdfieber hat nun auch Otto erfaßt. Er hat einen ganz roten Kopf bekommen. Es wird ein ziemlich langes Gespräch, Otto gibt dem Münchener Hotel noch seine Telefonnummer für etwaige Rückfragen, dann bedankt er sich und legt auf. Jörg sieht ihn gespannt an. Na, und?

»Stell dir vor«, sagt Otto, »die beiden haben dort den gleichen Dreh wie bei uns gemacht. Sie haben sich für sechs Tage angemeldet, am dritten Tag kam ein Telegramm, und plötzlich mußten sie abreisen.«

Für Jörg ist das Wichtigste: »Haben sie ihre Rechnung bezahlt?«

»Ja, mit einem Travellerscheck über zweihundert Dollar. Die Restsumme von sechshundert Mark haben sie sich in bar auszahlen lassen.«

»Und der Scheck war gut?«

»Das wußte man noch nicht. Sie haben ihn noch nicht zur Bank gegeben.«

»Dann sind sie bestimmt 'reingefallen«, sagt Jörg, »ich kann dir nur sagen, wenn dieser Herr Wynheer oder wie er auch heißt, bei uns auch mit einem Reisescheck über zweihundert Dollar ankommt, dann . . .«

Ein Klopfen an der Tür unterbricht ihn, Lottchen steckt ihren Kopf herein.

»Herr Buchner, Mr. Wynheer ist da und möchte gerne seine Rechnung bezahlen.«

Otto und Jörg werfen sich einen Blick zu, dann gehen beide hinüber zur Rezeption.

»Tut mir leid, daß Sie morgen schon wieder abreisen müssen«, begrüßt Otto mit liebenswürdigem Bedauern das Ehepaar Wynheer.

»What shall I do«, sagt Herr Wynheer und zuckt mit den Achseln. »Wir wären auch lieber noch ein paar Tage bei Ihnen geblieben. Nun will ich zahlen Rechnung, denn morgen starte ich schon sehr früh. Ich denke, sieben Uhr. Sie waren so freundlich, zu rechnen nur eine Nacht, Herr Buchner. Ich bedanke mich. Darf ich Sie noch weiter um Gefälligkeit bitten. Ich gebe Ihnen einen Travellerscheck über zweihundert Dollar. Ich habe noch kein deutsches Geld, weil wir nachts über Grenze kamen und die Banken heute nachmittag nicht offen waren. Ich hoffe, es macht keine Schwierigkeiten. Sie nehmen Scheck und Differenz zahlen Sie aus. Sehr einfach.«

Otto verrät mit keiner Miene, daß er den Trick durchschaut.

»Nun, so einfach ist das leider nicht, Herr Wynheer«, sagt er verbindlich. »Einen Travellerscheck kann ich nicht in Zahlung nehmen.«

»Nicht? Warum?« Herr Wynheer sieht Otto überrascht an. »Der Scheck ist okay. Wir sind gereist durch ganz Italien und

Schweiz. Immer nur mit diese Reiseschecks. Niemals Schwierigkeiten. Warum hier?«

»Wenn Sie länger hierbleiben würden, hätte ich auch nichts dagegen«, sagt Otto, »aber so?«

»Trauen Sie uns etwa nicht?« greift Lis nun ein.

»Das hat mit Vertrauen nichts zu tun, gnädige Frau. Es ist ein Geschäftsprinzip. Sie müssen das begreifen.«

»Aber wir haben nur diese Dollarschecks. Wie sollen wir die Rechnung bezahlen«, ereifert sich Wynheer.

»Ich mache Ihnen einen Vorschlag«, sagt Otto, »die Banken machen morgen früh um halb neun auf. Mein Sohn . . .«

Jörg löst sich aus dem Hintergrund und kommt näher. »Mein Sohn wird zusammen mit Ihnen in die Stadt fahren. Sie lösen den Scheck bei der Bank ein, zahlen meinem Sohn die Rechnung, und das ganze Problem ist denkbar einfach gelöst.«

Das paßt Herrn Wynheer aber gar nicht. »Um halb neun? Unmöglich! Ich muß vor Geschäftsschluß in Rotterdam sein. Ich verliere drei Stunden wegen dieser Lappalie.«

»Entschuldigen Sie«, sagt Otto gelassen, »zweihundert Dollar, für mich ist das keine Lappalie.«

»Bitte, das ist Ihre Sache.« Herr Wynheer wird nun sehr heftig. »Das passiert mir zum erstenmal, daß ich in eine Hotel bekomme keine Kulanz. Das ist nicht gastlich, Herr Buchner. Ich finde es schäbig.«

»Bedaure, aber auch mir passiert es zum erstenmal, daß ein Gast eine solche Forderung an mich stellt. Jedenfalls nehme ich Ihren Scheck nicht an.«

Wynheer spürt, daß Otto fest bleibt, gibt nach einem kleinen Blickwechsel mit Lis verärgert nach. »Well, werde ich morgen eben später fahren und mit Ihre Herr Sohn zur Bank gehen. Verspätung wird mich viel Geld kosten, vielleicht auch Verlust in Geschäft. Aber bitte, Sie sollen haben Ihr Geld.« Und seine Frau am Arm nehmend, wendet er sich schimpfend dem Restaurant zu. »Wir werden uns merken Ihre Hotel und wie man hier ausländische Gäste behandelt.«

Ungerührt sehen Otto und Jörg den beiden nach. Nur Lottchen weiß nicht recht, was sie von dem Ganzen halten soll. Sie schaut den Chef ängstlich an. Er hat doch sonst immer Travellerschecks in Zahlung genommen. Stimmt da etwas nicht?

Kaum ist das Ehepaar Wynheer hinter der Schwingtür im

Restaurant verschwunden, Jörg schickt ihm noch ein ironisch-gemurmeltes »Guten Appetit« nach, da summt es am Klappenschrank. Lottchen meldet sich: »Waldhotel ›Forellenhof‹. Guten Abend«, dann wird sie ganz blaß und fragt: »Wie bitte?« Sie starrt den Chef an und sagt tonlos: »Für Sie! München! Das Polizeipräsidium! Kriminalpolizei.«

Donnerwetter, das ging aber schnell. Otto ist ganz verblüfft. Er läßt sich das Gespräch ins Büro legen, nimmt Jörg mit hinein, und Lottchen, jetzt wieder allein in der Rezeption, muß sich erst einmal rasch auf den Stuhl setzen. Ihre Knie zittern, ihr Herz klopft vor Aufregung.

*

Das Restaurant ist zum Abendessen voll besetzt. Mit beleidigten Gesichtern setzen sich Willem und Lis Wynheer an einen Einzeltisch in der Mitte des Raumes. Nicht einmal einen Fensterplatz hat man ihnen gegeben. Erst als ihnen Charlie die Speisekarte reicht, scheint sich ihre Stimmung etwas zu heben. Sie haben seit dem Frühstück nichts mehr gegessen, und wenn das Hotel in ihren Augen auch ein spießiger Laden ist, die Küche scheint ausgezeichnet zu sein.

»Wir werden zuerst zwei Vorspeisen nehmen, Herr Ober«, sagt Wynheer zu Charlie, der mit höflich-reserviertem Gesicht am Tisch stehengeblieben ist. »Bringen Sie mir eine Wildpastete mit Cumberlandsoße, und meine Frau möchte gern einen Hummersalat.«

»Tut mir sehr leid, mein Herr«, bedauert Charlie, »aber beides ist nicht mehr da.«

»Oh, das ist schade«, sagt Herr Wynheer, »dann nehme ich – warten Sie einen Moment . . .«

Lis hat inzwischen etwas anderes auf der Karte gefunden.

»Als Hauptgang möchte ich dann gerne eine Fasanenbrust à la ›Rebland‹.«

Und wieder hebt Charlie die Schultern. »Pardon, Madame, Fasanenbrust ist leider schon gestrichen.«

»Nimm eine junge Ente in Orangen, Darling«, schlägt Herr Wynheer nun seiner Frau vor, »die ist immer sehr gut.«

»Junge Ente?« Charlie macht ein ganz unglückliches Gesicht und zeigt auf den Nachbartisch. »Da werden gerade die letzten Portionen serviert.«

Herrn Wynheers Gesicht verfinstert sich. Er scheint nun doch zu merken, daß hier die Absicht vorliegt, ihnen nichts servieren zu wollen. »Was heißt das? Alles was gut ist, ist nicht für uns da? Was bekommen die anderen Leute dort drüben am Tisch?«

»Das sind Pensionsgäste, mein Herr«, erklärt Charlie, »mit eingeplantem Menü. À la Carte sind wir abends leider nicht sehr reichhaltig.«

»Ich glaube, Sie wollen uns nur nichts zu essen geben. Das ist unverschämt«, sagt Wynheer nun böse.

Aber Charlie bleibt unverändert höflich und sagt mit charmanter Liebenswürdigkeit: »Aber, mein Herr, Sie können einen ausgezeichneten Wiener Hackbraten haben, Matjeshering auf Hausfrauenart, ein Sülzkotelett mit Bratkartoffeln, dazu ein schönes Glas Bier oder eine Flasche Mineralwasser.«

Das war wohl um einen Stich zuviel. Jetzt war die Ironie nicht mehr zu überhören. Und Wynheer, seine Haltung verlierend, faucht wütend: »Sülzkotelett? Sie können mich mit Ihrem Sülzkotelett am . . .«

Den Rest verschluckt er, steht stracks auf, zieht seine Frau mit hoch. »Komm, Lis, wir werden nicht bleiben in diese miserable Lokal«, und verläßt mit ihr wütend das Restaurant.

*

Es hilft nichts, nachdem sich die Polizei eingeschaltet hat, muß man auch Lottchen ins Vertrauen ziehen. Der Fall liegt nun klar. Die Leute im »Hotel Maximilian« hatten auf Ottos Anruf hin sehr schnell geschaltet und die Münchener Kriminalpolizei verständigt. Man hatte Glück, daß sich der Kommissar vom Dienst bei dem Namen McGormick auch gleich an eine laufende Fahndung erinnerte, und so begann der Apparat sofort zu spielen.

»Hören Sie zu, Lottchen«, klärt Otto sie nun auf, »diese Wynheers sind ein ganz ausgekochtes Gangsterpaar. Schwindler, Hochstapler und Autoräuber. Der Kommissar in München sagte mir eben, daß schon seit zwei Monaten eine Fahndung nach ihnen läuft. Sogar Interpol sucht sie. Über fünfunddreißig

Anzeigen sind eingegangen: aus Italien, aus der Schweiz und aus Bayern.«

Lottchens blaue Augen werden noch einmal so groß. »Die Travellerschecks sind also falsch?«

»Nein, sie sind echt«, sagt Otto, »aber sie sind gestohlen. Bei Autodiebstählen erbeutet. Ebenso wie die Pässe. Der Bursche besitzt davon eine ganze Kollektion. Einen amerikanischen, einen kanadischen und einen holländischen Paß. Und er ist ein Autoschlosser aus Aachen.«

Das ist auch für Jörg neu. »Also ein Deutscher?«

»Ja, ein Deutscher. Peter Kohlschneider, Spezialist für Ausländergepäck und Travellerschecks. Und die Frau ist ein früheres Zimmermädchen aus einem Hotel an der holländischen Grenze.«

»Ist ja 'n dolles Ding!«

»Kann man wohl sagen, Lottchen. Jetzt passen Sie auf: ich vermute, wir haben sehr bald die Polizei hier im Haus. In einer Stunde, in einer halben, ich weiß es nicht. Die Münchener sagen, sie hätten schon über Funk Karlsruhe verständigt. Also, was auch geschieht, nicht nervös werden. Vor allem nicht vor den Gästen. Wir wollen kein Aufsehen, keine Panik.«

»Es wird doch wohl keine Schießerei geben?«

»Keine Angst, Lottchen«, sagt Jörg lächelnd, »wenn es ganz schlimm wird, benutzen wir Sie als Kugelfang.«

*

Willem Wynheer hat ein ganz schlechtes Gefühl in der Magengegend. Es ist nicht nur der Hunger oder der Ärger über die schlechte Behandlung im Restaurant. Es ist ein ganz übler Druck, den er immer dann verspürt, wenn er einmal in einer Klemme sitzt.

Er hockt angezogen und mit Schuhen mitten im Bett, hält den Aschenbecher zwischen den Knien und raucht nervös und hastig eine Zigarette. Am Fußende sitzt Lis und schaut ihn ziemlich ratlos an. Beide geben sich jetzt auch keine Mühe mehr, das holländische Ehepaar zu spielen, sondern sprechen ihr heimatliches Idiom, ein breites Aachener Platt.

»Isch weiß nit, Lisbeth, wobei wir 'ne Fehler gemacht haben.

Aber isch fühl' dat jenau, hier is nischt mehr drin für uns. Hier müsse wir abhauen.«

»Wann denn«, will Lis wisen, »etwa noch bevor et hell wird?«

»Dat kann schon zu spät sein«, sagt Willem düster. »Gottverdammich! Dat jing ooch allens viel zu glatt in die letzte Zeit. Da ist man verwöhnt worde. Manchmal han isch jedacht, wat jift dat nur für ville Dösköpp unner die Hoteliers. Aber der da unne, der scheint mehr auf Draht zu sein.«

Er schüttelt den Kopf. Wo war nur der Fehler?

»Pitt, isch han sone Hunger.« Ganz kläglich, fast rührend, kommt Lis' Stimme. Aber Willem will jetzt nichts davon wissen.

»Hör auf mit deine Hunger«, sagt er nervös, »du hast doch jemerkt, die Verbrechers da unne, die wolle uns nischt zu esse gebe, weil se jeroche ham, daß mit unsere Puttputt nich alles stimmt. Nimm dich 'ne Schokoladenplätzchen aus minge Nachttisch und laß mich in Ruh. Morgen früh sitzen wir in Frankfurt im ›Savoy‹. Da kannst dann wieder die Speisekart' 'runner fressen von oben bis unten.«

Dann drückt er seine Zigarette aus, klettert aus dem Bett, geht zum Fenster und öffnet es. Draußen ist es inzwischen ganz dunkel geworden. Willem Wynheer sieht auf den Küchenhof hinunter. Und wieder schüttelt er den Kopf.

»Nee, hier jeht dat nich. Dat sin vier Meter. Da kommen wir nicht herunner.«

Er schließt das Fenster wieder, öffnet dann den Kleiderschrank. Zwei oder drei Kleider von Lis hängen darin, ein Anzug von ihm und etwas Wäsche.

»Weißte, Lisbeth, dat janze Jelumpe lassen wir allens hängen. In Frankfurt kauf' isch dir wat Neues. Auch de Koffer und die Täsch könne hierbleiben.«

»Willste denn jetzt schon weg?«

»Isch sag' doch die janze Zeit schon, ich hab' sone dumme Jefühl im Magen. Mir ist janz mulmig. Komm 'runner, wir tun so, als ob wir noch 'n bißchen Luft schnappen wollen. Und dann jleich ab mit der Kalesche!«

Es geht alles viel leichter, als sie gedacht haben. Die Halle ist ziemlich voller Gäste, die Rezeption ist dicht umlagert, und

Lis, ohne Hut und ohne Mantel, nur ihre kleine Handtasche am Arm, geht kaum bemerkt zum Ausgang.

Auf der Terrasse ist kein Mensch. Einen Moment bleibt sie am Ausgang stehen, als wolle sie die frische Abendluft genießen, dann ist sie seitlich im Dunkel verschwunden. Kurz nach ihr erscheint ihr Mann auf dem gleichen Weg vor dem Hotel. Ein sichernder Blick, dann hat auch ihn der Schatten der Hauswand verschluckt.

*

Im Halbdunkel der offenen Garage blitzen die Chromteile des Buick, der neben einem Opel Kapitän steht. Hier haben sich die beiden Wynheers wiedergetroffen. Willem schließt rasch den Wagen auf, und leise schlüpfen beide hinein . . .

»Jetzt halt dich fest, Lisbeth«, sagt Wynheer am Steuer, »isch jeh jleich mit hundert inne Kurve.«

Er startet den Wagen. Der Anlasser krächzt metallisch, aber die Zündung bleibt aus. Noch einmal versucht es Wynheer, wieder nichts.

»Was is, Pitt? Haste kein Benzin?« fragt Lis beunruhigt.

»Ach, Kappes. Isch han doch jestern erst jetankt. Wat is mit de Karre? De springt nit an.«

Noch ein dritter vergeblicher Versuch, da sagt plötzlich dicht neben ihnen eine Stimme: »So geht's doch nicht, Herr Wynheer.«

Es ist Jörg, dessen Kopf neben ihnen am Fenster des Opel Kapitän erscheint. In der Hand hält er eine Zündspule und sagt ganz ruhig: »Ohne Zündspule fährt auch ein Buick nicht. Ich dachte mir, daß Sie noch eine kleine Nachtfahrt machen wollten, und da habe ich sie zur Sicherheit ausgebaut.«

Wynheer ist völlig überrascht. Er bringt nur einen schwachen Fluch über seine Lippen.

»Gottverdammich! Is dat 'ne Jemeinheit!« Dann reißt er die Tür auf, springt aus dem Wagen, aber schon im nächsten Augenblick ist die ganze Garage in helles Licht getaucht. Drei, vier Polizisten kommen mit schußbereiten Pistolen auf Wynheer zu.

»Halt! Stehenbleiben!«

Und da gibt Wynheer, seine aussichtslose Lage erkennend,

auf. Er hebt die Hände und ruft Lis, die im Wagen sitzengeblieben ist, resignierend zu:

»Siehst, dat han isch jeahnt, Lisbeth. Isch jlaube, mit Frankfurt und dem ›Savoy‹, damit wird dat morgen nischt.«

*

Glühendheiße Julitage. Kuni schwitzt und stöhnt. Am liebsten würde er sich das Fell ausziehen und nackt herumlaufen. Seit Wochen ist kein Tropfen Regen gefallen. Gut für Ferienreisende, Badefreunde und Eisfabrikanten. Weniger gut für die Ernte und ganz schlecht für Forellenzüchter. Überall ist Niedrigwasser, und der Bach, der sonst die Fischteiche mit sprudelndem Frischwasser versorgt, ist zum kümmerlichen Rinnsal geworden.

Seit Tagen sind die Buchners in größter Sorge um den Bestand ihrer Forellen. Der Sauerstoffgehalt des Wassers hat sich bedrohlich verringert. Sinkt er noch weiter ab, müssen die Fische ersticken. Abgesehen von den Qualen, die die Tiere erleiden, ist das ein Verlust, der in die Zehntausende geht. Man hatte so gehofft, daß das Wochenende einen Wettersturz mit Niederschlägen bringen würde, aber auch heute am Samstag zeigt sich kein Wölkchen am Himmel.

Kuni ist sehr enttäuscht, daß sein Herr heute keine Zeit hat, ihn ausgiebig zu begrüßen und mit ihm über das Wetter zu reden. Statt dessen gibt es nur einen kleinen, beinahe oberflächlichen Klaps. »Morgen, Kuni.« Schon trabt der Chef im Laufschritt weiter zu den Teichen. Gleich darauf kommt Jörg aus dem Haus, rennt hinterher, dann folgt Karl.

Großvater Buchner, schon seit vier Uhr morgens bei den Fischen, hat alle verfügbaren Kräfte des Hauses alarmiert. Besonders die oberen Teiche sind gefährdet, und schnelles Abfischen ist im Augenblick die einzige Möglichkeit, zu retten, was noch zu retten ist. An allen Hälterungsbassins und Sortierbekken hat man schon zusätzliche Sauerstoffbomben angebracht. Aber das Abfischen ist eine viel zu zeitraubende Arbeit. An den seichten Stellen der Teiche drängen sich die Fischschwärme zusammen, schnappen aufgeregt nach Luft. Viele tote Forellen schwimmen bereits an der Oberfläche des Wassers.

Großvater Buchner steht mit dem Fischmeister Paul mitten

im Teich der Jährlinge. Mit dem großen Zugnetz treiben sie die Fische an den Rand, wo Fritz und ein paar andere Helfer mit Handkeschern und fahrbaren Bottichen bereitstehen. Nun greifen auch Otto, Jörg und Karl mit ein. Es wird ein Wettlauf mit der Zeit. Aber die Buchners werden ihn verlieren. Bis man zu den unteren Teichen kommt, ist mindestens die Hälfte des Fischbestandes verloren.

Otto ist verzweifelt. Da hat man nun ein Jahr darum gebangt, daß einem der geplante Bau des Stausees die Fischzucht trockenlegen wird, hat mit Eingaben und Beschwerden dagegen gekämpft, bis das Bauvorhaben tatsächlich verschoben wurde, nun steht man durch die anhaltende Trockenheit vor der gleichen prekären Situation.

Wir schaffen es nicht, denkt Jörg. Dieses Abfischen ist ein sinnloser Aufwand. Auch er hängt, fast noch mehr als Otto, an der Forellenzucht. Wo soll man nur noch hin mit den vielen Fischen? Vielleicht halten sich die unteren Teiche noch ein oder zwei Tage, aber dann . . . Ja, wenn man das Wasser von unten wieder nach oben pumpen könnte, dann würde ein Kreislauf entstehen, bei dem es sich sogar wieder mit Sauerstoff anreichern könnte. Eine Kreiselpumpe müßte man haben und eine entsprechende Rohrleitung.

Jörg spricht mit dem Fischereigehilfen Fritz, der ihm gerade hilft, einen Bottich voll mit Forellen vom Teichrand auf den Weg zu schieben. »Ja«, sagt Fritz, »'ne Kreiselpumpe wär' gut. Aber wo kriegt man eine her? Wer soll die Rohrleitung legen? Heute ist Samstag. Da kommt doch kein Mensch, der so etwas macht. Das müssen doch Fachleute sein. Und bis die Montage fertig ist, da lebt kein Fisch mehr.«

»Mensch, ich hab' 'ne Idee«, sagt Jörg plötzlich. »Schieb die Karre alleine 'rauf. Ich komm' gleich wieder.«

Schon läßt er alles stehen und liegen und rennt in großen Sätzen zum Hotel hinauf.

*

Schwarzes Wochenende im »Forellenhof«. Auch der Hotelbetrieb hat heute seine große Sorge. Seit Jahren hat zum erstenmal die Vertragswäscherei versagt und nicht geliefert. Und ein Hotel ohne frische Wäsche ist überhaupt kein Hotel.

Sogar die kleine Reserve ist fast aufgebraucht, und schon für morgen fehlt es an Tischwäsche für das Restaurant, an Kellnerjacken und Schürzchen, an Küchenwäsche, an Bettwäsche, Handtüchern, Badetüchern für die Gastzimmer.

Kurz entschlossen hat Anna schon ganz früh am Morgen die eigene alte Waschküche anheizen lassen, sich ein Kopftuch umgebunden, die Ärmel hochgekrempelt und sich mit zwei Waschfrauen selber an die Arbeit gemacht. Doch die völlig veraltete Einrichtung im Keller des Hauses ist dem Bedarf gar nicht gewachsen. Da gibt es noch keine Waschautomaten und keine elektrischen Mangelmaschinen. Hier muß die Wäsche noch in großen, dampfenden Zubern auf dem Herd gekocht und dann mühsam durch die Handmangel gedreht werden. Auch der Trockenraum ist viel zu klein.

»Hängen Sie nicht zuviel auf die Leinen, Frau Buchner«, warnt Frau Schober, eine der beiden Waschfrauen, als Anna wieder eine Reihe von Bettlaken zum Trocknen aufhängt. »Nasse Wäsche ist schwer.«

»Wird schon halten«, sagt Anna etwas leichtsinnig, »heute muß halt alles fix gehen.«

Dann nimmt sie einen großen Stapel fertiger Mangelwäsche, packt sie in einen Korb, den die Zimmermädchen nach oben ins Bügelzimmer tragen.

Hier stehen Ruth und Maria Fabricius an zwei Bügelbrettern und plätten, was das Zeug hält. Maria, die nun schon über einen Monat auf dem »Forellenhof« lebt, hat sich als eine sehr brauchbare Hilfe für das Haus erwiesen. Sie ist eine Allroundbegabung, die in der Küche einspringen kann, die Lottchen bei der Korrespondenz hilft und die man sogar zum Großeinkauf auf den Markt schicken kann. Zudem ist sie stets von guter Laune beseelt und paßt ganz ausgezeichnet in die ganze Buchnerfamilie. Alle haben sie gern.

»Du mußt dich nur hüten, den ›Forellenhof‹ als den Mittelpunkt deiner Welt anzusehen, denn dann bist du verloren«, sagt Ruth jetzt und nimmt einen neuen Wäschestapel in Angriff. »Keiner verlangt hier etwas von dir. Aber unversehens, du merkst es gar nicht, bist du auf einmal ein Teil des Ganzen, ein Rad im Getriebe, und es läßt dich nicht mehr los. Dann hast du kein Privatleben mehr, jagst nur treppauf, treppab . . .«

»Das schadet nichts«, unterbricht Maria sie unbekümmert,

»ich hab's ja so gewollt. Ich bin doch hergekommen, um euch zu helfen. Außerdem läuft ja wohl nicht jeder Tag so verrückt wie heute.«

»Sag das nicht«, warnt Ruth lächelnd, »in einem Hotel gibt's während der Hochsaison immer Überraschungen.«

»Hoffentlich sind wir mit der Wäsche wenigstens bis Mittag fertig«, sagt Maria, »wenn erst die Kinder da sind, möchte ich doch nicht mehr am Bügelbrett stehen.«

Die Kinder, das sind Klaus und Eva, die für heute die Heimkehr von ihrer Hochzeitsreise angekündigt haben. Sechs Wochen lang haben sie sich in Spanien und Frankreich mit dem kleinen Volkswagen herumgetrieben, den Otto ihnen zur Hochzeit geschenkt hat. Ihre letzte Nachricht kam aus Paris.

»Bestimmt werden sie um die Mittagszeit ankommen«, sagt Maria, »der Geldbeutel ist leer, und sie werden froh sein, sich hier wieder einmal sattessen zu können.«

*

Es ist ein Jammer. Auch Otto und der Großvater erkennen allmählich, daß das Abfischen allein die Katastrophe nicht mehr aufhalten kann. Sie arbeiten mit ihren Hilfskräften zwar noch fieberhaft weiter, aber die Hoffnung schwindet immer mehr. Wo ist Jörg? Er soll mal in der Forellenzucht Ottenau anfragen, ob sie dort ein paar Zentner Fische abnehmen können, damit man wenigstens die Hälterungsbassins leer bekommt. Jörg ist nicht da. »Der hat was von 'ner Kreiselpumpe gefaselt«, sagt Fritz. »Quatsch, Kreiselpumpe«, brummt der Großvater und wirft das Zugnetz erneut aus.

Doch plötzlich fahren alle hoch und recken die Hälse. Erst noch entfernt, dann immer deutlicher hört man die gellenden Hornsignale der Feuerwehr.

»Das ist nicht die Feuerwehr«, sagt Otto, »das ist Polizei. Wird 'n Unfall sein.«

»Nein, das ist die Feuerwehr«, stellt der Fischmeister fest.

Und nun sieht man sie auch. Ein Einsatzfahrzeug der städtischen Feuerwehr nähert sich in raschem Tempo auf der Hauptstraße. Vor ihm fährt ein kleiner roter Vorauswagen.

Otto blickt besorgt zum Hotel. Brennt's jetzt etwa auch noch? Nein, dort scheint alles in Ordnung zu sein. »Das ist nicht für uns«, sagt der Großvater. »Ist doch für uns«, schreit Fritz. Tatsächlich, die Feuerwehr biegt von der Hauptstraße in den Fahrweg zum Hotel, kommt auf die Teiche zu und hält dann mit quietschenden Bremsen am Verladeschuppen. Dort ist plötzlich auch Jörg, begrüßt den Brandmeister Arndt, der aus dem Begleitauto steigt.

»Das ging aber schnell. Fein, daß Sie uns helfen wollen, Herr Arndt.«

An den Teichen sieht man verwundert auf die Feuerwehrleute, die nun von den Wagen herunterspringen. Noch begreift man nicht.

»Was ist denn los, Herr Arndt? Was wollen Sie bei uns?« fragt Otto und kommt näher.

»Wir kommen zum Forellenessen, Herr Buchner«, sagt der Brandmeister. »Ihr Sohn hat uns eingeladen.«

»Jörg?«

»Ja, ich hab' die Feuerwehr gerufen«, gesteht nun Jörg, »ich dachte, ehe uns alle Fische kaputtgehen . . .«

»Und das war sehr vernünftig«, ergänzt nun der Brandmeister, »als mir Ihr Sohn die Situation schilderte, hab' ich auch gleich zugesagt, denn das ist ja doch wohl ein echter Notstand. Wie oft müssen wir wegen irgendeinem Blödsinn ausrücken, 'n entflogener Kanarienvogel oder ein durchgebranntes Plätteisen, aber ein paar hunderttausend Forellen vor dem Erstikkungstod zu retten, das ist doch wohl 'n Einsatz wert.«

»Aber wie können Sie uns helfen?« Otto sieht noch keine Möglichkeit.

»Wir haben die große Motorpumpe da«, erklärt ihm nun Herr Arndt, »Ihr Sohn meint, man könne von hier aus eine Schlauchleitung nach oben legen, und dann pumpen wir Ihnen erst mal die Teiche mit Frischwasser voll.«

»Und was wird das kosten?« fragt Otto etwas skeptisch.

»Also, bestimmt weniger als ein Totalverlust, Herr Buchner«, versichert der Brandmeister.

Und Jörg fügt hinzu: »Außerdem zahlt uns das die Versicherung, Vater.«

»Kommen Sie, wir wollen keine Zeit verlieren, sehen wir uns mal an, wie man das am besten macht.«

Schon Minuten später fliegen die großen Schlauchrollen vom Wagen herunter, die Feuerwehrleute legen die Leitung, schließen sie an den Hydranten an, die Pumpe fängt an zu arbeiten, und dann ergießt sich ein Sturzbach schäumenden Wassers aus dem Ende des Schlauches in einen der oberen Teiche. Wasser! Rettendes Wasser ist da! Es sprudelt über die Zuflüsse, umspült wieder die hölzernen »Mönche« und gibt dann seinen Überfluß an die unteren Teiche weiter.

Bis zum Mittag hofft Brandmeister Arndt die Motorpumpe auf dem »Forellenhof« arbeiten zu lassen, sofern kein anderer Einsatz kommt. Er will auch ein paar seiner Leute zur Bedienung da lassen.

». . . und dann sind Sie doch erstmal die größte Sorge los«, sagt er zum Großvater.

»Ja, das war Rettung in letzter Minute«, sagt dieser aufatmend und dankbar. »Ich sag' Ihnen, Herr Arndt, eine Forellenzucht, das ist immer wie ein Tanz auf dem Seil. Sorgen und Schwierigkeiten bei Hitze und Niedrigwasser, und noch schlimmer wird es, wenn Hochwasser kommt. Das reißt dann die ganzen Fische mit weg. Kommt der Winter, dann muß jeden Tag das Eis aufgehackt werden. Und wir haben acht Teiche.«

»Aber aufgeben wollen Sie es auch nicht, oder?«

»Ich die Forellen aufgeben? Nie!«

Und das klingt so bestimmt, so feierlich ernst, als sei es für die Ewigkeit gesagt.

*

»Schade, daß man Feuerwehrleute net auch zum Wäschewaschen anstellen kann«, sagt Anna, als ihr Otto unten im Trockenraum von der Rettung der Forellen berichtet. Die Frauen hier unten in der dampfenden Waschküche, zwischen der aufgehängten Wäsche und beim Geräusch der quietschenden Handmangel, haben vom Anrücken der Feuerwehr nicht einmal etwas gehört.

»Find' ich aber großartig, daß der Jörg einfach den Brandmeister angerufen hat«, sagt Anna.

»Und stell dir vor, wir kriegen sogar eine Kreiselpumpe. Arndt besorgt uns eine. Jörg ist eben mit Karl runtergefahren. Und wenn wir in die Rohrleitung noch so einen Filterapparat einbauen, der das Wasser immer wieder reinigt . . . Au! Verdammt!«

Genau in diesem Augenblick reißt der Haken, der mehrere Wäscheleinen halten sollte, aus der Wand, und Otto und Anna unter sich begrabend, fällt die klatschnasse Wäsche auf den Boden.

»Seid ihr des Teufels! Mich mit nassen Bettlaken zu erschlagen«, flucht Otto. Nur mühsam befreit er sich aus dem Gewirr der Leinen- und Wäschestücke. Neben ihm zappelt Anna, verwickelt in ein großes Tafeltuch. Otto hilft ihr hoch, und dann jammert sie: »Die schöne Wäsche! Schau dir an, wie sie wieder aussieht. Ich war so froh, endlich fertig zu sein!«

»Ist ja nicht schlimm«, tröstet sie Frau Schober, »das braucht nur noch einmal durchgespült zu werden. Aber ich hab's Ihnen gesagt, da hing auch zu viel drauf.«

Otto schüttelt den Kopf, als er den herausgebrochenen Wandhaken vom Boden aufhebt. »Ihr seid wirklich Kindsköpfe. So'n kleines Wuzzelchen kann doch solche Last nicht halten. Da gehört ein anständiges Ding 'rein, 'n Vierzöller.«

»Dann hol einen und schlag ihn ein. Ich kann's ja nicht auch noch machen«, drängt Anna, während sie mit Frau Schober die verschmutzte Wäsche wieder einsammelt.

Im Nebenkeller hat Otto das Richtige gefunden. Einen riesigen Stahlhaken. Und eine Axt hat er auch. Nun braucht er nur noch eine kleine Leiter, und dann wird er den Weibern einmal zeigen, wie man Wäscheleinen aufhängt und spannt.

»Aber bitte, hau dich net auf den Daumen. Und den Haken net krumm. Soll ich dir helfen?«

Anna schaut etwas ängstlich zu, wie Otto nun den großen Haken zuerst nur schwach anklopft, damit er Halt hat, dann holt er mit der Axt weit aus, treibt den Haken mit einem wuchtigen Schlag der stumpfen Seite tief in die Wand.

Es war ein herrlicher Schlag. Ein phantastischer Erfolg. Der Haken hat genau das Hauptrohr der Wasserleitung getroffen, aus dem Otto im gleichen Moment ein so gewaltiger Wasserstrahl entgegenspritzt, daß es ihn fast von der Leiter reißt. Hinter ihm schreien die Frauen entsetzt auf. Auch sie sind sofort völlig durchnäßt.

»Das Hauptrohr. Ich hab' das Hauptrohr angeschlagen«, brüllt Otto. Er grapscht nach einem Wäschestück, um die

Bruchstelle abzudichten. Umsonst. Der Strahl vergrößert sich noch, und das unter starkem Druck stehende Wasser schießt nun wie eine Fontäne aus der Wand.

»Wasser abstellen! Wir schwimmen hier weg!«

»Wo denn? Was soll ich abstellen?« fragt Anna, kopflos werdend.

»Den Haupthahn unter der Kellertreppe!« schreit Otto sie an und kämpft mit den Wasserfluten.

Anna saust hinaus. Noch nie hat sie von einem Haupthahn gehört. Unter der Kellertreppe, hat er gesagt. Aber wo da? Hilflos steht sie vor dem verwirrenden System der Rohrleitungen mit der Wasseruhr, den verschiedensten Ventilen, Schiebern, Hebeln, Radhähnen, Kreuzhähnen. Sie sucht und sucht, welcher Hahn kann's denn sein?

Knöcheltief steht inzwischen das Wasser im Trockenraum. Der Abfluß kann die Fluten gar nicht fassen. Leere Waschkörbe fangen an, schaukelnd zu schwimmen.

»Hast den Hahn denn immer noch nicht?« ruft Otto, der wie der Kapitän eines sinkenden Schiffes in der sprudelnden Gischt seine Stellung an der Leckstelle zu halten versucht.

»Nein, ich find's nicht«, kommt Annas klägliche Antwort.

»Bei der Wasseruhr, gleich links!«

»Links ist nix!«

Jetzt wird Otto wütend und rennt selber zur Kellertreppe. Nicht die primitivsten technischen Kenntnisse hat diese Frau.

»Links, hab' ich gesagt! So was Saudummes!«

Aber als er nun selber davorsteht, da ist links wirklich nichts. Der Hahn rechts gehört zweifellos zur Warmwasserversorgung, und der Kreuzhahn dahinter läßt sich überhaupt nicht drehen.

»Aha, du weißt es also auch nicht«, schnaubt Anna komisch gereizt. »Aber das ›Saudumme‹, das werd' ich dir anschmiern'n! Wer hat denn den Haken so saublöd in die Wand gehaut, he? Hast dir ja immer schon a Schwimmbad im Hotel gewünscht. Bitte, jetzt hast's!«

*

Wie gut, daß der Brandmeister noch zwei seiner Leute an der Motorpumpe auf dem »Forellenhof« zurückgelassen hat.

Männer, die sozusagen im Handumdrehen mit Haupthähnen, Rohrbrüchen und Kellerüberschwemmungen fertig werden. Zu Hilfe gerufen, geht der eine Feuerwehrmann nur lässig an einen holzverschalten Kasten, den Otto in der Aufregung ganz übersehen hat.

»Nehmen wir doch den, Herr Buchner«, sagt er grinsend und dreht den Hahn einmal herum.

Es ist der Haupthahn. Sofort versiegt auch die Fontäne im Trockenraum, der nun seinem Namen allerdings kaum noch Ehre macht, und naß wie die Katzen, den Schrecken noch in den Gliedern, setzen sich Otto und Anna für einen Moment erschöpft auf die Stufen der Kellertreppe.

Schön schau'n wir aus. Anna weiß nicht, soll sie heulen, oder soll sie lachen. »Was uns in den Teichen an Wasser fehlt, haben wir jetzt im Keller zuviel«, sagt Otto mit Galgenhumor.

Doch die Schwierigkeiten beginnen erst. Mit dem zugedrehten Haupthahn ist nun die gesamte Wasserzufuhr für das Hotel gesperrt. Der Rohrbruch muß also schnellstens repariert werden. Geschweißt, gelötet oder auf sonst eine Weise. Ein vollbesetztes Hotel ohne Wasser ist eine Katastrophe. Und heute ist Samstag.

Noch in den plitschnassen Sachen sitzt Otto im Büro und ruft sämtliche Klempnermeister an. Nur bei den wenigstens kommt überhaupt jemand ans Telefon. Wer arbeitet denn noch am Wochenende? Die einen sind zum Fußball in Karlsruhe, die anderen beim Radrennen in Freudenstadt, der Meister Dörsele ist krank, Firma Hartflor macht einen Betriebsausflug zum Kirschenfest in Sinsheim, und der Notdienst meldet sich überhaupt nicht. Herrgott, es muß doch jemand geben, der uns den Rohrbruch repariert.

Nun hat Lottchen doch tatsächlich den alten Zengler an der Strippe. Sie stellt durch ins Büro, und Otto fleht den Meister nun an: »Mein lieber Herr Zengler, bitte kommen Sie her, ich hole Sie auch ab, wenn Sie wollen. Aber ich habe das Haus voller Gäste, die Leute können sich ja nicht einmal waschen und rasieren, keiner kann mehr aufs Klo gehen. Ich kann keinen Kaffee kochen, keine Suppe, kein Gemüse, ich kann mich nur noch aufhängen.«

Und das Wunder geschieht. »Lassen Sie das mit dem Aufhängen, Herr Buchner«, sagt Meister Zengler, »in 'ner halben Stunde bin ich bei Ihnen.«

Inzwischen hat Anna schon eine provisorische Notversorgung organisiert. Wieder springt die Feuerwehr, das »Mädchen für alles«, helfend ein. Mit der Motorpumpe wird vor dem Hoteleingang ein großes Holzfaß mit Wasser gefüllt, aus dem nun das ganze Hauspersonal mit Eimern und Kannen Wasser schöpft und auf die Gastzimmer bringt. Wenigstens können sich die Herren nun den angetrockneten Rasierschaum vom Gesicht waschen, man hat etwas Wasser zum Nachspülen, kann wieder die Klos benutzen. Ein paar Witzbolde hatten sich inzwischen sogar schon mit Sauerbrunnen und Selterswasser gewaschen.

*

Eine halbe Stunde später, pünktlich wie er versprochen hatte, ist der Meister Zengler auf dem »Forellenhof«. Als er im Trockenraum das Loch in der Wand sieht, kann er seine Bewunderung nicht zurückhalten. »Eine prima Arbeit, Herr Buchner. Genau in der Mitte. Besser hätten Sie's gar nicht treffen können.«

»Man tut, was man kann«, sagt Otto grinsend, »kriegen Sie's denn wieder geflickt?«

»Ja, das machen wir schon«, beruhigt ihn der alte Klempnermeister, der seinen Lehrling mitgebracht hat, »in einer Stunde ist alles vergessen.«

»Na, Gott sei Dank. Aber ein halbes Jahr wird es dauern, bis mir meine Frau das vergißt. Was glauben Sie, wie oft ich das jetzt zu hören kriege: der Chef schlägt das Hauptrohr kaputt, der Chef setzt sein Hotel unter Wasser, aber ich kann Ihnen sagen, mit meiner Frau hier unten, wie wir beide pudelnaß den Haupthahn gesucht haben, das war eine der komischsten Nummern, die wir je abgezogen haben.«

*

Es ist mäuschenstill in der Küche. Keiner sagt etwas. Aber es ist eine Spannung wie vor dem Startschuß eines großen Rennens. Edmund, der Chefkoch, sitzt im Kreise seiner Mannschaft und sieht alle Augenblicke auf die Uhr. Ab und zu kommt Charlie auf Zehenspitzen herein, schaut, schüttelt den Kopf, geht wieder hinaus. Dann hängen die Blicke aller wieder wie fasziniert an dem großen zentralen Wasserhahn über dem Küchenbecken. Nichts, noch nichts. Aber dann, auf einmal gurgelt es irgendwo in den Leitungen, aus dem Hahn kommt ein leises Zischen, und nun ist es da – Wasser. Ja, es läuft und läuft.

Alle sind aufgesprungen. Man jubelt. Edmund gibt lautstark seine Weisungen und Befehle. »Zuerst die großen Kessel volllaufen lassen. Gleich die Suppen ansetzen. Das Gemüse fertigputzen, Kartoffeln unter Wasser.«

Melli stößt ihn an und frozzelt: »Kommandier net so herum. Kaum hast du Wasser im Hahn, spielst du Admiral auf Schlachtschiff.«

Aber Edmund drängt mit Recht. Man hat fast zwei Stunden verloren. Das ist kaum aufzuholen. Bald ist Mittagszeit. Jetzt muß jeder Handgriff sitzen. Keine Minute darf mehr vertrödelt werden.

Und sie schaffen es wirklich. Pünktlich um die gewohnte Zeit sind im Restaurant die Tische mit frischer, blütenweißer Wäsche eingedeckt. Charlie legt die Menükarten aus, und als Otto mit etwas schlechtem Gewissen erscheint, um die Lage zu erkunden, kann Charlie ihm stolz melden: »Alles klar, Chef! Ein Kompliment für die Küche. Sie hat großartig funktioniert. Alles ist fertig!«

»Fein«, sagt Otto strahlend, »dann sind wir ja noch mal davongekommen. Wenn ich denke: heute früh die Katastrophe mit den Forellen, dann keine Wäsche im Haus, der Rohrbruch und kein Wasser, da wollte ich schon die schwarze Fahne über dem ›Forellenhof‹ hissen.« Und mit einem Augenzwinkern fügt er hinzu: »Na ja, wir sind eben so irrsinnig tüchtig, nicht wahr, Charlie? Und wenn wir schon mal 'n Rohrbruch fabrizieren, dann sind wir nicht kleinlich. Der haut dann auch ordentlich hin.«

Hinter beiden erscheinen in der Schwingtür die ersten Mittagsgäste. Sie machen noch unsichere Gesichter, gibt es wirklich etwas zu essen?

»Aber meine Herrschaften, wie konnten Sie zweifeln? Nehmen Sie Platz. Was darf es sein? Frische Ochsenzunge in Madeira? Ein schönes Lendensteak vom Rost oder lieber Forellen? Forelle blau, Forelle gebraten, Forelle auf Vogesenart mit Mandeln und Nüssen? – Forelle blau, natürlich. Ja, so schmekken sie doch am besten.«

Klaus und Eva sind da. Wie Maria es vermutet hatte, noch rechtzeitig zum Mittagessen. An den Forellenteichen war Jörg mit Karl und den anderen Männern gerade beim Abladen der Kreiselpumpe und der Rohrleitungen, als er vom Lkw aus den kleinen offenen Volkswagen mit den beiden Hochzeitsreisenden anrollen sah. Buchstäblich mit dem letzten Tropfen Benzin hatten sie den »Forellenhof« erreicht. Aber sie sehen prächtig aus, die beiden. Braungebrannt, vergnügt und glücklich. Es war eine herrliche Reise gewesen.

Nun, nachdem das Wiedersehen mit der Familie und die Umarmungen der Mütter überstanden sind, haben sie nur einen Wunsch: den Reisestaub abzuspülen und sich dann an die Futterkrippe zu setzen.

Jörg hat seinen Bruder Klaus gleich mit auf seine Bude genommen und dort in die Badewanne gesteckt. Nun sitzt er bei ihm und läßt sich erzählen von Spanien, von der Normandie, von Paris und natürlich immer wieder von Eva. Klaus ist in sie noch genauso verliebt wie am ersten Tag, und das Verheiratetsein scheint bei ihnen eine wunderbare Sache zu sein.

»Ein tolles Gefühl, sage ich dir«, schwärmt er. »Stell dir vor, du gehst mit einem Mädchen in ein Hotel, bestellst ein Doppelzimmer, und du hast gar kein Herzklopfen dabei, nicht das geringste schlechte Gewissen, denn das Mädchen, das du da bei dir hast, ist deine Frau, mit der du richtig verheiratet bist. Alles ist in Ordnung. Du, das ist phantastisch.«

»Na ja«, sagt Jörg, »aber nun werdet ihr ja wohl nicht ewig auf Reisen sein. Wie wird's im Alltag aussehen?«

»Brüderchen, woher soll ich das wissen?« Klaus lacht. »Ich komm' gerad' von der Hochzeitsreise. Frag mich in zwei Jahren danach oder in drei oder in sieben.«

»Dann werd' ich's vermutlich selber wissen.«

Klaus horcht auf. »Hallo, ist was im Gange?«

»Nein, nein, nicht im geringsten«, beteuert Jörg, »ich frage rein theoretisch. Zur Zeit möchte ich jedenfalls bei dem Stichwort Doppelzimmer noch nicht auf das Herzklopfen und auf das kleine schlechte Gewissen verzichten. Ich stelle also fest, du bist glücklich.«

»Was Eva betrifft, vollkommen. Gerade unterwegs, weißt du, auf so einer großen Reise, das ist der beste Test für eine gute Partnerschaft. Wenn mal irgend etwas nicht gleich klappt, und es passiert ja immer etwas auf einer so langen Fahrt, wenn dann eine ungeduldig wird und quengelt, schlechte Laune hat oder gar 'ne hysterische Schau abzieht, dann ist da schon der Wurm drin. Nein, Eva hat sich ganz großartig gehalten.«

»Und niemals habt ihr Krach miteinander gehabt, niemals gezankt?«

»Und ob. Aber Krach, der Spaß machte, und Zank, bei dem man sich schon auf die Versöhnung gefreut hat.«

Vom Nebenzimmer her klopft es an die Badezimmertür. Es ist Ruth. Sie treibt zur Eile, die Familie warte schon mit dem Mittagessen. Und dann hat sie an Jörg eine Bitte.

»Kann ich heute abend mal deinen Wagen haben, Jörg?«

Jörg kommt aus dem Badezimmer zu ihr hinüber und schaut sie groß an. »Bitte, gern. Hast du was vor?«

»Ja«, sagt Ruth entschlossen, »ich möchte einmal etwas anderes sehen als unsere herrliche, gräßliche Familie und unser wunderschönes, verrücktes Hotel. Nach diesem Vormittag heute hab' ich einen Tapetenwechsel dringend nötig.«

»Da stößt du bei mir auf volles Verständnis«, sagt Jörg lachend und übergibt ihr seine Autoschlüssel. »Bitte, im Tank sind noch vierzig Liter, das reicht für alle Abenteuer.«

Ruth macht ein komisch-entrüstetes Gesicht. »Wie sprichst du denn mit deiner Tante? Ich suche keine Abenteuer, merk dir das.«

»Kann man's wissen?« Jörg zwinkert. »Unverhofft kommt oft.«

Und aus der offenen Badezimmertür tönt die Stimme von Klaus, der die Unterhaltung mitangehört hat. »Nur nicht den Pfad der Tugend verlassen! Immer sauber bleiben, Tante!«

»Ihr seid Schurken und Verleumder«, Ruth spielt die Empörte. »Was traut ihr mir eigentlich zu?«

Und fast gleichzeitig kommt es von Klaus und Jörg: »Alles!«

Zuerst macht Ruth ein etwas betroffenes Gesicht, dann sagt sie leise, mit kleiner, versteckter Sehnsucht: »Manchmal wünsche ich, ihr hättet recht.«

*

In der Schwarzwaldstube hat sich die Familie zum Mittagessen zusammengefunden. Christa, die heute mit dem Bus aus der Schule gekommen ist, ist selig. Eva hat ihr als Mitbringsel aus Spanien einen herrlichen Fächer und ein Paar Kastagnetten mitgebracht. Auch für die Eltern und den Rest der Familie hat es noch zu ein paar kleinen Geschenken gereicht, und begeistert erzählt nun Klaus von den Erlebnissen in Andalusien.

»Da müßt ihr unbedingt einmal hin«, ermuntert er die Eltern, »laßt doch den ganzen Krempel hier mal stehen und liegen. Der Betrieb läuft doch.«

Otto und Anna sehen sich an. Schön wär's schon, und Zeit wär's auch nach der abgeblasenen Griechenlandreise im Winter und den Jahre davor ohne einen Ferientag.

»Was meinst du, Schatz«, sagt Otto und legt seinen Arm um sie, »ob wir beide nicht doch noch einmal den Versuch machen, die Koffer zu packen?«

»Ich fürchte, bei uns bleibt's immer nur beim Versuch«, seufzt Anna.

»Es muß ja nicht jetzt gerad' in der Hochsaison sein. Vielleicht in den ersten schönen Herbstwochen. Wir fahren einfach irgendwohin.«

»Aber nicht nach Spanien.«

»Sondern?« Otto sieht seine Frau liebevoll an. »Wohin möchtest du denn gerne mit mir fahren?«

»Gar nicht weit, Liebling«, sagt Anna mit einem etwas müden Lächeln, »nur in eine hübsche kleine Nervenheilanstalt mit individueller Behandlung. In ein schönes, stilles Haus, in dem man sich nur langweilt, und in dem den ganzen Tag lang nichts passiert, aber auch gar nichts.«

Die Heiterkeit, die nach Annas Worten bei allen ausbricht, ist nur gedämpft. Nach den Strapazen der letzten Wochen kann man ihre Sehnsucht nur zu gut verstehen. Aber Otto glaubt es besser zu wissen.

»Du, dann würden wir wahrscheinlich erst komplett verrückt werden. Könntest du denn überhaupt ein Leben aushalten ohne Aufregung, ohne Wirbel, ohne Rohrbruch, ohne verstopfte Gästeklos, ohne Krach mit der Wäscherei und den Ärger mit Bäcker, Lieferanten, Personal und den Gästen?«

»Ja, das könnt' ich aushalten«, sagt Anna ernst und bestimmt.

»Und wie lange?« forscht Otto.

»Also mindestens einen ganzen Tag lang«, sagt Anna trokken.

Und nun klingt das Lachen am Tisch wieder etwas befreiter. Anna, dieses Prachtstück, nein, die ist nicht unterzukriegen.

*

Melli, die böhmische Buchtel von der Kalten Küche, hat ein Rendezvous. Bis zum Nachmittag hat sie es noch geheimgehalten. Aber nun ist's heraus. Ein Rendezvous, noch dazu mit einem Gast des Hauses, mit dem Herrn Schöps von Zimmer 10. Es ist im »Forellenhof« eigentlich nicht üblich, daß es zwischen dem Personal und den Gästen zu näheren Berührungen kommt. Melli war auch zuerst sehr zurückhaltend gewesen, als Herr Schöps sich nach ihrem freien Tag erkundigt und sie gefragt hatte, ob sie nicht Lust hätte, einmal mit ihm auszugehen. Das war vorgestern gewesen. Er war extra an den Küchenschalter gekommen, um ihr ein überschwengliches Kompliment für ihre getrüffelte Wildpastete und für ihre Salatsoßen zu machen. So war man dabei kurz ins Gespräch gekommen. Melli hatte das Ganze gar nicht so ernst genommen. Aber als er nun heute mittag seine Einladung wiederholte, da hatte sie schließlich zugesagt.

Ein wenig ist auch Edmund daran schuld. Er und die Melli, die sich am Anfang wie zwei Kampfhähne in der Küche begegnet waren, hatten sich im Laufe der Zeit doch recht gut zusammengerauft und sich immer besser miteinander verstanden. Freilich nur in der Küche und bei der Arbeit. Nach Feierabend war meist jeder seine eigenen Wege gegangen, und Melli, fremd wie sie hier in der Gegend war, hatte das sehr bedauert. Längst bestand von ihrer Seite aus eine echte Zuneigung zu dem alten Brummbär und Küchendespoten. Sie mochte ihn richtig gern, und in ihrer temperamentvollen, herzlichen Art hat sie ihm das auch oft genug gezeigt. Aber Edmund, seit vier Jahren Witwer, ist in seinem Privatleben so etwas wie ein Eigenbrötler geworden, in seinen Gefühlsäußerungen mehr als sparsam, und die rechte Gegenliebe hat die Melli nie bei ihm gespürt. So war es also beinahe eine gewisse Trotzhandlung, daß sie sich auf die Verabredung mit Herrn Schöps eingelassen hat.

Aber noch weiß Edmund gar nichts davon. Erst als er dazukommt, wie sich Melli im Garderobenraum des Personals von der Lisa einen Hut ausborgt und vor dem Spiegel ausprobiert, wird er stutzig.

»Du gehst aus?«

»Ja«, sagt Melli etwas obenhin, »werd' ich heute bissel gehen auf Junkelfunkel und amüsieren.«

»Alleine?« fragt Edmund und schaut sie etwas schief an.

»Denkst du, ich werd' ausgehen und nicht Kavalier haben? Bin ich eingeladen von Herrn von Zimmer 10, und werd' ich haben bissel Abwechslung mal unten in Stadt.«

Edmund schüttelt den Kopf. Das gefällt ihm gar nicht. »Melli, so etwas macht man nicht. Ein Gast ist ein Gast, und mit dem läßt man sich nicht ein. Schon gar nicht als verheiratete Frau . . .«

»Was heißt verheiratet«, fällt ihm Melli gleich temperamentvoll ins Wort, »schöne Verheiratung. Hab ich gesehen mei' Franzek nicht mehr seit vier Jahren zurück noch in Tschechoslowakei. Und hat er sich damals schon nicht geniert, sich auf Zollwache fremde Weibsbilder zu holen, der Kerl. Nun, jetzt werd' ich ihm husten. Und wo nun auch hier keiner ist, der Melli Czepanek macht bissel mal Lustigsein nach schwerer Arbeit am Tag, nun werd' ich ausgehen mit dem Herrn Schöps.«

»Na ja«, sagt Edmund nur, »dann gehst halt.«

Aber er bleibt noch bei ihr stehen und sieht sie mit einem seltsamen Blick an. Melli tut, als merke sie es nicht.

»Gefällt dir mein Hut?« fragt sie ihn schließlich, als er sich immer noch nicht rührt. »Ist sehr schöner Hut, nicht wahr? Macht mich auch gewissermaßen sehr kleidsam. Hab' ich von Lisa, den Hut, und noch hübsche Ledertasche von Lisa und Schuhe von Lisa, weil ich doch nix noch nicht hab' mir können anschaffen. Nun, was machst du für'n Gesicht?«

Edmund druckst herum. »Ich weiß nicht, Melli, ich schau' nicht auf Hut, ich seh' nicht auf Schuhe, ich seh' nur auf das Gesicht und auf das Herz, und das mag ich an dir, und hol's der Teufel, wenn ich das mit dem Herrn Schöps etwas früher gewußt hätte, dann hätt' ich ihm heute das Essen mit Schuhschmiere und Schwefelsäure serviert.«

Melli ist ganz fassungslos. Noch nie hat der Edmund so zu ihr gesprochen. »Ja, Eddi, Putzikam geliebtes. Bist du eifersüchtig?« Und als er nickt und irgend etwas Unverständliches knurrt, du umarmt sie ihn, der Hut mit dem Maiglöckchenstrauß rutscht dabei zur Seite und glückselig sagt sie: »Muß ich dir Bussi geben. Schuhschmiere und Schwefelsäure, das ist schönste Erklärung von Liebe, wo ich gehört habe. Aber hättest auch bissel früher so schön können reden, du Bamschabbel, du, hätte ich Herrn von Zimmer 10 lassen sausen. Nun muß ich sein punkterl halb sechs an Bushalte, und ist mir der ganze Spaß nur halb so lustig.«

Herr Waldemar Schöps ist ein munterer Fünfziger. Ein Geschäftsmann aus Frankfurt am Main. Er steht schon an der Haltestelle des Autobusses, und mit einem kleinen amüsierten Lächeln sieht er eine recht komisch aufgeputzte Person auf sich zukommen. In einem etwas altmodischen Seidenkleid, mit einem Hut, an dem ein viel zu großer Maiglöckchenstrauß wippt, stakst sie hochhackig einher. Herr Schöps bekommt einen leichten Schreck, wahrhaftig, das ist die »Kalte Mamsell«, die er ja nur in der kleidsamen Küchentracht kennt. Nun, macht nichts.

»Sieh da, sieh da, die Frau Melli«, begrüßt er sie mit etwas geschraubter Bonhomie. »Nun, dann auf zum fröhlichen Jagen.«

»Also, wenn Sie mit mir wollen zum Jagen, Herr Schöps, da werden wir nicht große Vergnügen haben, derweil meine Schuhe, wo ich mir habe gepumpt vom Büfettfräulein, sehr hübsch sind, aber leider zu klein. Jesus Maria, da kommt schon der Bus.«

Ja, der Autobus kommt und hält. Herr Schöps hilft der Melli galant beim Einsteigen, und dann fahren sie hinunter in die Stadt.

*

Ruth hat es geschafft. Ihre Fahnenflucht ist geglückt. Noch am Nachmittag, als die Kaffeeschlacht begann, hatte es so ausgesehen, als ob es ihr wieder nicht gelingen sollte, sich freizumachen. Aber da war Otto energisch gewesen. »Jetzt verschwinde hier endlich, du Tüte, und mach dir einen schönen Abend«, hatte er sie ermuntert, »wir schaffen's schon allein.«

So war sie also mit Jörgs offenem Sportwagen losgefahren. Zuerst über die Hochstraße bis zum Kurhaus Sand, wo man einen herrlichen Ausblick auf die ganze Rheinebene bis nach Straßburg hat. Dann war sie über den Mummelsee und Kniebis ins Murgtal weitergefahren, ziemlich planlos, ziellos, nur das wunderbare Gefühl genießend, einmal nicht für fremde Leute die Betten machen zu müssen, nicht nachzusehen, ob auch frische Handtücher im Zimmer sind und ob die Reserverolle von Klopapier auch da ist.

Hinter Schloß Eberstein wird es schon ziemlich dunkel. Ruth schaltet die Scheinwerfer ein und fährt langsamer. Allmählich macht sie sich auch in Gedanken so etwas wie ein Programm. Sie wird noch über Rastatt fahren, wo sie einen Kurzbesuch bei einer guten alten Freundin machen kann. Dann könnte sie über Baden-Baden zurückfahren, dort im Klubrestaurant etwas Gutes essen, vielleicht geht sie auch einmal wieder ins Kasino, oder sie wird ihren alten Freund Dr. Heinold anrufen, bei dem man immer nette und interessante Leute trifft – Künstler, Sportler, ein paar Originale. Nein, auf Abenteuer ist Ruth bestimmt nicht aus. Sie hat nur einfach einen Hunger nach Menschen, die über etwas anderes denken und reden als über Brutpflege der Forellen, über Zimmermädchenprobleme oder die Verteilung von Trinkgeldern.

*

Dunkle, hochragende Tannen zu beiden Seiten. Ruth fährt eine enge, kurvenreiche Waldstraße mit etwas Gefälle. Sie ist eine gute Fahrerin, und es macht ihr Freude, mit dem sportlichen Wagen rasant in die Kurven zu gehen. Gegenverkehr gibt es hier kaum. Aber hinter einer Biegung, etwa hundert Meter voraus, erfassen Ruths Scheinwerfer plötzlich am rechten Straßenrand einen großen hellen Wagen, der schräg zum Hang geneigt steht. Sie nimmt das Gas weg, und da springt auch schon eine riesige Männergestalt in den Lichtkegel und hebt den Arm, um sie zu stoppen.

Ruth bremst hart und kommt dicht bei dem anderen Wagen zum Stehen. Was ist? Ein Unfall?

Erschrocken sieht Ruth auf den Mann, der nun zu ihr an den Wagen tritt. Es ist ein Koloß, ein wahrer Berg von einem Menschen, und sein Anblick ist für eine alleinfahrende Dame auf einsamer Straße nicht gerade vertrauenerweckend. Ein dunkles Gesicht von zigeunerhaftem Ausehen, ein Raubtiergebiß, und als Ruth die Riesenhände sieht, die jetzt auf der Türkante ihres Wagens liegen, läuft ihr eine kleine Gänsehaut den Rükken hinunter. Fast an jedem Finger blitzen dicke Brillantringe, und am Handgelenk klirren mehrere goldene Armbänder übereinander. Fürwahr, eine seltsame Erscheinung.

Ein unheimliches Gefühl beschleicht Ruth. Am liebsten würde sie rasch Gas geben und die Flucht ergreifen. Andererseits hat dieser Kerl mit dem erschreckenden Äußeren in seiner offensichtlichen Hilflosigkeit etwas beinahe Rührendes. Mit einem flehenden Ausdruck sind seine Augen auf Ruth gerichtet, und mit einer heiseren, kehligen Stimme schildert er ihr in gebrochenem Deutsch seine Situation.

»Un petit accident! Verstehen? Ein kleiner Unfall. Parlez vou français, Madame?«

»Un peu, mais très mal«, gesteht Ruth etwas unsicher. »Tut mir leid.«

»Nun, macht nichts«, sagt das Ungeheuer und zeigt dann auf seinen Wagen. »La canalisation d'essence, hat gemacht knax. Bitte, mir helfen, Madame. J'étais si fatigué, gewest so müde. Gestern noch gewest in Marseille, dann immer nur gefahren Lyon – Zürich – Basel und nun gemacht kleine carambolage.«

Ja, wie soll Ruth ihm helfen? Der havarierte Wagen ist ein großer Cadillac. Offenbar ist der Mann übermüdet am Steuer eingeschlafen, und den Rumpler gegen den Hang hat die Achse übelgenommen. Auch die Benzinleitung ist gebrochen. Abschleppen kann Ruth den schweren Wagen nicht. Sie könnte höchstens unten in der Stadt eine Reparaturwerkstatt oder den Automobilclub verständigen. Aber am Samstagabend?

Mit einem Blick der Verzweiflung klammert sich der Riese wieder an Ruth.

»Bitte nicht allein wegfahren, Madame. Ma voiture, ich lassen hier, und vielleicht ich kann einsteigen bei Ihnen und mich mitnehmen zu nächste Garage. Combien de kilomètres jusqu'au prochain village?«

Der Mann hat sich anscheinend auch verfahren. Er weiß gar nicht, wo er ist.

»Die nächste Stadt ist Baden-Baden«, klärt Ruth ihn auf, »etwa zwölf Kilometer – douze kilomètres!«

»Oh, c'est bon. Wunderbar.« Der Fleischberg strahlt und faßt nach dem Türgriff. »Ich werde mich machen ganz klein. Und nicht Angst haben, Madame, ich bin Kavalier, nicht Angst haben.«

O Gott, was hab' ich mir da eingefangen, denkt Ruth mit einem abschätzenden Blick auf die Zweieinhalbzentnerfigur des Mannes. Aber was bleibt ihr übrig? Mit einem unterdrückten Seufzer öffnet sie die Wagentür, rutscht ganz weit nach links. »Also gut, bitte.«

Doch da hat der Unglücksmensch noch etwas auf dem Herzen. »Mais je ne suis pas seul. Ich bin nicht allein, Madame. Mon amie Irma, un moment, s'il vous plait.« Er läuft zu seinem Wagen zurück.

Ich werde wahnsinnig, denkt Ruth, wen schleppt er nun noch an? Sekundenlang kämpft sie mit der Versuchung, noch schnell das Weite zu suchen. Aber da ist er schon wieder zurück. Er hat nur das Standlicht seines Cadillac eingeschaltet, ein Köfferchen und noch etwas anderes herausgeholt, vorsichtig trägt er in einer Hand ein winzig kleines Hündchen, einen Zwerggriffon mit sanften Augen und einem rosa Schleifchen im Haar.

»Voilà! C'est Irma, Irma la Douce. Ist sie nicht süß? Oh, ma petite cherie. Sie ist Maskottchen für mich. Immer wenn ich kämpfe, auf alle Turniere ist ›Irma‹ dabei.«

Und die kleine Handvoll Hund zärtlich an seine gewaltige Brust drückend, quetscht er nun seine massige Figur auf den Vordersitz. Mit Schaudern denkt Ruth an die Wagenfedern und lächelt gequält. Gewiß, der kleine Hund ist entzückend, und wer so ein Tierchen liebt, dessen Herz sollte ohne Arg sein.

»Immer wenn Sie kämpfen, was kämpfen Sie denn?« wagt Ruth schließlich zu fragen.

»Oh, verzeihen«, sagt da der Koloß, »ich habe mich noch nicht vorgestellt. Ich bin Alphonse le Bébé. Man nennt mich den ›Schwarzen Würger‹.« Und als Ruth ihn noch immer mißtrauisch anblickt und nicht begreift, demonstriert er mit zähnefletschendem Lächeln ein paar bedrohliche Catchergriffe. »Catch as catch can. Jetzt verstehen?« und fügt sehr stolz hinzu: »Aber nicht gewöhnliche Catcher, ich bin le plus grand. Ich bin le roi des Catchers. Ich bin der Weltmeister.«

»Aha«, sagt Ruth ein wenig beklommen. Da hat sie also den »Schwarzen Würger« im Wagen. Ein entzückender Gedanke. Dann gibt sie Gas und fährt vorsichtig los.

Zwölf Kilometer im Porsche sind gar nichts. Aber für Ruth will diese Fahrt kein Ende nehmen. Sie hat sich am Steuer schon ganz eng, ganz schmal gemacht, aber das Menschengebirge neben ihr klemmt sie so fest ein, daß sie sich kaum rühren kann. Jede Kurve fährt sie nur noch im Schneckentempo, um nicht erdrückt zu werden. Und als einmal der Kopf ihres Mitfahrers besonders schwer gegen ihre Schulter sinkt, muß sie bei einem scheuen Seitenblick feststellen, daß der »Schwarze Würger« sanft entschlummert ist. Auch »Irma la Douce« hat die Augen geschlossen und schnarcht.

Scheint ein hübscher Abend zu werden, denkt Ruth im Weiterfahren. So ähnlich hat sie sich's vorgestellt. Den Besuch in Rastatt hat sie bereits abgeschrieben.

*

Gepflegte Salonmusik im Kasinorestaurant. Die Geige schluchzt das Lied der »Vieille Rose«. Diskret und unhörbar huschen die Kellner über die dicken Teppiche.

Herr Schöps läßt sich den Abend mit Melli etwas kosten. Das Kasinorestaurant ist an Vornehmheit nicht zu überbieten. Auf dem Tisch steht ein Kerzenleuchter mit brennenden Kerzen, und die Flasche »Kaiserstühler Auslese« im silbernen Kühler ist ein Spitzengewächs.

Der Melli wäre ein gutes Glas Bier allerdings ebenso lieb gewesen. Längst hat sie unter dem Tisch die engen Schuhe der Lisa von den schmerzenden Füßen gestreift. Und am liebsten würde sie auch ihren Hut absetzen, von dem sich das Maiblumenbukett schon im Autobus gelöst hat. Denn seit einer halben Stunde ist sie schon bei ihrem Lieblingsthema, erzählt temperamentvoll und mit sehr anschaulichen Gesten von Vorspeisen, Salaten, Soßen, Marinaden, Pasteten und interessiert, ja fast gebannt hört Herr Schöps ihr zu.

». . . also, dann nehm' ich Gelbes von vier Eier, a Schwupperl von Öl, schön verrührt mit Estragon und a Spitzel von Muskat, dazu a bisserl englisch Senfpulver, ja, und nun passens auf, jetzt kommt Geheimnis, was sind die Würzkräuter: Kerbel, Rosmarin, Liebstöckl und Basilikum. So. Inzwischen hab' ich in andere Schüssel die Marinad' fertig. Aus Rotwein, saurem Rahm, etwas Wacholder und Zwiebelringe. Nun nehm' ich das Fleisch, gespickt mit Nelken und Koriander.«

»Mit Koriander?« fragt Herr Schöps verwundert.

»Ja, mit Koriander«, sagt Melli noch einmal. Doch dann stockt ihr Redefluß plötzlich. Sie hat so ein komisches Gefühl.

»Warum erzähl' ich Ihnen das eigentlich? Sind's deshalb mit mir ausgegangen, damit ich Ihnen Rezept' aus meiner Kuchel sag'?«

»Wieso?« fragt Herr Schöps. »Mich interessiert das alles sehr, Frau Melli, aber nun sagen Sie mir doch bitte auch einmal: Was verdienen Sie eigentlich bei Herrn Buchner im ›Forellenhof‹?«

»Was ich verdiene? Warum wollens denn das wissen?« Melli schaut auf einmal sehr mißtrauisch in das clevere »businessman«-Gesicht des Herrn Schöps.

»Nun sagen Sie's schon«, dieser lacht. »Oder ist das auch ein Geheimnis?«

»Den Tarif krieg' ich halt, wie's einer ›Kalten Mamsell‹ zukommt«, antwortet sie zögernd, »und freie Station und Wohnung. Saisonzuschlag natürlichermaßen kommt noch dazu.«

»Hm.« Herr Schöps macht eine kleine Pause und trinkt einen Schluck Wein. Dann läßt er die Katze aus dem Sack. »Und wenn ich Ihnen nun dasselbe biete, und in jedem Monat noch zusätzlich eine Prämie von zweihundert Mark?«

»Sie mir?« Melli fällt aus allen Wolken. »Haben Sie etwa auch ein Hotel?«

»Nein«, sagt Herr Schöps, »ich habe kein Hotel. Aber ich habe in Frankfurt ein sehr gutgehendes Lokal. Das ›Mainschiffchen‹, mit einer wirklich sehr guten Küche. Aber Sie wissen ja, die Personalsorgen heute. Ich habe keine ›Kalte Mamsell‹, und mein Oberkoch hat gekündigt.«

Der Melli geht nun ein Licht auf. »Heißt also, Sie wollen mir machen, was man sagt Abwerbung?«

Enttäuscht schiebt sie ihr volles Weinglas zur Seite. »Nein, Herr Schöps, muß ich sagen, war sehr hübsch mit Ihnen, das Essen und alles, aber jetzt schmeckt mich der Wein schon nicht mehr sehr schön.«

*

Ruths düstere Ahnung ist eingetroffen. Da hat sie sich also einen freien Abend gemacht, nur um mit einem halbwilden Catcherkönig, der noch dazu alle fünf Minuten einschläft, sämtliche Reparaturwerkstätten abzuklappern. Denn wo sie auch hinfahren, überall ist Feierabend. Alles ist dunkel, geschlossen, kein Mensch ist aufzutreiben. Samstagabend.

Doch einmal haben sie sogar Glück. In der Werkstatt Kugler treffen sie noch den Besitzer an. Aber leider ist er ganz allein. Einen Abschleppdienst hat er auch nicht. Und selbst wenn ein Notdienst den Wagen heute noch von der Waldstraße herunterholen würde, vor Montag kann er bei einem Achsenschaden nicht mit der Reparatur anfangen.

Alphonse le Bébé ist verzweifelt. »Oh, diable! Quel malheur!« Er muß morgen abend in Köln sein. Ein großes Catcherturnier findet dort statt, und er steht unter Vertrag. Alphonse versucht es mit Geld. Er zieht aus der Brusttasche ein ganzes Bündel großer Banknoten und streckt es Herrn Kugler hin.

»Voilà! Nehmen Sie, ist egal, was kostet.«

»Stecken Sie doch Ihr Geld weg, Mann! Es geht nicht.«

Kugler, der schon beim Anblick der Brillantringe, der Armbänder und des kleinen Hündchens auf Bébés Arm ein sehr befremdetes Gesicht gemacht hatte, ist jetzt gänzlich überzeugt davon, einen Verrückten vor sich zu haben. Kopfschüttelnd sieht er Ruth an, die nur mit den Achseln zuckt. Sie ahnt schon, was ihr blüht. Sie wird ihren Supermann auch hier nicht loswerden, sie wird mit ihm weiter herumziehen müssen, wird mit ihm den Porsche zuschanden fahren, und der ganze Abend ist verpatzt.

Ob ich mich vielleicht doch noch aus dem Staub machen kann, denkt sie einen Augenblick. Sie versucht es. Vorsichtig tritt sie den Rückzug zu ihrem Wagen an, aber wieder ist es zu spät. Alphonse ist bereits mit Herrn Kugler einig geworden. Er wird morgen früh einen Leihwagen nach Köln bekommen. »Merci beaucoup, Monsieur, et jusqu'à demain.« Alphonse dreht sich nach Ruth um, sieht sie schon bei ihrem Wagen und voller Angst läuft er hinterher.

»Bitte, Madame, nicht wegfahren ohne mich. Bitte, nicht arme Bébé allein lassen in fremde Stadt. Ich brauchen ein Hotel. Je suis si fatigué. Ich muß doch schlafen.«

Jetzt kann ich dieses Riesenbaby auch noch ins Bett bringen, denkt Ruth und ergibt sich seufzend in ihr Schicksal.

»Also gut, steigen Sie ein.«

Und wieder quetschen sich die zweieinhalb Zentner in den kleinen Wagen, und mit dankbar strahlenden Augen sagt Bébé: »Madame, vous êtes un ange pour moi. Sie sind ein Engel. Ich danke Ihnen so viel.«

»Ja, ja«, sagt Ruth nur, und dann fährt sie los, um für Alphonse le Bébé ein Hotelzimmer zu suchen.

*

Es ist hoffnungslos. Bei den Reparaturwerkstätten hatten sie wenigstens bei der vierten schon viel Glück gehabt. Bei den Hotels sieht es viel schlimmer aus. In der Kurstadt Baden-Baden ist gerade der Internistenkongreß, da tagen die badischen Winzer, da treffen sich die internationalen Philatelisten. Alle zu gleicher Zeit. Nicht das kleinste Kämmerchen ist mehr zu haben. Ruth ist immer schon selber zu den Empfangschefs hineingegangen, weil sie fürchtete, daß man Alphonse le Bébé in seinem merkwürdigen Aufputz erst gar nicht hätte zu Wort kommen lassen. Aber auch sie kann nichts ausrichten, nun ist es schon das siebente oder achte Hotel, aus dem sie zu ihrem Wagen zurückkehrt.

Der Meistercatcher und »Irma la Douce« schlafen schon wieder fest. Ruth stößt Bébé etwas hart an, und erschrocken fährt dieser hoch.

»Alors?«

»Nix mit ›alors‹! Auch nichts frei«, sagt Ruth und zwängt sich wieder auf ihren Platz am Steuer. »Und jetzt will ich Ihnen mal etwas sagen, Monsieur. Noch ein halbes Dutzend Hotels, das stehe ich nicht mehr durch. Ich bin eine menschenfreundliche

Person, ich bin hilfsbereit und geduldig, ich will Sie jetzt auch nicht auf die Straße setzen, aber ob Sie nun müde sind oder nicht, ob Sie morgen als wilder Mann in Köln oder auf dem Mond auftreten, jetzt habe ich Hunger. Ich habe irrsinnigen Hunger! J'ai du faim incroyable! Je meurt de faim! Comprenez?«

Le Bébé hat nicht alles von Ruths Temperamentsausbruch verstanden, aber beim Wort Hunger hatten seine Augen auf einmal aufgeleuchtet.

»Mais oui, Madame, ja'ai du faim aussi! Ich habe auch große Hunger! Bitte, wollen wir gehen essen. Ich werde Sie inviter. Sie sind mein Gast. Und wenn wir haben gegessen, dann werde ich auch nicht mehr sein so sehr müde.«

»Nein, nein, nein«, protestiert Ruth. Sie will das nicht. Sie will mit dem Kerl nicht auch noch in ein Lokal gehen und sich dort mit ihm den Leuten zeigen.

»Mais, Madame, ich Sie so sehr bitten, je vous en prie. Ich sterbe vor Hunger auch. Bitte!«

Wenn dieser Bursche sie bloß nicht immer mit diesen hilflosflehenden Augen ansehen würde. Bei aller tierhaften Primitivität hat dieser »Schwarze Würger« einen naiven, fast kindlichen Charme. Eine Weile wehrt sich Ruth noch gegen seine Hartnäckigkeit. Dann gibt sie es auf.

»Also gut, gehn wir irgendwo essen.«

*

Melli und Herr Schöps sprechen schon längst nicht mehr über Salate und Marinaden. Eine Weile hatte der Herr aus Frankfurt noch mit allerlei Überredungskünsten versucht, Melli umzustimmen und für sich zu gewinnen. Aber sie war fest geblieben.

»Herr Schöps, wann ich einmal sag' nein, dann ist nein. Bin ich schon wie Kind im Haus bei Buchners im ›Forellenhof‹, und könnt' ich nicht bringen übers Herz, von da wegzugehen nur wegen bisserl mehr Geld.«

Und dann hatte Herr Schöps auch nicht mehr davon gesprochen. Es ist nun etwas stiller zwischen den beiden geworden. Die Melli sitzt etwas steifer am Tisch. Sie hat auch ihre Schuhe wieder angezogen. Herr Schöps hat den Rest der »Kaiserstühler Auslese« eingeschenkt, überschlägt in Gedanken die Rechnung, die er auf »verlorene Spesen« buchen wird, und das Gespräch quält sich etwas hin. Diese heißen Julitage. In Frankfurt soll auch schon Wassermangel herrschen. Ach? Nun, vielleicht gibt es dafür einen verregneten Herbst. Ja, vielleicht.

Doch auf einmal greift die Melli nach Herrn Schöps' Arm, packt ihn fest und starrt erschrocken zum Nebentisch.

»Jessas Maria! Die Frau Buchner mit dem leibhaftigen Gottseibeiuns!«

Herr Schöps dreht sich um. Tatsächlich, die Melli hat recht. Herr Schöps ist kein furchtsamer Mann, aber dem Kerl dort möchte er nicht einmal mittags auf der belebten Kaiserstraße in Frankfurt begegnen.

*

Ruth ist schon alles egal. Überall wo sie es versucht hatten, waren die Lokale überfüllt gewesen. Um einen freien Stuhl hätte man kämpfen, auf das Essen hätte man lange warten müssen. So hat sie also kurzentschlossen das elegante Kasinorestaurant angesteuert. Nun ist es ihr auch völlig gleichgültig, ob man sie hier für die Geliebte des »Schwarzen Würgers« hält oder für sein Kindermädchen oder auch für eine Verrückte, wenn sie nur etwas zu essen bekommt.

Der Oberkellner naht mit der Speisekarte. Als er Bébé ins Auge faßt, zuckt er leicht zusammen. Doch mit der geschulten Diskretion übersieht er taktvoll die acht Brillantringe, die Armbänder, den wilden Tscherkessenbart und »Irma la Douce«, die unter dem Rockaufschlag fest an Bébés Brust schläft.

»Die Herrschaften wünschen zu speisen?«

»Ja«, fleht Ruth ihn an, »und möglichst schnell, wenn es geht.« Sie will nach der Karte greifen, aber da hat Bébé sie schon in den Händen. Mit der Aussicht auf ein gutes Essen ist er plötzlich reichlich munter geworden . . .

»Bitte, Madame, und nun Sie müssen mir geben die Ehre. Wir werden essen und trinken und das Beste und Teuerste. Sie haben so viel für mich getan.« Er greift in die Brusttasche und legt einen neuen Packen gebündelter Hundertmarkscheine auf den Tisch. »Ich habe Geld. Ich habe sehr viel Geld. Ich bin eine reiche Mann. Sie müssen mir glauben.« Dann nimmt er Ruths

Hand und sagt mit einem bewundernden Blick: »Darf ich sagen, Madame, erst jetzt in Lichte ich sehe, wie schön Sie sind. Comme vous êtes belle! Oh, je vous adore.«

Geniert entzieht ihm Ruth die Hand. Noch immer steht der Oberkellner am Tisch und wartet.

»Jetzt seien Sie vernünftig, Bébé! Ich habe Hunger.«

Der energische Ton scheint ihn erschreckt zu haben.

»Bitte, nicht bös sein! Madame nicht dürfen bös mit mir sein. Alle Frauen – ich weiß nicht warum – immer vor mir haben Angst. Ich verstehen, ich bin stark, ich kann Ochse machen kaputt mit einem Schlag. Aber in Herzen bin ich sanft wie Taube, comme un bébé! Darum ich auch heißen Alphonse le Bébé.«

Der Oberkellner räuspert sich.

»Also, bestellen Sie, was Sie wollen«, sagt Ruth zu Bébé, »ich will nicht das Beste, nicht das Teuerste, ich will das Schnellste. Und dann möchte ich . . .«

Das Wort erstirbt ihr im Munde, sie hat am Nebentisch die Melli entdeckt. Ach, du Schreck, die »Kalte Mamsell« und der Herr Schöps von Zimmer 10.

Jetzt schauen sie herüber, grüßen etwas verlegen, betreten. Und Ruth weiß genau, morgen wird es im ganzen »Forellenhof« herum sein, daß die Frau Buchner mit einem Gorilla im Kasino war. Wer wird ihr das Abenteuer auf der Waldstraße glauben? Ruth sieht schon im Geiste Ottos ironisches Lächeln, Annas skeptischen Blick, hört Jörgs spöttische Bemerkungen und da kommt ihr ein rettender Gedanke. Warum soll sie eigentlich Alphonse le Bébé, dieses Weltwunder, ihrer Familie vorenthalten? Soll sie doch ruhig etwas teilhaben an diesem entzückenden Abend. Auch im »Forellenhof« wird heute kein Gastzimmer mehr frei sein, nun, dann muß eben Jörg sein Zimmer für eine Nacht hergeben oder Christa oder sonst wer.

»Bitte, Herr Ober, wo kann ich telefonieren?«

»An der Garderobe ist ein Automat, gnädige Frau.«

*

Die Spannung ist ungeheuer, in der Halle hat sich die ganze Familie zum Empfang aufgebaut. Sogar der Großvater ist noch nicht zu Bett gegangen. Ruths telefonische Ankündigung, sie bringe noch einen Herrn mit, der unbedingt im »Forellenhof«

schlafen müsse, hat allen ein Rätsel aufgegeben. Was ist das für ein Herr? Ein Bekannter, ein Freund?

»Die hat sich jemand angelacht«, sagt Jörg schnodderig, »ich kann's ihr nicht verdenken.«

»Bitte, Jörg«, sagt Anna in verweisendem Ton, »Ruth lacht sich keinen an.«

»Wann wollten die beiden denn kommen?« fragt Otto.

»Sie müßten eigentlich schon da sein«, antwortet Lottchen, die noch an der Rezeption zu tun hat, »aber ich habe ihr gleich gesagt, daß wir kein Zimmer mehr freihaben.«

»Na, und?«

»Da meinte sie, der Herr Jörg würde bestimmt so nett sein und für eine Nacht sein Bett hergeben.«

»Was, ich?« Jörg fährt herum. »Soll ich etwa im Heu schlafen?«

Draußen fährt ein Wagen vor, sportlich gebremst. Das sind sie.

Gespannt hängen aller Augen am Eingang. Als erste erscheint Ruth. Sie ist allein? Nein, sie hält nur die Tür auf. Hereingetrippelt kommt ein winzig kleines Hündchen mit rosa Schleifchen im Haar – »Irma la Douce«. Und dann ist er da. Die Tür faßt kaum die Fülle, das Raubtiergebiß bleckt, die Armbänder klirren. Voilà! Es ist wie ein Auftritt im Catcherring.

»Großer Gott, Tarzan auf der Durchreise«, murmelt Otto erschrocken. Anna faßt unwillkürlich nach seiner Hand, und Großvater glaubt, er habe einen schlechten Traum.

»Das ist Alphonse le Bébé, der ›Schwarze Würger‹«, kann Ruth noch vorstellen. »Er ist le plus grand. Der Weltmeister der Catcher. Er kann einen Ochsen mit einem Schlag töten. Und nun macht mit ihm, was ihr wollt. Ich kann nicht mehr. Ich will nicht mehr. Ich bin total erledigt.«

Und weg ist sie, flieht aus der Halle, flieht zum Büfett.

*

Kuni schleicht sich davon. Den Mann, der eben angekommen ist, den mag er nicht. Der riecht so unangenehm nach diesem Zeug, das ihm schon damals beim Tierarzt Dr. Schromm so sehr mißfiel. Nach Karbol, Äther und allen möglichen Medikamenten. Nein, damit soll man ihm vom Leibe bleiben.

Aber Kuni ist heute auch gar nicht gefragt. Der Besuch von Dr. Heck, dem langjährigen Hausarzt der Buchners, gilt dem Großvater. Diesmal hat es den alten Herrn doch etwas ernster erwischt. Die Beine wollen nicht mehr, der Kreislauf macht ihm zu schaffen. Durchblutungsstörungen und was sich sonst so einstellt, wenn man fast fünfundsiebzig Jahre alt wird. Er hat sich ja auch nie geschont. Das Stehen im kalten Wasser der Forellenteiche, die schweren Zigarren, der Wein, der Schnaps. Er müßte sich mal einer richtigen Kur unterziehen.

Aber Großvater Buchner geht es wie dem Kuni. Er kann Ärzte nicht ausstehen, und von den Fortschritten der modernen Medizin hält er verdammt wenig. Nie ist er in seinem Leben krank gewesen, und er ist nun der Meinung, seine urwüchsige Natur wird ihm auch diesmal wieder helfen. Medikamente, Tabletten, Spritzen, damit soll man ihm ja vom Leibe bleiben. Schon gestern hat er drohend angekündigt, dieser Dr. Heck sei ihm ein lieber Freund, solange er unten am Stammtisch beim Wein säße, aber wenn er an sein Bett käme, dann schmeiße er ihn achtkantig hinaus.

»Nun, so schlimm wird's nicht gleich werden. Im Notfall kann ich auch rabiat werden«, sagt Dr. Heck zu Otto, der ihn am Hoteleingang erwartet hat.

Aber es wird so schlimm. Als Dr. Heck zusammen mit Otto das Krankenzimmer betritt, ist Anna gerade dabei, eine Kräuterpackung für Großvaters schmerzende Knie anzufertigen. Nach einem eigenen Rezept des alten Herrn. Naturheilkunde ist das einzige, was er noch gelten läßt.

»Kann auch nichts schaden, Herr Buchner«, sagt Dr. Heck, den der Großvater schon sehr unwirsch empfangen hat, »nur in Ihrem Fall, bei einer so hartnäckigen Arthrosis, muß man schon andere Mittel anwenden. Nun liegen Sie einmal schön still, ich mache Ihnen jetzt eine Injektion.«

»Gehen Sie mit der Spritze weg«, poltert der Großvater sofort los und zieht die Bettdecke hoch bis zum Kinn. Anna redet ihm gut zu. »Sei doch net so eigensinnig, Vater. Der Doktor will dir doch nur helfen.«

»Das geht ganz schnell und tut überhaupt nicht weh, Herr Buchner«, sagt Dr. Heck und zieht die Spritze auf. Aber diesem Patienten ist er wirklich nicht gewachsen. Als er die Bettdecke aufheben will, da brüllt der Großvater gleich los:

»Otto! Schmeiß den Kerl 'raus! Der will mich schlachten und pökeln und frikassieren!«

Otto versucht es mit einem energischen Ton: »Jetzt hör mal zu, Vater, wenn du nicht vernünftig bist, dann stecke ich dich in ein Heim für schwererziehbare Kinder. Wir wollen doch alle nur, daß du schnell wieder auf die Beine kommst.«

»Dafür laß mich nur alleine sorgen«, grollt der alte Herr.

»Ja, mit deinen Kräuterkuren und 'nem Schnaps drauf!

Aber so wirst du's nicht schaffen. Ich kann dir nur sagen, ich kann mich um die Forellenteiche nicht kümmern. Und wenn du nicht bald wieder gesund wirst, werde ich die ganze Forellenzucht eben in andere Hände geben. Ich werde sie verpachten.«

Diese schreckliche Drohung verfehlt nicht ihre Wirkung. Mit zornrotem Kopf richtet sich der Großvater auf.

»Wenn du das tust, mein Junge, dann zünde ich dir das Haus überm Kopf an.«

»Fein, dann kommst du ins Gefängnis, und wir sind dich endlich los.«

»Mit fünfundsiebzig Jahren bin ich haftunfähig. Außerdem kriege ich mildernde Umstände.«

Wie zwei Hunde am Gartenzaun blaffen sie sich gegenseitig an. Aber nun weiß Otto auch nicht weiter. »Los, Doktor, geben Sie ihm 'ne Vollnarkose.«

»Nein«, sagt der, »Ihr Vater kriegt überhaupt nichts mehr von mir. Der sieht mich erst auf seiner Beerdigung wieder. Als Kranzspende bekommt er von mir Kamillen und Melisse. Und ich werde diesen Festtag unten am Stammtisch mit seinem Lieblingswein feiern.« Damit packt er seinen Spritzenkasten ein und wendet sich zum Gehen. »Und wenn er kurz vorm Abkratzen noch wimmert und vor Schmerzen schreit, daß Ihre Hotelgäste ausziehen, dann nehmen Sie 'n Holzhammer.«

»Raus mit euch! Alle 'raus«, schreit der Großvater und greift nach der Nachttischlampe wie nach einem Wurfgeschoß. »Und mein Frühstück will ich haben, aber sofort!«

Dr. Heck flüchtet, als fürchte er wirklich die Lampe ins Kreuz zu kriegen, und auch Otto nimmt nun Anna am Arm.

»Komm, dem ist nicht mehr zu helfen. Schick ihm das Frühstück 'rauf, ein Extrafrühstück mit Rattengift.«

Kaum sind sie draußen, hören sie hinter der Tür das triumphierende Lachen des Großvaters.

*

Otto bringt Dr. Heck noch zu seinem Wagen. Auch sie müssen nun lachen. Dieser kauzige Alte da oben im Bett ist halt ein Urviech und ein Original. Man muß ihn nur nehmen, wie er ist, und darf ihm nicht böse sein.

»Aber wenn's wirklich mal ganz ernst wird«, versichert Dr. Heck, »zu jeder Zeit, Herr Buchner, dann bin ich da. Ich laß meinen alten Saufkumpanen schon nicht im Stich.«

*

Unter den Sonnenschirmen auf der Terrasse finden sich die ersten Hausgäste zum Frühstück ein. Nach den letzten trüben Regentagen steht wieder ein blankgeputzter blauer Himmel über den Schwarzwaldbergen. Der Spätsommer verspricht noch eine Reihe von schönen Tagen.

Als Dr. Heck weg ist, geht Otto ins Haus zurück. In der Halle ist Lottchen an der Rezeption von Gästen umlagert, gibt Auskünfte über Ausflugsverbindungen, verkauft Postkarten, nimmt Dispositionen für das Mittagessen an. Aber als sie Otto sieht, läßt sie alles liegen und zieht den Chef in eine stille Ecke. Otto sieht schon an ihrem Gesicht – etwas Unangenehmes.

Es ist sogar etwas sehr Unangenehmes für einen Hotelbesitzer. Frau Dahlen von Zimmer 17 vermißt ein wertvolles goldenes Armband.

»Sie glaubt, sie hätte es gestern abend beim Händewaschen in der Gästetoilette im Obergeschoß liegenlassen«, sagt Lottchen. »Sie ist nicht ganz sicher, aber das Armband ist jedenfalls weg.«

Otto sieht Lottchen betroffen an und beißt sich auf die Lippen. Was ist nur in den letzten acht Tagen im Hause los? Neulich verschwindet im Restaurant das goldene Feuerzeug eines Gastes, dann vermißt die Frau Kalckreuth in der Kaminhalle plötzlich ihr Geldtäschchen, und nun das Armband von Frau Dahlen.

»Seit Jahren ist bei uns nichts mehr weggekommen, Lottchen. Jetzt diese Serie. Das ist doch kein Zufall mehr.«

Auch Lottchen hat keine Erklärung. »Ich habe Frau Dahlen jedenfalls gesagt, sie soll in ihrem Zimmer noch einmal alles genau nachsehen. Vielleicht findet sie's doch noch. Hat es nur verlegt.«

In Zimmer 17 sind sämtliche Schubfächer der Kommode aufgezogen, der Schrank steht offen, und aufgeregt und etwas kopflos sucht Frau Dahlen zwischen Wäsche, Toilettenartikeln, Handtaschen und Krimskrams ihr Armband.

Ihr Mann, Ludwig Dahlen, Druckereibesitzer aus Kassel, ist über diese Ungemütlichkeit nicht gerade erbaut. Eine Weile hat er mitgesucht, aber jetzt sitzt er nur noch, die Hände in den Taschen, mißmutig auf dem Bett und mault.

»Besinn dich doch erst mal, bevor du hier das ganze Mobiliar auseinandernimmst. Ich weiß immer, wo ich meinen Kram hinlege.«

»Ich kann mich genau erinnern, daß ich es gestern vor dem Abendessen hier aus diesem kleinen Lederetui herausgenommen habe. Dann war ich noch einmal kurz drüben im Waschraum, und dann . . .« Frau Dahlen endet mit einem hilflosen Achselzucken.

»Na ja, schusselig wie immer«, bemerkt Ludwig Dahlen, »möchte nur wissen, was du in deinem Hirn hast. Das wird jedenfalls mal wieder 'ne schöne teure Reise. Das Armband hat über achthundert Mark gekostet. Verstehe überhaupt nicht, weshalb ihr Frauen immer all eure Klunker abnehmen müßt, wenn ihr euch mal die Hände wascht. Das ist doch geradezu 'ne Aufforderung zum Diebstahl.«

»Bitte, Ludwig, mach mir jetzt nicht noch Vorwürfe«, wendet sich Frau Dahlen nun verzweifelt zu ihm um, »ich könnte heulen. Und du sitzt hier nur herum. Geh doch mal zu Herrn Buchner herunter, ein Hotel ist bestimmt versichert – gegen Verlust oder Diebstahl.«

»Ja«, sagt Herr Dahlen, »wenn Gäste ihren Schmuck oder Geld unten im Tresor abgeben oder wenn hier etwas aus dem Zimmer verschwindet. Aber wer so schlampig mit seinen Sachen umgeht wie du . . .«

»Du kannst doch wenigstens mal mit ihm reden.«

»Schön, ich werd's versuchen. Aber später. Erst will ich frühstücken.«

*

Rosi, das kleine, pummelige Zimmermädchen, wischt gerade die kleine Diele im Privattrakt der Buchners, als Anna das Frühstück für den Großvater heraufbringt. Sie hat es besonders reichlich anrichten lassen, um ihn zu versöhnen. Doch vor seiner Tür winkt sie lieber die Rosi heran und übergibt ihr das Tablett.

»Komm, bring du das dem alten Herrn. Mich mag er heut net mehr sehen.«

»Ist er wieder grantig?« fragt Rosi und stellt Eimer und Schrubber weg.

»Rausgefeuert hat er uns alle. Den Doktor auch. Und paß du auf, daß er dich net gleich mitfrißt«, sagt Anna lachend. Aber Rosi ist nicht bange. »Ich werd' schon mit ihm fertig, Chefin. Mich mag er«, sagt sie, geht dann in die Höhle des Löwen.

Doch kein Gebrüll empfängt sie, keine Lampe fliegt ihr an den Kopf, der Großvater strahlt direkt, als sie mit dem Tablett hereinkommt. »Rosi, du bist der erste vernünftige Mensch, den ich heute sehe. Komm, stell den Kram hin und hock dich her.«

»Ich hab' doch keine Zeit, Herr Buchner.«

»Hock dich her, hab' ich gesagt.«

Rosi setzt sich etwas schüchtern an den Bettrand, und nun stecken die beiden wie zwei Verschwörer die Köpfe zusammen und flüstern geheimnisvoll.

»Was ist nun? Hast du's bestellt?« fragt der Großvater.

»Ja«, Rosi nickt, »gestern abend noch. Er bringt zwei Fuhren, hat er gesagt, und ganz frisch. Aber wo er's abladen soll, läßt er noch fragen.«

»Herrgott, ich hab's doch gesagt. Hinterm Bruthaus, in den Holzverschlag, da soll's 'rein. Du mußt dann nur noch einmal mit dem Paul reden, mit dem Fischmeister, damit er auch dichthält. Denn wenn die hier im Haus davon hören, die meinen ja eh' schon, ich wär' nicht normal. Also, holst mich nachher ab, Rosi, ja?«

Rosi verspricht es. Wenn sie mit ihren Zimmern fertig und etwas Ruhe im Haus ist, wird sie kommen. – Dann geht sie wieder an ihre Arbeit.

*

Noch einer von der Familie Buchner liegt im Bett. Der Frühaufsteher Jörg ist heute nicht aus den Federn zu kriegen. Anna hat schon zweimal bei ihm hereingeschaut. Jetzt beim drittenmal hebt er wenigstens den Kopf etwas aus dem Kissen. Aber Jörg ist nicht krank. Er hat nur einen ganz ordinären Kater. Gaby Bentrup hatte eine ihrer berühmten Partys gegeben. Jörg war erst morgens gegen fünf Uhr mit einem Taxi nach Haus gekommen. So klar war er wenigstens noch gewesen, seinen Porsche stehen zu lassen und sich nicht in alkoholisiertem Zustand ans Steuer zu setzen.

»Glaub mir, Mama, ich hab' nur aus Wut so viel getrunken.«

»War's denn gar nicht nett?« fragt Anna und faßt etwas besorgt nach Jörgs Kopf.

»Nett? Eine richtige miese Gammelparty war das. Blödsinn, daß ich da überhaupt hingegangen bin. Ich hab' mich nur geärgert. Da waren denn auch noch ein paar Figuren, so arrogante Angeber, weißt du, genau von der Sorte, die ich nicht vertragen kann. Mit einem hab' ich mich auch gleich in der Wolle gehabt. Und als er frech wurde, hab' ich ihm eine geschmiert.«

Anna schüttelt den Kopf. »Muß eine reizende Party gewesen sein. Und die Gaby?«

Jörg schlägt die Bettdecke zurück, richtet sich mühsam auf und setzt sich auf die Bettkante.

»Die Gaby? Mit der hab' ich Stunk. Ist auch ganz gut so. Die ging mir in letzter Zeit schon verdammt auf die Nerven, tat immer so, als seien wir schon verheiratet. Spricht immer nur von unserem ›Forellenhof‹.«

»Du bist eben viel zu lange mit dem Mädel herumgezogen«, sagt Anna nun mit Vorwurf, »hast ihr den Kopf verdreht, wahrscheinlich Versprechungen gemacht, und nun . . .«

»Ich habe ihr gar keine Versprechungen gemacht«, unterbricht Jörg sofort, »und den Kopf verdreht, also da kann ich nur sagen, die hat sich selber ganz schön bei mir 'rangeschmissen. Klar, anbrennen lasse ich eine Suppe nicht, das weißt du.«

»Ja, leider. Du bist ein Hallodri, mein Junge. Nun sieh zu, wie du den Kopf wieder aus der Schlinge herausziehst.«

Jörg ist inzwischen aufgestanden. Er braucht bei Anna noch einen kleinen Halt, um richtig auf die Beine zu kommen, dann sagt er lächelnd: »Mach dir keine Sorgen, Mama, da gibt's gar keine Schlinge. Wie ist denn Christa überhaupt in die Schule gekommen?«

»Der Fritz hatte eine Lieferung ins Kurhaus, da hat er sie mitgenommen. Aber nun mach dich fertig, Junge. Laß dir unten einen guten Kaffee geben, und dann an die Arbeit.«

*

Die ganze Angelegenheit ist Otto sehr peinlich. Ein Armband im Werte von achthundert Mark ist schließlich ein ganz schöner Brocken. Aber wen soll man verdächtigen?

»Unser Personal, das sind alles alte erprobte Leute«, erklärt Otto Herrn Dahlen, der ihn nach dem Frühstück im Büro aufgesucht hat. »Die Zimmermädchen sind im dritten Jahr bei uns, der Hausdiener war schon bei meinem Vater auf dem ›Forellenhof‹, vom Küchenpersonal kommt überhaupt niemand in den Gästetrakt. Andererseits kann ich mir auch nicht vorstellen, daß jemand von unseren Gästen das Armband liegen sah und eingesteckt hat. Schön, Aschenbecher verschwinden schon mal, Speisekarten, nun ja, das sind harmlose Souvenirjäger, die auch manchmal eins von unseren hübschen kleinen Weinkrügerln mitnehmen, aber sonst? Ich will natürlich sofort meine Versicherung benachrichtigen. Aber es kann sein, daß sie dann eine kriminalpolizeiliche Untersuchung verlangen.«

Aber davon will Herr Dahlen nichts wissen. »Um Gottes willen, das möchte ich auf keinen Fall. Nee, nee, Herr Buchner. Das gibt dann hier einen furchtbaren Wirbel, und nachher sind wir schließlich noch die Blamierten. Ich kenn' doch die Frauen. Vor allem meine Frau. Vor einem halben Jahr zu Hause – sie hat so'n kleinen antiken Anhänger – hab' ich ihr mal aus Florenz mitgebracht, eines Tages ist er weg. Gestohlen, verloren, Aufregung, Nerven, Tränen. Was soll ich Ihnen sagen, drei Wochen später findet sich das Ding in einem ihrer Brillenetuis. Lassen wir das, Herr Buchner. Es lohnt nicht den Aufwand. Ich werde heute abend mal 'runter ins Kasino fahren. Zwei Stunden im Spielsaal, ein bißchen Roulette, mal etwas höher 'rangehen als sonst, und der Verlust ist vergessen.«

»Seien Sie vorsichtig, Herr Dahlen«, warnt Otto lächelnd, »Fortuna ist eine spröde Dame.«

»Ach was«, sagt Herr Dahlen leichthin, »mit Finale Zero, drei und fünf, dazu die letzten drei Transversalen, da kommt man immer gesund nach Hause. Und dann soll sie meinetwegen ein neues Armband kriegen, damit sie ruhig ist. Die Ehe ist ja doch nur ein einziger Zustand der Erpressung.«

»Na, na, na«, erwidert Otto, »da möchte ich doch sehr protestieren.«

»Oder sagen wir, eine Art von Roulette. Mancher setzt immer auf die falsche Zahl.«

»Dann habe ich Glück gehabt. Meine Zahl war ein ›plein‹.«

Als Herr Dahlen gegangen ist, läßt Otto seine Schwägerin Ruth und den Oberkellner Charlie ins Büro bitten. Auch Anna kommt noch dazu. Alle drei sind bestürzt, daß schon wieder etwas passiert ist.

»Jetzt wird's mir langsam unheimlich«, sagt Anna, »da geht doch einer um. Wir bekommen ja einen ganz schlechten Ruf.«

»Hast du einen Verdacht?« fragt Ruth ihren Schwager.

Otto hebt die Schulter. »Ich kann's mir einfach nicht vorstellen, daß wir unterm Personal einen faulen Fisch haben. Ich traue keinem etwas Derartiges zu. Aber nehmt euch trotzdem einmal eure Leute vor. Ruth, du die Zimmermädchen und die Bügelfrauen, und Sie, Charlie, die Kellnerjungen, das Büfettmädchen und die Kochlehrlinge. Ich will gar keine peinlichen Verhöre, aber vielleicht hat der eine was gesehen, der andere was gehört.«

»Nein, Chef«, sagt Charlie und schüttelt den Kopf, »dabei kommt nicht mehr heraus als unkontrollierbares Zeug, dumme Verdächtigungen und häßliche Quatschereien. Neulich zum Beispiel, als die Geldtasche von Frau Kalckreuth verschwand, da hat hinterher irgend jemand erzählt, eines von den Zimmermädchen, ich glaube, von der Doris war die Rede, die hätte am nächsten Tag Ausgang gehabt und wäre mit sehr viel Geld in der Tasche in die Stadt gefahren.«

Anna lacht auf. »Unsere Doris? Das ist doch Blödsinn.« Auch Ruth, die gerade mit Doris und der Rosi den ganzen Tag über Kontakt hat, schüttelt den Kopf. »Die Doris ist ein grundanständiges Mädchen. Für die leg' ich die Hand ins Feuer.«

Otto will nicht ganz so weit gehen. »Ich weiß nicht, ich weiß nicht, wenn mal so eine Versuchung an einen jungen Menschen herantritt, und er ist nicht ganz astrein . . .«

»Die Doris ist astrein«, sagt Anna jetzt sehr bestimmt. »Laßt uns lieber dafür sorgen, daß diese dumme Geschicht' net zu Mittag gleich allen Gästen als Nachtisch serviert wird.«

*

Da sagen die Leute, die Schriftstellerei sei ein geistiger Beruf. Haben die eine Ahnung. Sie ist ein einziger nervenzerreißender Abwehrkampf gegen eine feindliche Umwelt. Und Klaus Buchner scheint heute der Unterlegene zu sein. Seit vier Stunden sitzt er an der Schreibmaschine. Das Resultat sind drei brauchbare Sätze. Vielleicht sind es auch nur zwei. Aber der Papierkorb quillt über von zerrissenen und zerknüllten Manuskriptseiten, der Aschenbecher quillt über, nur das Gehirn quillt nicht – weder über noch überhaupt.

Es ist aber auch zum Wahnsinnigwerden. Auf der gegenüberliegenden Straßenseite hämmern drei Preßluftbohrer im Asphalt herum. Das Radio in der Wohnung unter ihm versorgt ihn mit Börsennachrichten und den letzten Wasserstandsmeldungen. Dreimal hat ihn schon das Telefon aus der Arbeit gerissen, der Vertreter einer Familienversicherung mit Sterbegeld, eine Firma, die ihm den perfektesten Waschautomaten der Welt anbot, der dritte Anruf war eine Fehlverbindung. Ja, und dann hatte er diese Person gegenüber auf dem Balkon entdeckt. Daß die sich gar nicht geniert, sich so ohne was in die Sonne zu legen. Dabei war nicht mal viel an ihr dran. Aber, verdammt, der Blick ging doch immer wieder hinüber.

Klaus spannt eine neue Seite in die Maschine, zündet sich eine Zigarette an und versucht sich zu konzentrieren. Ja, so könnte es gehen.

Mit neuem Mut beginnt er zu tippen. Schon steht die erste Zeile. Ein guter Satz. Klaus liest ihn noch einmal. Ja, er stimmt, er klingt, er ist brillant, er gefällt ihm. Beglückt wirft er den Wagen der Maschine für die nächste Zeile zurück, bums, fliegt dabei zugleich auch die danebenstehende Blumenvase um, und ein Wassersturz ergießt sich über den Schreibtisch mit den fertigen Seiten des Vortrages, den Notizen, den Entwürfen.

Erschrocken ist Klaus aufgesprungen. Schweinerei, verdammte! Rasch versucht er mit geschickten Händen die wichtigsten Papiere aus der Nässe zu fischen. Im nächsten Augenblick läßt ihn ein durchdringendes, gräßliches Pfeifen zusammenfahren. Der Wasserkessel. Richtig, er wollte sich ja einen Tee kochen.

Klaus saust in die Küche. Nur erst diese entsetzliche Sirene abstellen. Autsch! Das Pfeifen verstummt, aber dafür hat er sich die Finger an der Kesseltülle verbrüht. Nun schnell einen Wischlappen für das Blumenwasser. Da war mal einer zwischen den Geschirrbergen des Spültisches. Aber wo ist er? Klaus reißt ein Handtuch vom Haken und rennt wieder ins Zimmer zurück. Ist ja auch idiotisch, Blumen auf den Schreibtisch zu stellen. Als ob einem dabei mehr einfiele. Ach du lieber Gott, das Telefon steht auch unter Wasser. Schnell runter damit.

Zähneknirschend wischt Klaus die Schreibtischplatte trokken. Die Politur ist hin. Es ist zum Verzweifeln. Man sollte alles kurz und klein schlagen. Einen hübschen Mord begehen. Wozu hat er eigentlich geheiratet? Alles muß er selber machen. Eva geht frühmorgens los in ihre Hochschule, macht dort ihr bißchen Assistentenkram und kommt am Abend heiter und fröhlich nach Hause. Aber er, ein schöpferischer Geist, bereit, die Rätsel der Welt zu lösen, Ewigkeitswerte zu schaffen, er muß sich im Kleinkrieg mit den Tücken des Haushalts zerreiben.

Was ist nun mit dem Teewasser? Kocht es noch? Natürlich nicht. Klaus sucht die Teebüchse. Es gibt drei. In der ersten sind Gummiringe und Rabattmarken, in der zweiten alte Korken und Bindfäden, die dritte ist leer. Wütend feuert Klaus die kleine Blechdose in die Ecke. Es gibt also keinen Tee. Saustall.

Verbittert kehrt Klaus an seinen Schreibtisch zurück. Zwei geknickte Margeritenstengel liegen traurig neben dem Papierkorb. Ja, so ist auch ihm zumute. Jetzt hat er noch 'ne Brandblase am Zeigefinger. Wie soll er damit tippen? Klaus schaut aus dem Fenster. Auch die Person da drüben auf dem Balkon ist verschwunden. Eine Gemeinheit. Heulen könnte man. Und ein gebrochener Mensch setzt sich nun zum Telefon auf den Tisch, nimmt den Hörer und wählt.

»Tag, Lottchen. Hier ist Klaus, kann ich mal meine Mama sprechen?«

*

Lottchen hat das Gespräch in das Büro gelegt, und Anna ... man hat sie aus dem Magazin geholt ... nimmt noch etwas atemlos den Hörer.

»Ja, Kläuschen, mein Junge ...! Nur meine Stimme wolltest du hören? Was ist denn geschehen ...? Was für schreckliche Dinge? Nun sag schon ... Aber Kläuschen, das ist doch net so schlimm. Da gehst halt mit 'nem Poliertuch drüber, und dann ist nix mehr zu sehen.« Anna lächelt gerührt, doch bald wird ihr Gesicht ernst und besorgt ... »... was? Du hast auch nix zu essen? Aber das geht doch net. Das ist doch lächerlich. – Wann kommt denn Eva? ... Und dann will sie erst anfangen zu kochen? Also, das verstehe ich alles net. Du steckst doch so in der Arbeit, da kannst doch net auch noch den ganzen Haushalt machen? Das muß doch auch Eva begreifen ... Nein, ihr habt nur eine ganz falsche Einteilung. – Also, weißt was, ich setz' mich nachher in den Wagen und fahr' amal schnell zu dir 'rüber. – Nein, so geht's net weiter, Klaus! Also bis nachher. Servus!«

Otto ist noch während des Gesprächs ins Büro gekommen. Er sucht auf dem Schreibtisch seinen silbernen Kugelschreiber, denn da sind schnell ein paar Lieferscheine zu unterschreiben. Annas letzte Sätze hat er nur mit halbem Ohr gehört, und erst als sie einhängt, reagiert er etwas verstimmt.

»Findest du es richtig, daß du jetzt zu Klaus fährst? Da bist du doch wieder den halben Tag weg. Das Haus ist voll, wir haben hier so viel zu tun. Ich wollte mit dir nachher die Monatsaufstellung machen. Hast du nicht meinen silbernen Kugelschreiber gesehen?«

»Nein, hab' ich nicht gesehen«, sagt Anna. »Und was Klaus betrifft, der Junge ruft mich eben in seiner Not an. Er ist völlig verzweifelt. Da scheint alles schiefzugehen. Er kann nicht arbeiten. Er hat net amal was zu essen im Haus, sagt er.«

»Klaus ist jetzt verheiratet«, sagt Otto, während er weiter

nach seinem Kugelschreiber sucht, »und wenn seine Frau nicht dafür sorgt, daß er was zu essen hat, dann soll er sie übers Knie legen und anständig verhauen.«

»Das ist ja wohl auch kein Standpunkt«, erwidert Anna, schon etwas gereizt.

»Möglich. Aber eine wirksame Mathode.« Otto öffnet Schubladen, sucht, schiebt sie wieder zu. »Ich verstehe nicht, wo der Kugelschreiber hin ist. Ich möchte wetten, du hast ihn mir wieder verschleppt.«

»Ich habe ihn nicht verschleppt. Laß mich in Ruh' damit«, sagt Anna nun in schon schärferem Ton und fährt vorwurfsvoll fort: »Ich bin wirklich ein bisserl traurig, daß du für die Kinder so wenig Verantwortung fühlst. In so einer jungen Ehe macht man schon einmal Fehler. Da muß man halt helfend eingreifen.«

»Dummes Zeug«, sagt nun Otto, irritiert durch den verschwundenen Kugelschreiber und verärgert über Annas Lamentieren. »Klaus und Eva sind erwachsene Menschen. Sie werden ihre Erfahrungen machen und daraus lernen. Und das um so schneller und besser, je weniger wir uns darum kümmern.«

Der Kugelschreiber ist tatsächlich nicht zu finden. Otto reißt die Tür auf und ruft zur Rezeption hinüber: »Lottchen! Haben Sie vielleicht meinen großen silbernen Kugelschreiber?«

Nein, Lottchen hat ihn auch nicht.

»Zum Kotzen! Jetzt wird auch schon im Büro geklaut«, flucht Otto und knallt die Tür wieder zu. Anna zuckt nervös.

»Nimm dich ein bisserl zusammen, Otto. Ich habe auch Nerven«, sagt sie und macht nun schon ganz kleine, böse Augen. »Wir müssen mal über Klaus sprechen.«

»Herrgott noch mal, ich habe jetzt keinen Kopf dafür«, fängt Otto nun an laut zu werden, »ich finde es geradezu lächerlich, daß der Junge gleich nach seiner Mama schreit, wenn mal irgend etwas nicht gleich klappt. Klaus ist bereits abgenabelt. Gewöhne dich bitte an diesen Gedanken.«

Jetzt sagt Anna gar nichts mehr. Zwei Feinde blicken sich an. Dann steht sie auf.

»Du bist heute von einem hinreißenden Charme. Und wenn du anfängst zu brüllen, da geh' ich lieber. Mir langt's! Servus!«

Und ohne sich noch einmal umzusehen, verläßt sie das Büro,

sagt im Vorbeigehen zu Lottchen: »Ich bin heut' zum Essen net da. Sagens bitte dem Charlie Bescheid«, und verschwindet im Treppenhaus.

Eine Viertelstunde später ist sie bereits mit dem Wagen unterwegs. Neben ihr steht eine Riesentüte mit Brot, Konserven, Eiern, Kaffee und Obst. Ihr Mutterherz schlägt beklommen. Der arme Junge hat nichts zu essen. Sie versteht ihre Schwiegertochter nicht. Dafür muß doch eine Fau in erster Linie sorgen. Vielleicht ist Eva doch noch zu jung. Ob die beiden doch zu früh geheiratet haben? Sicher, ein paar Gewitter gibt's im ersten Ehejahr immer. Das klärt und reinigt oft die Atmosphäre. Aber manchmal ist das auch schon der Anfang vom Ende. Junge Leute, die leben sich so schnell wieder auseinander. Nun, ich werde mit ihnen reden, denkt Anna, ich werde mit ihnen beiden reden. Und ich werde ihnen helfen, die Krise zu überstehen.

Als sie die Ortschaft Oberbeuern hinter sich hat, sieht sie entfernt einen offenen roten Porsche auftauchen, der ihr sehr bekannt vorkommt. Er fährt sehr schnell an ihr vorbei. Jörgs Wagen! Am Steuer sitzt Gaby Bentrup. Ihr blonder Pferdeschwanz weht im Wind. Aha, die Schlinge, denkt Anna. Na, Jörg, dann halt die Ohren steif.

*

Gaby Bentrup stellt den Porsche auf dem Garagenhof ab und geht kokett mit wippenden Schritten auf das Hotel zu. Erstaunlich. Nach der nächtlichen Gammelparty sieht sie prächtig aus, wirkt frisch und appetitlich. In der Halle begegnet sie Otto.

»Tag, Herr Buchner, ich hab' Jörgs Wagen mitgebracht. Ich dachte, er braucht ihn vielleicht. Oder schläft er gar noch?«

»Nein, Jörg ist gerade im Büro«, antwortet Otto. »Gehen Sie nur 'rein, Gaby.«

Jörg sitzt über der Monatsaufstellung, die der Vater eigentlich mit der Mama machen wollte. Überrascht steht er auf, als Gaby selbstsicher, unbefangen, lächelnd hereinkommt.

»Na, du Raufbold? Ausgeschlafen von deinen Heldentaten?« Schon sitzt sie auf der Schreibtischkante, zieht sich Jörgs Kopf herum und gibt ihm einen Kuß. »Das hab' ich gern«, sagt sie dann mit lustigem Vorwurf, »meine Gäste verprügeln, sich vollaufen lassen, und wenn es anfängt lustig zu werden, dann bestellt sich der Herr ein Taxi und fährt ohne ein Wort zu sagen nach Hause. Ich hab' dir deinen Wagen gebracht. Ist das nicht nett von mir?«

»Ja, das ist sehr nett. Ich danke dir«, sagt Jörg etwas kühl und lehnt sich zurück.

Gaby horcht bei diesem Ton scharf auf. »Ich habe den Eindruck, du hast dich nicht sehr amüsiert.«

»Stimmt«, sagt Jörg und rückt etwas auf Distanz. »Ich bin weggefahren, weil mich das alles angewidert hat. Diese versnobten Playboys, die da herumturnten, diese öden Langweiler, die nur Whisky kippten.«

»Na, mein Lieber, du hast ganz hübsch mitgekippt«, erwidert Gaby.

»Gebe ich zu. Weil ich hoffte, all diese dummen Visagen dann etwas leichter ertragen zu können. Es ist mir trotzdem nicht gelungen.«

Gaby ist sehr enttäuscht. »Es tut mir leid, Jörg, dabei hab' ich die ganze Party – ich hab' sie doch nur deinetwegen gemacht.«

»Ich weiß es. Aber das hättest du lieber lassen sollen.«

»Wie meinst du das?« fragt Gaby verdutzt.

»Ich habe einfach keine Lust mehr zu solchem Quatsch«, erklärt nun Jörg bestimmt. »Wir sind hier noch mitten in der Saison. Ich habe ziemlich hart zu arbeiten, und diese verbummelten Nächte bei euch kann ich mir einfach nicht mehr leisten. Und dann, ich wollt's dir gestern schon sagen, aber du hattest auch so viel getrunken, und ich wollte nicht noch mit dir Krach haben.«

»Was wolltest du sagen?«

»Gaby, du hast ein paar sehr liebenswerte Eigenschaften, aber ist auch 'ne ganze Menge, was mir gar nicht paßt, was ich nicht vertrage, und was uns beide auseinanderbringt.«

Gabys lustiges Gesicht bekommt einen hochmütig-abweisenden Zug.

»Also, das erkläre mir doch bitte einmal genauer.«

»Gerne, wenn du's willst«, sagt Jörg, »aber nicht hier im Büro. Komm, gehen wir 'rauf zu mir.«

Damit klappt er seine Bücher zu, steht auf und schiebt Gaby

zur Tür. Das Mädchen ist auf einmal sehr still geworden. Wortlos geht sie neben Jörg die Treppe hinauf. Sie vermeidet dabei jede Berührung mit ihm.

Im zweiten Obergeschoß sind die Zimmermädchen noch tätig. Aber Jörgs Bude ist gerade fertig geworden. Die Rosi holt nur noch den Staubsauger und den Putzeimer heraus. Dann ist Jörg mit der Gaby allein.

Damenbesuch beim Junior. Rosi schüttelt mißbilligend den Kopf. Sie findet so etwas gar nicht passend, doch im Augenblick ist es ihr nur recht, wenn jetzt alle Buchners sehr beschäftigt sind. Erwischen darf man sie nicht.

Rasch stellt sie nun den Staubsauger und ihr Putzzeug in die Besenkammer und läuft dann eine Treppe tiefer zum Privattrakt der Buchners. Vor der Tür des Großvaters wirft sie noch einen sichernden Blick nach allen Seiten, dann klopft sie leise an und geht hinein.

»Komm, hilf mir aus dem Bett ’raus.«

Rosi faßt mit zu. Schön langsam, ganz so leicht ist es nicht, den alten Herrn auf die Beine zu bringen. Aber nun steht er, noch etwas wacklig und die Knie schmerzen.

»Ist die Tür zur Hintertreppe offen?«

»Ja«, sagt Rosi, »aber bei den steilen Stufen müssen Sie sehr aufpassen.«

»Wird schon gehen«, brummt der Großvater, »gib mir die Pantoffeln her.«

»Nein, damit fallen Sie.«

»Du sollst mir die Pantoffeln geben!«

Gut, er bekommt seine Pantoffeln. Dann versucht er sehr mühsam die ersten Schritte zur Tür.

»Meinen Hut brauche ich auch. So, und nun geh voraus.«

Rosi öffnet vorsichtig die Tür, schaut, ob auch niemand da ist, dann nimmt sie den Großvater bei der Hand, und etwas schwerfällig wackelt der alte Herr hinaus.

*

In Jörgs Zimmer ist die Stimmung recht frostig. Gaby hat inzwischen gemerkt, daß Jörg es mit der Trennung ernst meint.

». . . und jetzt willst du mich einfach abschieben. Sehr bequem machst du dir das, mein Lieber.«

»Ich will dich gar nicht abschieben«, sagt Jörg, »ich habe nur versucht, dir klarzumachen, daß ich in Zukunft meine Beziehung zu dir etwas lockern werde.

Schau mal, Gaby, im nächsten Frühjahr schickt mich mein Vater nach Amerika oder nach England. Für ein ganzes Jahr oder länger. Das gäbe sowieso einen Abschied, denn in der Zeit würdest du mir hier nur Hörner aufsetzen, daß mir die Augen tränen.«

Gaby sieht ihn etwas spöttisch an. »Ja, das wäre vermutlich drin. Du siehst, ich bin ganz ehrlich. Und wenn du vielleicht geglaubt hast, ich wäre sehr scharf darauf, hier irgendwann einmal Wirtin vom ›Forellenhof‹ zu werden, dann hast du dich geirrt. Für fremde Leute die Betten machen, sonntags am Kuchenbüfett stehen, keine Ferien haben, nie Urlaub. Nein, ich bin nicht verrückt. Ich will mein Leben genießen.«

Na also, dann wäre ja alles geklärt. Ohne Tränen, ohne Szene und ohne eine Schlinge. Jörg fühlt sich schon sehr viel wohler, und auch Gaby ist wieder von ihrer gewohnten Unbekümmertheit.

»Jetzt könntest du mir eigentlich etwas zu trinken geben«, schlägt sie vor. »Ich habe einen schrecklichen Brand von gestern.«

Jörg geht an seinen kleinen Barschrank. »Gerne, was möchtest du? Kognak-Soda, Wermut-Soda, ein Bier?«

»Nein, nur ein Soda«, sagt Gaby und fügt mit etwas ironischer Anspielung hinzu: »Das schmeckt so schön fad' zum Abschied.«

Jörg schenkt ihr ein Glas Sodawasser ein und sieht lächelnd zu, wie sie gierig trinkt.

*

Es ist kurz vor Mittag. Ruth ist in der Wäschekammer beim Aussortieren von Reparaturen. Es ist unheimlich, was ein vollbesetztes Hotel in einer Saison für einen Wäscheverschleiß hat. Und jetzt kommt Maria Fabricius aus dem Bügelzimmer noch mit einem großen Stoß von Bettbezügen dazu.

»Mit der Wäsche sind wir ja nun bald fertig«, sagt Maria, »was ist am Nachmittag, brauchst du mich noch sehr dringend im Haus?«

Ruth überlegt. »Nein«, sagt sie dann, »von mir aus nicht. Gardinen und Vorhänge wechseln wir erst morgen. Willst du weg?«

»Ja«, sagt Maria etwas bedrückt. »Eva hat mich vorhin angerufen. Aus der Hochschule. Aber bitte, sprich nicht darüber. Es war so etwas wie ein kleiner Hilferuf.«

»Nanu? Stimmt was nicht?«

»Ich weiß es nicht«, sagt Maria. »Aber ihre Stimme klang so unglücklich. Sie war in einer ganz schlechten Verfassung. Ich kann mir's ja vorstellen, die Flitterwochen sind vorbei, jetzt ist der Alltag eingezogen. Und ich fürchte, den beiden wächst alles etwas über den Kopf. Weder Klaus noch Eva haben leider beide einen großen Sinn für Ordnung.«

»Entschuldige mal«, wendet Ruth ein, »die kleine Wohnung . . .!«

»Gerade weil sie so klein ist. Eva ist den ganzen Tag über in der Hochschule. Sie will ihre Assistentenstelle noch nicht aufgeben. Klaus arbeitet zu Hause oft bis spät in die Nacht hinein. Er ist natürlich nervös und dann sicher auch oft ungerecht. Ich habe das Gefühl, die beiden machen sich gegenseitig verrückt. Und deshalb will ich nachher mal hin und versuchen, wenigstens in den Haushalt etwas Grund zu bringen. Du fährst nachher nicht zufällig in die Stadt?«

»Hatte ich eigentlich nicht vor«, sagt Ruth. »Sprich doch mal mit Otto.«

»Das möchte ich nicht. Otto und Anna, die haben hier im Augenblick so viel anderes um die Ohren. Da sollen sie sich nicht auch noch Sorgen um die Kinder machen. Nein, nein, dann fahre ich eben mit dem Autobus.«

Die beiden Frauen haben inzwischen die Wäschekörbe mit den Ausbesserungsarbeiten fertig gemacht und tragen sie in den ersten Stock hinunter. Hier kommt ihnen Christa entgegen, die gerade aus der Schule gekommen ist.«

»Wo ist denn Großvater?«

Ruth lacht. »Wo soll er sein? In seinem Zimmer, im Bett.«

»Nein, da ist er nicht«, sagt Christa. »Ich wollte ihm gerade einen Krankenbesuch machen. Mal fragen, wie's geht. Aber das Bett ist leer.«

»Dann wird er mal aufs Klo gegangen sein.«

»Ist er nicht. Da war ich auch schon.«

Zehn Minuten später sucht man im ganzen Haus den verschwundenen Großvater. Niemand hat gesehen, wie er sein Zimmer verließ. Es ist wirklich beunruhigend. Man weiß doch, wie klapprig er in letzter Zeit geworden ist. Sein Kreislauf, die Knie. Was macht der alte Herr wieder für Geschichten? Otto ist ganz nervös. Er telefoniert gerade mit dem Bruthaus bei den Fischteichen und hat den Paul an der Strippe . . .

»Nein, keine Ahnung. Ich sag' doch eben, das Bett ist leer! Natürlich ist er krank. Er konnte sich ja heute morgen gar nicht auf den Beinen halten. Also, ich versteh' das nicht. Aber wenn er nicht unten bei den Forellen ist, wo soll er dann sein? – Also, gebt mir Bescheid, wenn er bei euch auftaucht. – Doch, der macht solche Zicken! Dem ist alles zuzutrauen!«

*

Dabei brauchte man, um Großvater Buchner zu finden, nur der Nase nach zu gehen. Schon wenn man das große Hälterungsbassin, in dem die zweijährigen Forellen stehen, hinter sich hat, spürt man's oder besser, dann riecht man's. Einen sehr kräftigen Duft vom Lande. Dicht vor dem Bruthaus wird der Duft noch etwas stärker, noch frischer. Dann kommt der kleine Holzverschlag, verdeckt von den Holunderbüschen, und hier riecht's, nein, hier stinkt es ganz fürchterlich.

Zwei große Fuhren frischer Kuhmist liegen in dem Verschlag und mittendrin in der noch warmen, dampfenden Masse sitzt der Großvater bis zum Hals, eine dicke Zigarre im Mund. Sein Gesicht ist krebsrot, aber er lacht verschmitzt und scheint sich hier pudelwohl zu fühlen.

Ja, das ist eine Kur nach seiner Art. So machen es auch die alten Weinbauern im Rebland, wenn sie das Zipperlein plagt und die alten Scharniere klappern. Auch sie verachten Tabletten und Spritzen und halten sich dafür lieber an die Heilkraft der Natur.

Jetzt kommt Paul, der Fischmeister, vom Bruthaus.

»Der Chef hat eben angerufen, Herr Buchner. Ob ich nicht wüßte, wo Sie stecken.«

»Hoffentlich hast du's Maul gehalten.«

»Ehrensache. Ich verrat' doch nichts.« Paul sieht nach der Uhr. »Aber die halbe Stunde ist 'rum, Herr Buchner. Übertreiben Sie's nicht. Der Kuhmist muß doch auf der Haut wie Feuer brennen.«

»Tut er auch. Aber das ist ja gerad' die Heilkraft, Paul. Paß auf, da setz' ich mich heut' abend noch mal 'rein, dann morgen früh wieder, und so oft ich's vertragen kann.«

Paul rümpft die Nase. »Wenn's nur nicht so grausig stinken würde.«

»Drum rauch' ich ja auch meine Zigarre«, der Großvater lacht. »So, und nun nimm mal den Wasserschlauch, kannst mich gleich abspritzen.«

Und von Kopf bis Fuß mit der braunen Heilkraft bedeckt, rappelt sich der alte Herr hoch und steigt aus dem Verschlag.

*

Klaus schiebt gerade ein großes Stück Kalbsbraten in den Mund, da klingelt es. Die Mama ist da.

»Kläuschen! Mein Junge.«

Klaus macht ein überraschtes Gesicht. »Wo kommst du denn her? Entschuldige, ich kann dich nicht umarmen, ich hab' gerade Fettpfoten.«

»Aber ich hatt' dir doch gesagt, daß ich gleich komme«, sagt Anna.

»Das hab' ich nicht ernst genommen. War doch nicht nötig, daß du dich nun gleich auf die Beine machst.«

Anna ist über diesen Empfang etwas enttäuscht. Da hatte sie nun gedacht, hier als Retter bei einem Halbverhungerten zu erscheinen, und jetzt hat der Bengel Fettpfoten.

»Du warst doch so verzweifelt am Telefon.«

»Ach, das bin ich oft«, sagt Klaus mit lustigem Gesicht.

»Du hattest nichts zu essen.«

»Du siehst, ich hab' noch etwas Hübsches entdeckt«, Klaus lacht und fährt sich mit der Zunge über die fettigen Lippen. »Eva hatte mir ein Stück herrlichen Kalbsbraten und eine Schüssel Salat hingestellt. Ich Trottel hatte ihn nur nicht gefunden. Was hast denn da in der Tüte? Darf man mal sehen?«

»Nun ja, weil ich gedacht hab' . . .«, sagt Anna etwas kläglich.

Klaus sieht nun die Konserven, das Brot, die Eier, das Obst,

Schwarzwälder Speck. »Du lieber Gott, du bist rührend, Mama. Aber einen Tee hast wohl nicht zufällig dabei, oder?«

Nein, Tee ist nicht dabei. Und gerade den hätt' Klaus jetzt sehr gern gehabt.

»Und wie geht's mit der Arbeit?« fragt Anna, die sich nun in der kleinen Diele auszieht.

»Fein, Mama. Mir ist da was Wunderbares gelungen. Ich hab' fast ein ganzes Kapitel geschrieben.«

»Aber heute morgen hast du gesagt . . .«

»Ja, heut' morgen, da war auch der Teufel los. Du, ich war so fertig. Da passierten aber auch schreckliche Dinge.«

Anna wirft einen kurzen Blick durch die angelehnte Tür in die Küche. Ach, du meine Güte, wie sieht es denn hier aus?

»Also, da geh' ich gleich mal 'ran«, sagt Anna, »das ist ja ein fürchterlicher Dreck.« Und sie ist richtig beglückt, daß sie nun doch nicht ganz umsonst gekommen ist.

*

Herr Dahlen schwört, er hätte zu keinem anderen Gast etwas von dem verschwundenen Armband gesagt. Dann muß irgend jemand anders gequatscht haben. Jedenfalls haben schon zwei Damen darum gebeten, ihren Schmuck im Hoteltresor deponieren zu können. Es wird allmählich sehr peinlich. Otto und Jörg zerbrechen sich die Köpfe, wer wohl als Dieb in Frage kommen könnte.

Die beiden Kellnerlehrlinge, Walter und Jürgen, sind die einzigen, die im Obergeschoß mit dem Zimmerservice betraut sind. Beiden kann man so etwas nicht zutrauen. Jörg denkt einen Moment auch an Michel, den Kochkommis, den er vorm Jahr beim Forellendiebstahl erwischt hat. Aber der hat sich seitdem nie wieder etwas zuschulden kommen lassen. Und von den Gästen? Wer wohnt denn alles im Obergeschoß und benutzt den Waschraum der Gästetoilette? Zimmer 22, Dr. Worell, ein Arzt aus Heidelberg, Dozent an der Universität. Kommt wohl nicht in Frage. Im Zimmer 23, die Frau Gunzinger. Lächerlich! Die Gattin eines Ministerialrates aus Bonn. Zimmer 24 ist ein Doppelzimmer. Da logiert das Ehepaar Soetbeer. Ausgeschlossen . . .

Die Tür zum Büro fliegt auf, und Ruth stürzt herein . . . »Er ist da«, ruft sie lachend. »Er ist wieder da!«

»Wer?«

»Großvater. In seinem Bett.«

»Das ist doch nicht möglich?«

Alle drei laufen die Treppe hinauf in Großvaters Zimmer. Tatsächlich. Großvater ist da. Er liegt friedlich in seinem Bett, schaut verwundert auf und brummt:

»Na, kümmert ihr euch mal endlich um mich?«

»Vater! Wo bist du gewesen?« fragt Otto streng.

»Wo soll ich gewesen sein«, sagt der Großvater im harmlosesten Ton der Welt und lügt nun unverschämt. »Hier, in meinem Bett.«

»Erzähl uns doch nichts. Das Bett war leer. Wir haben dich überall gesucht.«

»Herrgott! Dann war ich eben – man wird doch noch mal aufs Klo gehen dürfen!«

»Da haben wir doch auch 'reingesehen«, sagt Ruth.

»Wir haben uns Sorgen um dich gemacht, Vater. Ich dachte, du wärst irgendwo zusammengebrochen und liegst nun . . .«

»Quatsch«, unterbricht ihn nun der alte Herr und fängt an zu poltern, »zum Donnerwetter, muß ich als alter Mann denn über jede Minute Rechenschaft ablegen? Also, wenn ihr's wissen wollt, ich war auf dem Schützenfest in Brühl. Heut abend mach' ich 'ne Radtour nach Freudenstadt, und morgen spiele ich in Eßlingen Fußball.«

Da verschlägt es Otto die Sprache. Kopfschüttelnd nimmt er Jörg und Ruth am Arm und sagt, sich zur Tür abwendend:

»Kommt, Kinder, es hat keinen Zweck. Ich ruf' jetzt den Metzger. Der soll ihn notschlachten.«

*

Anna steht mit aufgekrempelten Ärmeln und mit einer großen Schürze in der Küche und wäscht ab. Eine halbe Stunde arbeitet sie schon. Und immer noch türmt sich ein Berg von Tellern, Schüsseln und Töpfen und Pfannen.

»Ist mir einfach unbegreiflich, wie zwei einzelne Menschen so viel Geschirr schmutzig machen können«, ruft sie ins Wohnzimmer hinüber.

»Ja, dabei entwickeln Eva und ich ein rasantes Tempo«, sagt Klaus, der nun in die Küche kommt, ein Handtuch nimmt und der Mutter beim Abtrocknen helfen will.

Doch das mag Anna nicht. »Laß das, Kläuschen. Das mach' ich schon allein. Geh nur wieder an deine Arbeit.«

Klaus lacht. »An meine Arbeit? Mama, wie stellst du dir das vor? Glaubst du, ich kann da drin etwas schreiben, wenn du hier draußen herumwirtschaftest und weise mütterliche Reden hältst?«

»Ja, warum denn net?«

Klaus schüttelt den Kopf. »Du bist genau wie Eva. Wenn die abends nach Hause kommt und anfängt, hier zu räumen, zu putzen, zu kochen, dann sagt sie auch . . . ›Klaus, geh dichten. Kümmere dich nicht um mich. Ich mach' alles allein.‹ – Sie macht auch alles allein. Aber dabei erzählt sie mir dann, was es in der Hochschule gab, fängt plötzlich an zu singen, sehr hübsch zu singen, und ich sitz' da drüben, warte auf Einfälle, warte darauf, daß mir wunderbare Sätze aus dem Kopf in die Maschine fallen – es fallen aber keine. Denn wenn hier was Schnuckeliges kocht, und es riecht überall so gut, dann krieg' ich natürlich Hunger, und dann . . . Ja, glaubst du, daß ein Mensch dabei geistig arbeiten kann?«

»Also, ich koch' hier nix, und singen tu' ich auch net«, sagt Anna nun etwas verstimmt, »aber ich glaub' nun fast, ich störe dich nur. Da hab' ich mich abgehetzt, mir Sorgen und Gedanken gemacht, wie ich euch in dieser Krise helfen und beistehen kann.«

»Krise?« Klaus sieht seine Mutter verständnislos an. »Sag mal, wovon sprichst du eigentlich, Mama?«

»Nun, von eurer Ehe. So geht's doch net weiter mit euch. Ich mein', wenn ihr euch immer kracht.«

»Mama! Eva und ich, wir krachen uns nie. Wir sind zwei restlos glückliche Menschen. Wie kommst du nur darauf?«

»Nun ja, ich hab' gedacht, weil du mich doch so verzweifelt angerufen hst.«

Klaus lacht. »Ja, wie ich heut' morgen hier zwischen all den Fürchterlichkeiten saß, die Arbeit lief nicht, die Vase fiel um, die Pfoten hab' ich mir verbrannt, kein Tee war da . . . Ich wollt' ja nur von dir ein kleines Trostwort hören. Aber du hast mich gar nicht zu Worte kommen lassen, und hast dann gleich eingehängt.«

»Und weiter war nix?«

»Nein, weiter war nichts.«

Es klingelt an der Wohnungstür.

»Ein Vertreter für Babywäsche, Kindernahrung oder Aussteuerversicherung«, sagt Klaus. »Ich kenn' das schon. Im ersten Ehejahr laufen die einem die Bude ein. Man kann sich nicht retten.«

»Soll ich aufmachen?« fragt Anna.

Klaus ist schon an der Tür. Keine Babywäsche, keine Kindernahrung, kein Vertreter. Es ist Maria, seine Schwiegermutter, im Arm eine Riesentüte mit Konserven, Brot, Eiern, Obst.

»Entschuldige, Klaus, daß ich hier so unangemeldet 'reinplatze. Du hast sicher zu arbeiten, aber ich muß unbedingt mit dir sprechen.«

Als sie in der Diele Tüte und Pakete ablegt, sieht sie Anna in der Küche.

»Was? Du bist auch hier?« ruft sie überrascht. »Wenn ich das gewußt hätte. Da sitz' ich in dem gräßlichen, überfüllten Autobus.«

Klaus sieht zunächst noch wortlos von einer Mutter zur anderen. Dann kommt ihm ein fürchterlicher Verdacht . . .

»Sag mal«, fragt er Maria mißtrauisch, »bist du etwa auch hergekommen, um eine gefährdete Ehe zu retten?«

»Klaus«, sprudelt Maria gleich los, »ich weiß nicht, ob ich etwas retten kann. Aber ich will jedenfalls versuchen, euch über die Krise hinwegzuhelfen – mit Rat und meiner Erfahrung, mit all meinen Kräften. Du darfst es Eva nicht so schwer machen, Klaus. Sie ist noch jung, sie ist auch zart, und sie ist durch ihren Beruf schon so beansprucht . . .«

Klaus starrt Maria an, blickt dann zu Anna hinüber. Nun versteht er überhaupt nichts mehr. Ja, sind denn die beiden verrückt geworden? Von was für einer Krise reden die immer?

»Hat Eva sich vielleicht bei dir beklagt?« stellt Klaus nun seine Schwiegermutter zur Rede.

»Das nicht gerade«, sagt Maria ausweichend, »aber als sie heute anrief, da schien sie mir doch sehr unglücklich zu sein.«

»Unglücklich, worüber?«

»Das weiß ich nicht. Aber ich hatte ganz den Eindruck, daß

sie – vielleicht lag es auch mehr in ihrem Ton. Ich kenn' doch Eva. Da hab' ich gleich gedacht, bei euch muß einfach etwas nicht stimmen. Ja, und deshalb bin ich nun hier.«

Klaus sagt gar nichts darauf. Aber er tut etwas. Er dreht sich kurz um, geht ins Wohnzimmer zum Schreibtisch, nimmt das Telefon und wählt.

Gespannt, beinahe ängstlich sind ihm beide Mütter gefolgt. Was hat er vor?

Im Institut der Hochschule meldet sich das Sekretariat. »Hier ist Buchner«, sagt Klaus barsch, »kann ich meine Frau sprechen?« In seiner Stimme ist ein gefährlicher Ton. Beunruhigt sehen sich die Mütter an. Dann ist Eva am Apparat.

»Evamäuschen«, begrüßt Klaus sie im zärtlichsten Ton, »hör mal zu, mein Schatz, hast du viel zu tun? Das ist fein. Dann bin ich in einer Viertelstunde bei dir und hol' dich ab. Ich dachte, wir machen uns einen schönen Tag, fahren ein bißchen 'raus, essen im ›Parkschlößchen‹ was Hübsches, gehen dann vielleicht noch ins Kino. – Na, wunderbar. Eva, ich liebe dich sehr! – Du hast auch Sehnsucht? Wie schön. – Doch, hier ist alles in bester Ordnung. Ich habe gerade zwei Putzfrauen hier, die machen das schon. – Also, bis gleich! Kuß! Noch einen Kuß! Wiedersehen.«

Dann legt er den Hörer auf, genießt kurz die Verblüffung auf den Gesichtern von Anna und Maria, und er sagt sehr von oben herab:

»So, meine Damen, und nun mal 'n bißchen flott. Das Geschirr, der Staub, die ganze Unordnung. Ich möchte die Fenster geputzt haben, die Türen müssen geseift werden, und bitte das Badezimmer nicht vergessen. Und wenn Sie zwischendurch vielleicht einen Tee zur Ermunterung brauchen, Tee ist nicht im Hause. Kognak ist da. Na, Sie wissen ja hier Bescheid. Wiedersehen.«

Damit geht er grinsend an den beiden Frauen vorbei zur Diele, nimmt dort seinen Hut und verschwindet aus der Wohnung.

*

Klaus und Eva sitzen an einem Tisch, dicht an der steinernen Brüstung unter einer Pergola. In den Gläsern perlt ein junger, herber Wein.

Es ist ein zauberhafter Abend geworden. Zuerst die Fahrt im offenen Wagen durch die kleinen verträumten Nester der Weinstraße. Auf der Burgruine Windeck hatten sie gegessen, und nun nehmen sie im »Parkschlößchen« den Satteltrunk. Von der großen offenen Terrasse aus hat man einen weiten Blick über die sanft abfallenden Wiesen zum Rhein hinüber. Langsam fällt schon die Dämmerung ein.

Lange Zeit hat keiner der beiden etwas gesagt. Nun bricht Eva mit einem kleinen Lachen das Schweigen. »Unsere armen Mütter. Ob sie wohl immer noch putzen und schrubben und waschen?«

»Also, mir tun sie so gar nicht leid«, sagt Klaus. »Auf diese Weise werden sie am schnellsten davon kuriert, uns ständig mit guten Ratschlägen zu traktieren. Du, die beiden haben sich doch ernsthaft eingebildet, unsere Ehe wäre schon total zerrüttet.«

»Es ist ja wohl auch keine richtige Ehe, die wir führen.«

»Nanu?«

»Ich komme mir immer noch vor wie dein Verhältnis«, Eva lacht in sich hinein und schmiegt sich an ihren Mann.

»Das ist wunderbar. So soll's auch bleiben«, sagt Klaus beruhigt und drückt sie fest an sich. »Übrigens, Mutter hat mich gefragt, ob wir immer noch beide zusammen auf der einen Couch schlafen.«

»Hält sie's für unpassend? Wir haben doch gar keinen Platz, ein zweites Bett zu stellen.«

»Eben, und deshalb meinte sie wohl, wir sollten uns doch einmal nach einer größeren Wohnung umsehen.«

Eine größere Wohnung. Auch Eva hat im stillen schon oft daran gedacht. Gewiß, dann wird das Leben gleich sehr viel teurer. Sie hängt auch an Klaus' alter Junggesellenbude, in der es mit ihnen begann.

»Vielleicht sind wir auch eines Tages mal zu dritt, Klaus.«

Klaus sucht etwas erschrocken ihren Blick. Doch als sie leise verneinend den Kopf schüttelt, sagt er rasch:

»Nein, nein, Eva, daran möchte ich noch gar nicht denken. Dazu muß ich erst weiter sein, reifer, vernünftiger.«

»Dann also nie«, stellt Eva lachend fest.

»Weißt du, ich habe einfach noch nicht den Mut, so einer Miniaturausgabe von mir in die Augen zu sehen.«

»Wer weiß, vielleicht wird es eine Neuauflage von mir?«

»Das wäre noch schlimmer«, sagt Klaus. »Mit zwei so bezaubernden Geschöpfen um mich, dann käme ich ja überhaupt nicht mehr zur Arbeit.«

Eva küßt ihn zärtlich auf die Nasenspitze. »Danke schön für das bezaubernde Kompliment, Herr Buchner.«

»Bitte schön, Frau Buchner.«

Und dann schweigen sie wieder. Zwei junge Menschen, zwei sehr glückliche Menschen in inniger Vertrautheit und Zärtlichkeit. In der Rheinebene ist es nun ganz dunkel geworden. Überall blitzen neue Lichter auf, und die vielen kleinen Ortschaften sind wie Sterninseln in einem dunklen Meer.

*

Spät, sehr spät sind Anna und Maria zum »Forellenhof« zurückgekehrt. Zwei müde, völlig erschöpfte Frauen, zweifelnd an der Gerechtigkeit und sehr enttäuscht von ihrem Kreuzzeug mütterlicher Sorge.

Kreuzlahm und kleinlaut ist Maria sofort in ihrem Zimmer verschwunden, und nun liegt auch Anna endlich im Bett. Otto blinzelt zu ihr hinüber.

»Na, wie war's?«

Anna rührt sich noch nicht. Sie hat den kleinen Krach vom Vormittag noch nicht ganz vergessen, obwohl sie jetzt zugeben müßte, daß Otto mit seiner Warnung nur allzu recht gehabt hat. Aber dann hält sie's nicht länger aus und sagt: »Ich kann dir nur sagen, Otto, ein Hotel mit vierzig Betten zu führen, mit Restaurant und Kaffeeterrasse, ist ein Kinderspiel gegen das Ausmisten einer Einzimmerwohnung von zwei moralisch und sittlich völlig verkommenen Menschen im ersten Ehejahr! Maria und ich, wir haben noch nie so geschuftet in unserem Leben!«

Otto lacht leise und etwas schadenfroh in sein Kissen.

»Und die Kinder? Ich meine, habt ihr die Ehe nun glücklich gerettet?«

»Ach, geh weg«, berichtet nun Anna mit komischer Übertreibung, »zwei ganz durchtriebene Geschöpfe sind das. Da kommt man dort an, voller Angst, malt sich in Gedanken schon Katastrophen aus, hat alles parat, den mütterlichen Trost, den

Seelenkitt und die Adresse des besten Scheidungsanwalts und nix ist. Gar nix. Nur Liebe, Friede, holde Eintracht und ein fürchterlicher Dreck. Ach, Liebling«, Anna dreht sich nun zu Otto und kuschelt sich eng an ihn, »ich glaube, du hattest ganz recht, die beiden sind inzwischen ziemlich erwachsen. Sehr große Sorgen brauchen wir uns um die nicht zu machen.«

Dann fragt sie nach den Ereignissen im Hause. »Hast wenigstens deinen silbernen Kugelschreiber wiedergefunden?«

»Nee«, sagt Otto. »Und das verschwundene Armband hat sich auch nicht wiedergefunden.«

Merkwürdig und sehr beunruhigend. Ob man nicht doch vielleicht die Kriminalpolizei verständigt? Auch Otto hat schon daran gedacht.

»Wie geht's denn Vater?« will Anna nun wissen.

»Hör auf mit dem. Der macht grad' 'ne Radtour nach Freudenstadt.«

*

Ein neuer Tag ist angebrochen. Der Morgen ist empfindlich kühl. Über den Forellenteichen hängt ein leichter Dunstschleier.

Die Hotelgäste liegen noch im tiefen Schlaf. Auch vom Personal ist noch niemand zu sehen. Nur hinter dem Bruthaus sieht man einen alten Mann mit Hut und dampfender Zigarre auf den kleinen Verschlag zugehen. Wenig später hängen dort Hose, Hemd und Strickweste über den Holzsparren. Großvater Buchner unterzieht sich wieder seiner »Kur«. Sie bekommt ihm prächtig.

»Ob du's glaubst oder nicht«, sagt er zum Paul, der gerade den Wasserschlauch wieder anschließt. »Dreimal im Kuhmist gesessen, und ich hab' das Gefühl, ich kann bald wieder Bäume ausreißen. Ich geh' doch viel besser. Die Knie tun nicht mehr so weh, und auch der Wein schmeckt schon wieder.«

Als Paul ihn nach der Halbstundensitzung mit dem kalten Wasserstrahl abspritzt, schnappt er allerdings ziemlich nach Luft. Aber das muß durchgestanden werden. Die Kaltwassergüsse gehören ja auch zur Therapie.

Brrr. Großvater Buchner schüttelt sich. Das tat wieder gut. Und nun schnell hinein in die Hose, denn der schwierigste Teil kommt ja erst – ungesehen ins Haus und in das Bett zurückzukehren.

Nein, ich bild' mir's nicht ein, denkt Großvater, als er den Fußweg zum Hotel zurückstapft, ich gehe wirklich leichter. Jetzt muß er nur noch über den Garagenhof kommen. Aber dort, kurz vor der Einfahrt – und zu spät, um ihm auszuweichen – sieht er seinen Sohn Otto.

»Hab' ich dich endlich erwischt! Wo kommst du her?«

»Das geht dich 'n Dreck an, du Lausbub«, brummt der alte Herr ärgerlich. »Was hast du überhaupt schon so früh hier zu suchen? Du stehst doch sonst nicht so zeitig auf.«

»Da brauchte ich mich auch noch nicht um meinen verrückten, kranken Vater zu kümmern.«

»Bitte, vielleicht bin ich verrückt. Aber krank bin ich jedenfalls nicht mehr«, blafft der Großvater Otto an. »Du siehst ja, wie ich laufen kann. Und hier«, er angelt sich mit dem Fuß eine leere Konservendose, die gerade im Weg liegt, und feuert sie mit einem gelungenen Kick in die Gegend. »Hast gesehen? Das war 'n Elfmeter.«

Otto staunt. Der Alte ist nicht wiederzuerkennen.

»Mal im Ernst, Vater, was treibst du? Was machst du hier?«

»Was ich mache? Ich mach' 'ne Kur.« Widerwillig und barsch gibt es der Großvater nun zu. Und als Otto ihn verblüfft ansieht, fügt er hinzu: »Aber eine, die ich mir selbst verordnet habe. Und bei der's gar nicht schaden tät', wenn du deine Nase mal sehr tief hineinstecken würdest. Glaubst du, dein Doktor hätt' mich so schnell wieder auf die Beine gekriegt?«

»Was ist das für 'ne Kur?« fragt Otto, der nun doch neugierig geworden ist.

»Geh 'runter zum Bruthaus und frag den Paul. Jetzt kann er dir's ja sagen.«

Und mit einer lustigen Grimasse läßt der alte Herr nun seinen Sohn stehen und geht auf das Haus zu. Otto sieht ihm kopfschüttelnd nach. Dann macht er sich auf und geht in Richtung der Teiche weiter.

*

Im Hotel wird's lebendig. Lottchen hat ihren Posten an der Rezeption bereits bezogen. Die ersten Gäste erscheinen, haben Fragen und Wünsche, kleinere und größere Sorgen. Auch zwei Abreisen gibt es schon zu früher Stunde. Zimmer 4 und Zimmer 11 werden frei. Wo ist der Chef? Otto pflegt sich persönlich von seinen Gästen zu verabschieden. Auch Charlie fragt nach dem Chef. Er braucht ihn für die neue Tischordnung im Restaurant. Jörg sucht den Vater. Überall ruft man nach dem Chef.

»Ich weiß nicht, wo er steckt«, sagt Lottchen, »ich habe ihn heute noch gar nicht gesehen.«

*

Es ist ein Glück, daß Lottchen den Chef nicht sehen kann. Sie hätte ihren Augen gar nicht getraut. Sie hätte an eine Sinnestäuschung geglaubt. Denn Otto Buchner, der Herr vom »Forellenhof«, ein gutaussehender, eleganter Weltmann, ein aufgeklärter Geist unseres fortschrittlichen Jahrhunderts, sitzt genau an der gleichen Stelle, wo vor einer Stunde sein Vater saß, bis zum Hals in einer Packung duftenden Kuhmists.

Freilich, zuerst hatte es ihn davor gegraust, da hineinzusteigen. Aber wer weiß, vielleicht hilft es wirklich, hatte er dann gedacht. In letzter Zeit plagt auch ihn ein oft schmerzhaftes Ziehen im Kreuz. Ist's Rheuma, sind's die Bandscheiben oder gar schon Alterserscheinungen? Sollte man's da nicht auch einmal probieren?

Wirklich, schon nach ein paar Minuten empfindet Otto das leichte Brennen und Prickeln auf der Haut ganz angenehm. Schließlich gibt es ja auch Moorbäder und Lehmpackungen. Die Farbe ist die gleiche. Und letzten Endes kommt es doch nur auf den Erfolg an.

»Paul, Menschenskind, das ist 'ne großartige Sache!«

»Ihr Vater schwört drauf«, sagt Paul schmunzelnd und zündet dem Chef die Zigarre an. »Wollen wir für die nächsten Tage noch mal zwei Fuhren bestellen?«

»Ja, das machen wir«, sagt Otto, »aber das Maul halten. Wenn's meine Frau erfährt, läßt sie sich scheiden.«

*

Als Anna, die heute etwas länger geschlafen hat, in das Büro hinunterkommt, liegt ein angenehmer, frischer Lavendelduft im Raum. Sicher ist sicher, hatte Otto gedacht, als er von den Teichen zurückkam, und hatte das Zimmerspray in Tätigkeit gesetzt.

»War so'n aufdringlicher Küchengeruch hier, weißt du. Das mag ich nicht sehr«, erklärt Otto. »Gut geschlafen, mein Schatz?«

»Wunderbar«, sagt Anna. »Nur einen Muskelkater hab' ich von gestern. Als Putzfrau bin ich halt doch net mehr im Training. Gibt's was Neues? Was ist heut' verloren, verschwunden, gestohlen?«

»Bitte, mach keine Witze. Mein Bedarf ist gedeckt. Was hast du jetzt vor?«

»Viel Treppensteigen«, sagt Anna. »Ich muß den Etagenbestand aufnehmen. Ich hoffe, der Muskelkater vergeht dabei.« Dann nimmt sie die Kontrollbücher und geht in die oberen Stockwerke.

Auf dem Flur der ersten Etage ist das Zimmermädchen Doris beim Staubsaugen. Die meisten Gastzimmer sind noch besetzt. Das Ehepaar Soetbeer von Zimmer 24 frühstückt noch. Dr. Worell in Nr. 20 will noch baden. Aber Zimmer 23 wird jetzt frei.

Frau Gunzinger macht sich in ihrer nervösen, verhuschten Art für den Morgenspaziergang fertig. Schon dreimal hat sie die Doris nach dem Wetter gefragt. Dann konnte sie sich nicht entscheiden, den Regenschirm oder den Regenmantel mitzunehmen, und als sie nun endlich zur Tür hinaus ist, entdeckt Doris auf der Kommode ein paar große Geldscheine, auch Silbergeld, und in einer flachen Schale liegen einige wertvolle Schmuckstücke und eine Perlenkette.

Doris kann Frau Gunzinger noch zurückrufen: »Gnädige Frau, Sie haben Ihren Schmuck vergessen! Und da liegt auch noch Geld.«

»Lassen Sie's doch liegen, Kind«, sagt Frau Gunzinger beinahe belustigt, »was soll ich jetzt mit dem Schmuck? Das Geld, ja, geben Sie's her. Das werd' ich einstecken.«

»Und den Schmuck schließen Sie bitte weg, Frau Gunzinger«, sagt Doris noch, »es ist mir unangenehm. Ich räume hier allein auf, und wenn . . .«

Aber die verschusselte Frau Gunzinger winkt nur ab und ist schon wieder fast aus der Tür.

»Wer kommt denn hier schon 'rein, Fräulein Doris? Ist nicht so wichtig. Wiedersehen.«

Achselzuckend schaut Doris ihr nach. Eine komische Frau. Bei der weiß man nie, woran man ist. Dann macht sie sich an die Arbeit. Sie räumt zuerst das Frühstücksgeschirr zusammen, schlägt dann den Teppich auf, holt den Staubsauger herein. Doch sooft sie an der Kommode vorbeigeht, bleibt ihr Blick an den Schmucksachen hängen, an einer sehr schönen goldenen Anstecknadel, an einem Paar Clips mit echten Steinen und an der doppelten Perlenkette. Diese ist ein besonders schönes Stück. Nie werde ich so etwas tragen, denkt Doris. Träumen tut man davon, aber . . . Und dann, beim Staubwischen, als sie die kleine Schale mit dem Schmuck aufheben muß, da kann sie dann doch nicht mehr widerstehen. Nur einmal damit vor den Spiegel treten.

Doris horcht zur Tür, niemand kommt. Da greift sie zur Kette, läßt sie bewundernd durch die Finger gleiten und . . . Doris stößt einen leichten Schrei aus, die Kette reißt oder war schon zerrissen, alle Perlen fallen ihr einzeln aus der Hand, auf die Kommode, auf den Fußboden, kullern unters Bett, hinter den Schrank.

Zu Tode erschrocken starrt Doris auf den kleinen Rest von Perlen, der in ihrer Hand geblieben ist. Was denn nun? Nur rasch wieder alles aufsammeln. Sie hockt sich auf den Boden, sucht . . . findet hier eine, dort zwei . . . aber wie viele fehlen noch? Zwanzig . . . dreißig?

Und zu ihrem Entsetzen hört sie gerade jetzt auf dem Etagenflur die Stimme der Chefin rufen: »Doris!«

Angstvoll schaut das Mädchen zur Tür. Ihr Herz klopft. Soll sie antworten? Es ist schon zu spät. Anna steht bereits in der Tür und sieht überrascht auf die am Boden hockende Doris.

»Was machst du denn da?«

Ja, nun hilft nichts. Unter Tränen gesteht Doris, was geschehen ist.

»Aber die Kette muß schon vorher kaputt gewesen sein, Chefin. Ich hatte sie kaum in der Hand.«

»Sag mal, bist du net recht bei Trost, Mädel? Wer hat dir erlaubt, in Gästezimmern herumliegende Wertsachen anzurühren?« Anna ist sehr böse. »Als ob wir net grad' genug Ärger mit Schmuck von Gästen hätten. Ich kann dir nur sagen, jedes andere Zimmermädel – ich würd's auf der Stelle entlassen.«

Wie ein begossener Pudel steht die Doris nun da und heult.

»Hör auf zu heulen. Rühr dich gefälligst«, fährt Anna sie hart an. »Sieh zu, daß du alles wieder aufklaubst. Wieviel waren es denn?«

»Weiß ich nicht.«

»Und wo sind sie hingerollt?«

Anna hat inzwischen ein paar der Perlen prüfend angesehen. Sie versteht etwas davon. »Jesus Maria«, sagt sie, »das sind echte Perlen. Das ist ein Vermögen. Wenn davon nur eine fehlt . . .«

Und nun suchen sie beide. Sie heben den Tisch hoch, rücken den Schrank ab, die Kommode. Doris hat wieder ein paar Perlen unter dem Bett gefunden. Anna zählt, es war eine doppelte Reihe, na, da fehlt noch eine ganze Menge. Ihr Blick fällt auf die untere Schublade der Kommode. Einen Spalt weit steht diese offen. Auch da könnten Perlen hineingerollt sein. Für einen kurzen Moment verspürt Anna eine Hemmung, die Schublade ganz aufzuziehen. Aber dann tut sie es doch. Zusammengelegte Wäsche ist darin, ein paar Pullis. Annas Hände schieben die Wäsche beiseite, fühlen, tasten – und wirklich. Sie hat eine Perle gefunden. Dann sind sicher auch noch mehr darin. Noch haben Annas Hände nicht den Boden der Schublade erreicht. Jetzt ist da ein Bogen Papier mit einem größeren Pappdeckel. Anna nimmt ihn auf, und da liegen . . .

»Großer Gott, Doris! Komm mal her!«

Entgeistert starrt Anna in die Schublade. Auf dem Pappdekkel liegen, säuberlich geordnet, geradezu mit Sorgfalt ausgerichtet ein goldenes Armband, ein goldenes Feuerzeug, ein Geldtäschchen, zwei Hotellöffel mit der Gravierung »Forellenhof«, eine Puderdose - ja, auch Ottos silberner Kugelschreiber liegt da, und jedes Stück trägt ein kleines Anhängeschild mit daraufgekritzelter Bemerkung.

Fassungslos sieht Anna auf all die Dinge, die in den letzten zehn Tagen im Hotel verschwunden sind. Sie nimmt den Kugelschreiber zur Hand und entziffert den Zettel:

»17.8., 9.15 Uhr, Hotelbüro. Schwierigkeitsgrad III.«

Anna schaut die Doris an. »Ist denn so etwas möglich? Das ist doch eine Verrückte, eine Kleptomanin.«

»Bestimmt«, sagt Doris. »Ich hab' schon immer gedacht, die Frau Gunzinger, die kann nicht normal sein.«

*

Schon am Nachmittag des nächsten Tages ist Herr Gunzinger aus Bonn auf dem »Forellenhof«, um seine Frau abzuholen. Otto hatte ihn telefonisch erreichen können, und nun sitzt er sehr verzweifelt Anna und Otto im Büro gegenüber. Ein trauriger Fall. Vor ihm auf dem Schreibtisch steht noch der Pappdeckel mit den gestohlenen Gegenständen, und mit einem kummervollen Blick sieht Herr Gunzinger auf die Sammlung.

»Genau wie vor drei Jahren. Eine krankhafte Veranlagung, und eine schreckliche Belastung für meine Frau und – Sie werden es verstehen – besonders für mich. Ich bin Beamter im Bundesministerium, wir leben in ausgezeichneten Verhältnissen und ich liebe meine Frau. Das ist ein Rückfall, mit dem keiner mehr gerechnet hat, Herr Buchner. In den letzten drei Jahren ist nicht das geringste mehr vorgefallen. Sie war damals in einer Heilanstalt in psychiatrischer Behandlung. Bitte, hier sind die Unterlagen der Klinik.« Er schiebt Otto und Anna einige Gutachten und ärztliche Zeugnisse zu, die er mitgebracht hat. »Meine Frau ist nicht kriminell. Es ist einfach eine unheilvolle, krankhafte Neigung.«

Herr Gunzinger zeigt nun auf die Anhängerzettel der einzelnen Gegenstände. »Sie sehen ja, bei allem auch noch dieser geradezu sportliche Ehrgeiz, sich sozusagen eine Trophäensammlung anzulegen, zu registrieren, nach Schwierigkeitsgrad zu klassifizieren. Dabei handelt sie überhaupt nicht im Bewußtsein, etwas Unerlaubtes zu tun.«

Bei allem Verständnis und bei allem Mitgefühl, es ist eine scheußliche Situation, in die Frau Gunzinger nun Otto als Hotelbesitzer gebracht hat.

»Sie werden es begreifen, Herr Gunzinger«, sagt Otto, »der ›Forellenhof‹ ist ein erstes Hotel. Und ich bin meinen Gästen gegenüber in eine peinliche Lage gekommen.«

»Ja, ich weiß, Herr Buchner. Ich bin Ihnen ja auch so dankbar, daß Sie mich gleich verständigt haben. Und glauben Sie mir, wenn ich nicht ebenso wie die Ärzte überzeugt gewesen wäre, daß sie geheilt sei, ich hätte sie ja auch nie allen reisen lassen. Natürlich, wenn Sie auf Strafverfolgung bestehen – so schmerzlich es für mich wäre, ich kann Sie nicht hindern.«

Otto wehrt sofort ab. »Um Gottes willen – nein, Herr Gunzinger, da haben Sie nichts von mir zu befürchten. Der Fall liegt doch klar. Die Sachen werden den Eigentümern zurückgegeben. Ein materieller Schaden ist ja nicht entstanden.«

Dankbar nimmt Herr Gunzinger Ottos Erklärung entgegen und versichert ihm: »Glauben Sie mir, Herr Buchner, bei diesem Krankheitsbild würde auch kein Richter meine Frau in den Strafvollzug schicken. Da kann nur wieder ein Arzt helfen. Und Ihnen gegenüber kann ich mich nur tief entschuldigen.«

*

Noch am gleichen Abend reisen Gunzingers ab. Eine fröhlich plappernde Frau, die schon längst vergessen hat, daß man ihr ihr Spielzeug wegnahm, an der Seite ihres Mannes. Auf seinem ernsten Gesicht kann man lesen, daß er wieder eine Hoffnung begraben hat.

Der tragische Ausklang von zehn Ferientagen auf dem »Forellenhof«. Doch Anna und Otto atmen auf. Auf dem Personal liegt kein Schatten eines Verdachtes mehr. Man kann den Leuten wieder in die Augen sehen.

*

Kuni ist empört. Wer hat denn erlaubt, daß hier am frühen Morgen schon so ein Lärm gemacht werden darf? Als Hund muß man auf dem »Forellenhof« bis neun Uhr morgens auf das Bellen verzichten, damit die Gäste ausschlafen können. Aber diese fremden Leute in den grünen Röcken und mit den gelben Messinghörnern dürfen schon in aller Herrgottsfrühe einen Krach machen, daß einem die Hundeohren schmerzen.

Kuni ist vergeßlich geworden. Sonst müßte er sich daran erinnern, daß diese Grünröcke mit den blitzenden Waldhörnern in jedem Jahr einmal auf der Hotelterrasse ihre fröhliche Jagdmusik erklingen lassen. Und daß dieser Tag immer besonders gefeiert wird. Es ist Großvaters Geburtstag, und heute wird er fünfundsiebzig Jahre alt.

Inmitten seiner ganzen Buchnerfamilie steht nun der alte Herr mit dem schlohweißen Haarkranz auf dem Mittelbalkon des ersten Stocks und schaut gerührt auf den Bläserchor der Jägermeister herunter. Alles alte, vertraute Gesichter guter Freunde, mit denen er am Stammtisch schon so manchen Liter Badener Wein getrunken hat. Der Großvater zählt sie: ... acht – zehn – zwölf – ein Dutzend. Und während die romantischen Waldhornklänge über die Schwarzwaldhänge hinweggehen, sagt er nun sehr nachdenklich zu seinem Sohn Otto: »Zwölfe sind's noch. Siehst du, daran merk' ich, daß ich alt werd'. Bei meinem siebzigsten Geburtstag waren es noch fünfzehn. Nun ist der alte Dengelmann aus Gaggenau tot, der Forstmeister Kleinschmidt lebt nicht mehr, der Häuser hat sich davongemacht. Es wird leerer um einen alten Mann wie mich.«

Aber so trübe Gedanken halten sich heute nicht lange. Nach den Glückwünschen seiner Familie rückt das ganze Personal vom »Forellenhof« an, um dem Großvater zu gratulieren, die Hausgäste, die zur Nachsaison noch die letzten schönen Herbsttage genießen, ehren den Patriarchen der alten Hotellierfamilie, und dann muß sich der Großvater in der überfüllten Schwarzwaldstube im Kreise der Jägermeister feiern lassen.

Die Melli hat auf Holztellern Riesenportionen mit Schinken, Wurst und Käste angerichtet, Lisa bringt die Weinkrüge herbei, und dann kommt der Augenblick, den der Großvater schon lange gefürchtet hat – die Festreden. Aber sein Freund, der Oberforstmeister Kinzinger macht es wohltuend kurz.

»Wir wissen ja, lieber Fritz Buchner, daß du kein Freund großer Ehrungen und Feierlichkeiten bist. Aber wir wollten doch den heutigen Tag nicht vorübergehen lassen, ohne dir unsere Glückwünsche zu überbringen – in der alten Verbundenheit, mit der der Forst, das Waidwerk und deine Forellenzucht zusammengehören. Und weil wir uns von Zeit zu Zeit immer noch gern an eurem Stammtisch zusammenfinden, so haben wir euch ein kleines Geschenk mitgebracht, das euch vielleicht etwas Freude machen wird.«

Während Kinzingers Rede hat ein anderer Forstmeister inzwischen das Geschenk ausgepackt, das nun dem Großvater übergeben wird. Es ist ein kunstvoll und originell gearbeiteter Stammtischständer mit einem silbernen Ring, an dem drei stilisierte Forellen hängen. Ein schönes und sinnvolles Geschenk. Großvater Buchner strahlt. Drei silberne Forellen, Symbole des Glücks für die drei Buchnergenerationen.

Neuer Wein kommt an die Tische. Ein Rundgesang klingt auf, und immer noch muß der Großvater Hände schütteln, sich auf die Schulter klopfen lassen, das Glas heben und danken.

*

Die Post könnte heute fast einen Sonderdienst zum »Forellenhof« bereitstellen. Ganze Wagenladungen von Briefen, Telegrammen und Paketen kommen für den Großvater an. Und dann die Blumen. Sein Zimmer im ersten Stock ist schon überfüllt, und auch das Büro sieht fast wie eine Blumenhalle aus.

Wieder ist ein Postauto vorgefahren, und Ruth schleppt zusammen mit dem Fahrer Stöße von Briefen ins Haus. Glückwünsche aus allen Teilen Deutschlands, von Hotelierkollegen, von offiziellen Stellen, Verbänden, Vereinen, Genossenschaften und von vielen treuen Stammgästen des »Forellenhofs«.

»Dann hätt' ich auch noch einen Einschreibbrief da für eine Frau Melli Czepanek«, sagt der Postbamte.

»Das ist unsere ›Kalte Mamsell‹«, sagt Anna, »den geben S' ihr mal gleich selber in der Küche.«

Nun kommen auch die telefonischen Glückwünsche. Der Klappenschrank an der Rezeption läuft warm, und Lottchen hat gar nicht so viel Hände, um alle Gespräche zu stöpseln. Der Anschluß in der Schwarzwaldstube ist dauernd besetzt.

*

In der Küche laufen neben dem üblichen Frühstücksbetrieb schon die Vorarbeiten für das Mittagessen an. Edmund, der Chefkoch, hat wieder Ärger mit den Spültischen. »Wenn der Chef nicht nach Saisonschluß neue Abflüsse legen läßt, dann streike ich.«

Plötzlich ertönt ein Jubelschrei hinter ihm, die Melli fliegt ihm entgegen und wedelt mit einem Brief in der Hand. In ihrer Aufregung purzeln ihr die Worte nur so heraus:

»Eddi, Eddi, schau dir an! Hat sich Brief soeben gekommen, mit eingeschrieben, aus Tschechoslowaka! Nun lies doch!«

»Ja, glaubst, ich kann Tschechisch lesen, du Zwetschgendatschi?«

»Nun, sehr gut i kann auch nicht, aber genügt«, sagt Melli, und dann liest sie und übersetzt radebrechend den Text des Briefes:

»Fängt an mit Kopf, wo steht ›Kommissariat von Volksdemokratische Republik Tschechoslowaka‹. Und siehst du, jetzt kommt, daß der Franzek Czepanek, was ist mein Mann, der bamschabbelige Hallodri, daß er will wieder heiraten. Und soll ich mich sofort beantworten, daß ich bin einverstanden, und er kann wieder machen wie vorher.«

Edmund starrt sie an. Noch begreift er nicht so schnell, denn er hat noch seine Spültische im Kopf. Aber dann hat er erfaßt, das heißt also, Mellis Ehe kann gelöst werden, und dann könnten sie doch endlich heiraten.

»Ja, mein Eddi«, die Melli lacht, fällt ihm um den Hals, reißt ihm die Mütze vom Kopf und wirft sie in die Luft. »Jetzt kriegst du doch noch die böhmische Buchtel. Oder willst du nicht mehr?«

Nichts möchte der Edmund lieber. Darauf hat er das ganze letzte halbe Jahr hindurch doch nur gewartet.

Die ganze Küchenmannschaft läuft nun zusammen und freut sich mit den beiden. Der Chefkoch und die »Kalte Mamsell« heiraten. Und dann läuft die Melli, immer noch mit dem Glücksbrief in der Hand, in ihrer Freude gleich zu Anna ins Büro. »Wird sich Chefin auch große Freude haben über Nachricht.«

Natürlich freut sich Anna mit der Melli, daß nun alles in Ordnung kommt. Schließlich hat sie mit Otto zusammen ja selber ein paar Schreiben in dieser Angelegenheit nach Prag geschickt. Nur eine Sorge hat sie, wenn der Edmund und die Melli heiraten: Werden sie wohl auf dem »Forellenhof« bleiben?

»Chefin«, sagt da die Melli ganz entsetzt, »wie können Sie denken? Hab ich gemacht mein Glück auf ›Forellenhof‹, und wann Sie mich und den Edmund nicht werden vor Tür setzen, bleiben wir bis Ende von Leben.«

Und ganz aufgelöst in ihrer Freude läuft sie zurück, allen Gästen möchte sie es am liebsten mitteilen, und als sie Otto und dem Großvater begegnet, die nach dem Aufbruch der Jägerrunde aus der Schwarzwaldstube kommen, da umarmt sie beide, und Otto bekommt ein Bussi. »Heiraten werd' ich, Chef! Hier in Brief steht's geschrieben, ganz amtlicherseits und gestempelt von Kommissariat.« Doch dann schrickt sie zusammen. »Jesses-Maria, hab' ich ganz vergessen auf meinen Mohnstrudel in Ofen«, ruft sie aus und rennt davon.

*

Die Jäger haben sich verabschiedet. Auf der Terrasse haben sie noch zum Schluß ein »Halali« geblasen, nun ist es verklungen.

Otto geht mit dem Großvater durch die Halle, und am liebsten möchte der alte Herr nun allen Feierlichkeiten entrinnen und zu seinen Forellen flüchten. Er kann sich vorstellen, wie es im Büro aussieht. Schon beim Anblick seines Zimmers hatte er in der Frühe geschimpft. Die vielen Blumen, die brennenden Kerzen, wie in einem Krematorium sähe es da aus.

»Du mußt wenigstens die Post durchsehen, Vater«, bittet ihn nun Otto, »es sind auch so viele Pakete gekommen.«

Nur sehr widerstrebend läßt sich der Großvater schließlich in das Büro mitschleppen. Na ja, genauso hatte er es sich vorgestellt. Berge von Blumen, Berge von Post. Ganze Waggonladungen müssen da gekommen sein. Rührend, gewiß, aber doch sehr anstrengend.

Otto und Anna helfen dem Vater. Sie öffnen zuerst die Telegramme, Otto liest sie vor und übergibt sie dann dem Großvater, der im Schreibtischsessel sitzt.

»Allerherzlichste Glückwünsche zum Fünfundsiebzigsten. Die Direktion der Kurverwaltung. Zum Fünfundsiebzigsten Glück und Segen und Verehrung. Fremdenverkehrsverein Nordbaden . . .«

Und so geht es weiter . . . in aller Verbundenheit . . . in treuer Freundschaft . . . in Dankbarkeit . . . in lieber Erinnerung . . .

Doch plötzlich stockt Anna. Sie hat wieder ein Telegramm geöffnet, überfliegt es und schaut nun den Großvater mit einem merkwürdigen Blick an.

Ja, was ist denn das? Sie liest den Text vor: »Meinem lieben

Franz in alter Treue zum Fünfundsiebzigsten meine besten Wünsche. Bei gutem Wetter mach' ich mich auf und komme vorbei. Immer Deine alte Elisabeth Kupsch.«

»Oho«, sagt Otto und zwinkert dem Vater zu. »Eine Verehrerin von dir? Eine alte Liebe?«

Unwillig schüttelt der Großvater den Kopf. Er kennt keine Elisabeth.

»Ja, hörst«, sagt da Anna. »Es wird dir wohl keine ein Telegramm schicken, die du net kennst. Noch dazu so ein liebevolles.«

»Ich sag' dir, ich kenn' kein Weibsbild, das so heißt«, beharrt der Großvater. »Wo kommt's denn her?«

Anna entziffert den Absenderort. »Aus Sinzheim.«

»Aus Sinzheim? In Sinzheim kenn ich überhaupt niemanden«, sagt der Großvater.

Ruth kommt ins Büro. Sie hat im Hause tatsächlich noch ein paar leere Vasen gefunden, und Anna berichtet lachend:

»Was sagst du, Ruth, Vater hat ein Telegramm von einer geheimnisvollen Unbekannten gekriegt«, und mit lustiger Anzüglichkeit fügt sie hinzu: »Jetzt will er uns einreden, er kenne sie gar nicht. Dabei unterschreibt sie Deine Elisabeth.«

»Das wird die englische Königin sein«, sagt Ruth trocken.

Der arme Großvater wird nun weiter aufgezogen.

»Gib's doch zu, Vater, du hast ein Verhältnis«, sagt Anna, »du hast's bislang geheimgehalten, und nun ist's raus. Du, wir gönnen's dir von Herzen.«

Jetzt wird's dem alten Herrn aber doch zu bunt. »Herrgott noch mal, ich kenn keine Person, die Elisabeth Kupsch heißt, Jetzt gebt schon Ruh'! Und wenn da heut' jemand kommt, den schmeiß ich 'raus!«

»Das ist aber auch keine Art, eine Liebesgeschichte abzubrechen, noch dazu am Geburtstag«, frozzelt Otto weiter. Doch dann fällt ihm etwas ein. Elisabeth Kupsch? Kupsch? Natürlich, Kupsch. Und nun bricht er in lautes Lachen aus. »Vater, weißt du, wer das ist? Lisbeth. Unsere alte Lisbeth.«

Na klar. Nun erinnern sich plötzlich alle an die alte Putzfrau Lisbeth Kupsch, die fast dreißig Jahre lang auf dem »Forellenhof« gearbeitet hat. In der letzten Zeit, bevor sie ins Altersheim ging, hatte sie allerdings nur noch in der Küche gesessen, Kartoffeln geschält und Gemüse geputzt.

»Hab ich völlig vergessen, daß sie Kupsch heißt«, sagt der Großvater, »dabei sind wir als Kinder zusammen in die Dorfschule gegangen und haben uns immer geduzt. Aber warum schreibt sie sich auf einmal Elisabeth? Na ja, sie wird halt auch schon etwas spinnen. Aber freuen tät' ich mich doch, wenn sie heute wirklich hier aufkreuzen würde.« Damit legt er das Telegramm auf den Tisch zurück und erhebt sich aus dem Sessel. »So, und nun habe ich eigentlich erst mal genug, Kinder. Laßt die Post ruhig liegen. Es steht ja doch immer dasselbe drin. Macht mir eine Liste, wer alles an mich gedacht hat, und die lese ich heute abend im Bett.«

Ja, länger kann man den Großvater nicht mehr halten. Seine Forellen sind ihm halt wichtiger als alle Glückwünsche, und als er zur Tür hinausgeht, ruft ihm Anna noch nach, daß er sich ja rechtzeitig zum Essen einfinden soll. Auch Klaus und Eva würden gegen Mittag kommen.

Kurz darauf – Otto ist gerade allein im Büro – gibt Lottchen einen Anruf durch. Für Herrn Buchner. Aber diesmal ist es kein Glückwunsch. Otto nimmt das Gespräch an, und als er den Hörer wieder auflegt, ist alle Feststimmung urplötzlich verflogen.

»Was machst denn für ein Gesicht?« fragt Anna, als sie wieder eintritt. Sie spürt sofort, daß etwas Unangenehmes geschehen ist.

»Schlechte Nachrichten, mein Schatz«, sagt Otto und berichtet nun:

»Ein Anruf aus Karlsruhe vom ›Amt für Forst- und Wasserwirtschaft‹. Das immer wieder aufgeschobene Projekt des Stausees oben zwischen Herzogstein und Bärenschwang soll nun endgültig zu Beginn des Frühjahrs in Angriff genommen werden. Nun haben sich eben zwei Herren von der Bauleitung für heute mittag angesagt, um wegen der Verlegung des Bachbetts zu verhandeln.

»Einen besseren Zeitpunkt konnten sie sich weiß Gott nicht aussuchen«, sagt Otto deprimiert. »Ausgerechnt heute an seinem fünfundsiebzigsten Geburtstag soll unser Vater nun erfahren, daß es mit seiner Forellenzucht aus ist, und daß sein Lebenswerk durch so eine ungeschickte, willkürliche Entscheidung zerstört wird.«

»Kannst denn net allein mit den Herren sprechen?« fragt

Anna, Ottos Sorge teilend. »Muß denn Vater unbedingt dabeisein?«

Otto zuckt mit den Achseln. »Ich will versuchen, es zu verhindern. Aber wir werden wahrscheinlich auch über eine eventuelle Abfindung sprechen müssen. Und in dieser Beziehung ist Vater eben viel mehr Fachmann als ich. Anna, ich mache mir jetzt Vorwürfe, ich habe in dieser ganzen Sache Vogel Strauß gespielt, habe immer im stillen gehofft, das ganze Projekt wird doch noch an der Kostenfrage scheitern. Gewiß, ich habe ein paar Eingaben gemacht und auf den besonderen Härtefall hingewiesen, aber ich glaube, ich habe mich doch nie energisch genug dagegen gewehrt. Für Vater wird das ein furchtbarer Schlag sein. Ohne seine Fische, da geht er uns doch ein.«

*

Kummer hat auch heute Christa. Herzenskummer. Und sie ist selber schuld daran. Sie hat sich scheußlich benommen. In der Pause zwischen Geschichte und Mathematik hatte sie sich mit Rolf Volkmar, den sie eigentlich in der letzten Zeit immer mehr schätzen gelernt hat, furchtbar gezankt. Es war ein ganz dummer, ein ganz nichtiger Anlaß gewesen. Aber sie war plötzlich so wütend geworden, daß sie ihm vor allen Klassenkameraden eine 'runtergehauen hat. Rolf hatte sich nur stumm abgewendet, und sie seitdem nicht mehr angesehen. Und das war für sie das schlimmste. Denn es tat ihr ja längst leid, und sie hätte sich so gern bei ihm entschuldigt. Aber gleich nach Schulschluß war er verschwunden und mit seinem Moped abgebraust.

Ja, mit Rolf ist's wohl nun aus. Eine gute Freundschaft hat sie selbst kaputtgemacht. Aber ist es wirklich nur Freundschaft? Ist es nicht schon etwas mehr?

Sehr unglücklich sitzt Christa nun neben Jörg, der sie mit dem roten Porsche von der Schule abgeholt hat. Ihr ist richtig mies, und sie möchte sich am liebsten selber ohrfeigen.

»Du, Jörg, ich halt's nicht aus. Laß uns doch bei Rolf vorbeifahren. Das ist doch kein so großer Umweg. Er ist bestimmt schon zu Hause.«

Jörg sieht auf seine Uhr, schüttelt den Kopf.

»Nein, Spatz, das ist heut' nicht drin. Großvaters Geburtstag. Da wird ganz pünktlich gegessen.«

Christa sieht es ein. Sie muß es einsehen. Aber wie sie den Tag mit diesem dummen Gefühl in der Herzgrube überstehen soll, weiß sie noch nicht.

Bis Oberbeuern ist ein ziemlich dichter Mittagsverkehr. Dann wird die Straße leerer, und Jörg dreht auf. Der Porsche jagt nun um die Kurven.

»Fahr nicht so verrückt«, sagt Christa und drückt sich in ihre Ecke, »so unglücklich bin ich wieder nicht, daß ich an einem Baum landen möchte.«

»Dann ist es doch noch nicht die richtige Liebe, Spatz«, Jörg lacht. Er überholt etwas riskant einen großen Möbeltransportwagen, und als der Blick nach vorn wieder frei ist, da sieht ihn Christa.

»Jörg, er ist es!«

Etwa zweihundert Meter vor ihnen schiebt jemand auf der rechten Straßenseite mühsam ein Moped die Steigung hinauf – Rolf Volkmar.

Der Porsche bremst, und Christa springt aus dem noch ausrollenden Wagen. »Rolf! Wolltest du etwa zu mir?«

Rolf, noch keuchend und schweißnaß von der Anstrengung, sagt mit komischer Verzweiflung: »Ja, aber ich habe kein Benzin mehr. Ich muß mich doch bei dir entschuldigen, daß du mir eine 'runtergehauen hst.«

Da fliegt ihm Christa an den Hals. »Du altes Ekel«, sagt sie überglücklich, »es soll auch nie wieder vorkommen. War es sehr schlimm?«

»Danke, mir reicht's. Ich schieb' schon von der ersten Brükke hinter der Mühle.«

»Ich meine doch die Ohrfeige.«

»Danke, die hat mir auch gereicht.«

»Ich schäme mich so. Ich wollte ja gleich bei dir vorbeifahren, aber Jörg sagte, wir müssen pünktlich zum Essen zu Hause sein.«

Mit dem Benzinkanister in der Hand kommt nun Jörg zu den beiden.

»Darf ich dem Herrn vielleicht mit etwas Sprit unter die Arme greifen?«

»Wäre furchtbar nett, Jörg. Ich hab' nämlich nur noch 'ne Mark fünfzig oder so in der Tasche.«

Und während ein paar Liter Sprit in den Mopedtank laufen, kommt Christa eine Idee.

»Rolf, du könntest doch heute wirklich bei uns mitessen. Großvater hat Geburtstag. Da gibt's bestimmt was Feines.«

Rolf sieht unsicher auf Jörg, und als der zustimmend nickt, sagt er dankbar zu. »Wenn ich darf, wenn ich nicht störe, herzlich gern.«

Kurz darauf braust der Porsche wieder los. Knatternd fährt das Moped hinterher.

*

In der Schwarzwaldstube präsentiert sich der große Familientisch als Festtafel. Die Tischdekoration mit den Blumen und Kerzen ist ein kleines Kunstwerk. Charlie ist ein Meister auf diesem Gebiet. Sogar Großvaters Stuhl ist umkränzt. Für neun Personen ist gedeckt, für acht Mitglieder der Buchnerfamilie und der neunte Platz ist heute für Rolf Volkmar.

»Natürlich kann er mitessen«, hatte Anna gesagt, als Christa den Jungen anbrachte, »für so einen Schmalhans haben wir immer noch Platz.«

Otto benutzt die kleine Pause vor dem Essen, um auch Charlie noch einmal genau zu instruieren. »Halt uns während des Essens alle Fremden vom Tisch, Charlie. Ich erwarte zwei Herren zu einer Besprechung, von der mein Vater nichts erfahren darf.«

Charlie nickt. Auf ihn kann sich der Chef verlassen. Doch mit kleinem Nachdruck mahnt er nun, allmählich Platz zu nehmen. In der Küche sei alles vorbereitet.

»Ja, kommts, Kinder«, fordert nun auch Anna die herumstehende Familie auf, »setzen wir uns schon. Ich bin so froh, euch heut' einmal alle zusammen am Tisch zu haben. Selten genug kommt's ja vor. Otto, steck schon die Kerzen an.«

Die Tischordnung war vorher bestimmt. Der Großvater wird zwischen Otto und Anna sitzen, dann schließen sich Ruth und Maria an, die jungen Leute sitzen auf der Gegenseite. Eva greift nach der Menükarte und liest mit glänzenden Augen die Speisenfolge vor. Sie hört sich ganz gut an: Klare Ochsenschwanzsuppe. Glasierter Wildschweinrücken mit Cumberlandsoße, Preiselbeeren und Spätzle. zum Nachtisch gibt es Eistorte mit warmer Schokoladensoße.

»Bitte, hör auf. Ich kann's schon nicht mehr erwarten«, ruft Klaus. Auch die anderen haben nun einen richtigen Hunger.

»Kann's losgehen?« fragt Charlie. »Vielleicht schon die Suppe?«

»Warte noch, Charlie. Mein Vater muß jeden Moment kommen.«

*

Großvater Buchner hat sich tatsächlich ganz umgezogen – dunkler Anzug, ein weißes Hemd, Krawatte. Die Kinder haben recht, und wenn's ihm selber auch wurscht ist, für die Familie ist es eben ein Festtag. Nun ist er fertig. Rasch füllt er noch sein Zigarrenetui frisch auf, dann geht er hinunter.

Der alte Herr hat gerade den oberen Treppenabsatz erreicht, da betreten zwei Herren mit dicken Aktenmappen unterm Arm die Halle und wenden sich der Rezeption zu . . .

»Guten Tag. Winkler ist mein Name«, sagt der eine Herr zu Lottchen und stellt seinen Begleiter vor, »das ist Dr. Götsch, vom Amt für Forst- und Wasserwirtschaft. Wir hatten uns schon telefonisch angemeldet. Können wir Herrn Buchner sprechen?«

Lottchen ist sofort im Bilde. »Ja, ich weiß, meine Herren. Darf ich Sie bitten.« Sie will die beiden Herren gerade zu dem reservierten Ecktisch im Restaurant führen, da geschieht etwas Überraschendes, was sie völlig verwirrt.

Großvater Buchner kommt die letzten Treppenstufen gerade heruntergeschossen. »Hallo! Hallo! Doktor Götsch!«

Die beiden Herren drehen sich um und gehen jetzt dem Großvater entgegen.

»Wieso kommen Sie jetzt?« fragt der Großvater. »Sie wollten doch vorher anrufen.«

Lottchen steht daneben, ist ganz aus dem Konzept gekommen und weiß nicht mehr, wie sie die Situation noch retten soll. Der Großvater kennt die beiden Herren?

»Aber wir haben angerufen, Herr Buchner«, sagt da Herr Winkler.

Großvater dreht sich zu Lottchen um und faucht sie an: »Warum habt ihr mir das nicht gesagt, ihr Verbrecher?«

Dann nimmt er die beiden Herren beim Arm und führt sie rasch zum Ausgang.

»Kommen Sie, setzen wir uns für einen Moment draußen auf die Terrasse. Ich möchte nämlich nicht, daß mein Sohn von dieser Sache erfährt.« Und mit einer komisch-drohenden Miene ruft er Lottchen zu: »Und wenn Sie ihm ein Wort davon sagen, erwürge ich Sie!«

Ratlos, hilflos steht Lottchen da und sieht den Herren nach. Was wird hier eigentlich gespielt?

*

An der Festtafel in der Schwarzwaldstube ist es so still, daß man das Knistern der Kerzen hört. Keiner sagt etwas, aber alle Augen hängen voller Spannung und Ungeduld an der Tür, in der der Großvater erscheinen müßte. Nervös fängt Anna an, mit Messer und Gabel zu klimpern, Ottos Finger trommeln leise auf dem Tischtuch, Eva schiebt ihre Brille hoch, Klaus schaut aus hungrigen Augen zur Tür, und Charlie, die weiße Serviette über dem Arm, fängt unruhig an, auf den Zehen zu wippen. Kein Großvater kommt. Otto sieht auf seine Uhr, trommelt leise weiter, dann kann er sich nicht länger beherrschen und steht abrupt auf.

»Jetzt hol' ich ihn aber! Ist ja wirklich zu dumm. Wir sitzen hier wie die Ölgötzen.«

»Otto, hab Geduld. Mach' ihm heut' keinen Krach«, bittet ihn Anna noch, aber da ist Otto schon hinaus.

Im Durchgang zur Halle prallt er auf Lottchen, die ihm mit verstörtem Gesicht entgegenkommt.

»Wo bleibt denn mein Vater?« fragt er, schon gereizt und ungeduldig.

»Ach, Herr Buchner«, fängt Lottchen an zu stottern, »ich kann nichts dafür . . . die beiden Herren . . . Ihr Vater kam die Treppe herunter, er lief ihnen gerade in die Arme.«

»Was? Und wo sind sie jetzt?«

»Draußen, sie sitzen auf der Terrasse.«

Aus. Da war also alles umsonst. Otto läßt die Flügel hängen und möchte am liebsten wie ein kleiner Junge davonlaufen. Aber das geht wohl nicht. Jetzt kann er den Vater nicht allein lassen.

*

Der kleine Tisch dicht an der Hauswand ist bedeckt mit Bauplänen und Zeichnungen, und Dr. Götsch erklärt dem Großvater gerade an Hand einer Geländeskizze das Bauvorhaben.

»... hier oben wird also der Stausee entstehen. Auf einer Fläche von 23 Quadratkilometern. Die projektierte Trasse der regulierten Abflüsse zweigt dann einmal westlich von Bärenschwang zum Lötschbach ab und speist dort die drei Sägewerke ...«

»Mich interessieren nur unser Oosbach und meine Forellenteiche«, unterbricht ihn der Großvater mißtrauisch.

»Das will ich Ihnen ja gerade erklären, Herr Buchner«, sagt Dr. Götsch geduldig lächelnd, »der Oosbach erhält damit einen ganz neuen Zufluß direkt vom Turbinenwerk. Das bedingt allerdings eine Gefällsregulierung von etwa sechs Prozent. Sie sehen also, unser Bauplan ist auf Ihre Eingaben hin entsprechend geändert worden. Wir haben uns Ihretwegen wirklich den Kopf zerbrochen.«

Und Herr Winkler fügt hinzu: »Wir sind doch keine Schreibtischstrategen, Herr Buchner. Wir machen uns ja auch Gedanken um die Betroffenen, wenn so ein großes Projekt durchgeführt werden soll.«

Der Großvater nickt ihm dankbar zu. Im stillen hat er immer damit gerechnet, aber sicher war er bis heute nicht. Na, nun kann man erlöst aufatmen. Das Unheil ist abgewendet.

In diesem Augenblick erscheint Otto in der Haustür und entdeckt die drei Herren am Tisch. Verwundert sieht er das lächelnde Gesicht seines Vaters.

»Komm, hock dich her, Junge«, ruft ihm der alte Herr zu. »Das ist Dr. Götsch, und das ist Herr Winkler vom Amt für

Wasserwirtschaft. Du solltest eigentlich nichts davon erfahren, aber wo die Sache nun so günstig steht . . .«

Otto versteht kein Wort. Was steht günstig?

Die beiden Herren sind zu Ottos Begrüßung aufgestanden. Dr. Götsch zeigt auf eine der Skizzen. »Das sind die abgeänderten Baupläne, Herr Buchner.«

*

An der Festtafel in der Schwarzwaldstube werden die Gesichter länger und länger. Jetzt wartet man nicht nur auf den Großvater, nun wartet man auch auf Otto. Ruth hat es aufgegeben, immer auf die Tür zu starren. Klaus schaut wie hypnotisiert die Menükarte an. Charlie hat mit dem Wippen aufgehört, steht wie eine Statue, und in sein Gesicht ist ein leicht beleidigter Zug getreten. Als er sich einmal räuspert, wirkt es in der Stille wie eine Explosion, und alle sehen sich erschrocken nach ihm um. Aber Charlie sagt nichts.

Anna hält es nicht mehr aus. Otto kommt nicht wieder. Da ist doch was passiert.

»Vielleicht ist mit Großvater was?«

»Ich geh' mal 'rauf und seh' nach«, sagt Jörg und steht auf. Und Klaus bietet sich an: »Warte, ich komme mit.«

Nun sitzen die fünf Frauen und Rolf Volkmar nur noch allein am Tisch.

*

Otto hat sich einen Stuhl herangezogen und zu den drei Herren gesetzt. Er begreift es noch nicht so schnell. Also, wie war das? Dann hat also der Anruf am Vormittag gar nicht ihm, sondern dem Vater gegolten?

»Ja«, erklärt Dr. Götsch, »wir hatten doch bisher auch immer nur mit Ihrem Herrn Vater verhandelt. Ich wußte ja gar nicht, daß es hier zwei Herren Buchner gibt.«

Otto sieht seinen Vater verblüfft an. »Du? Wann hast du denn verhandelt?«

»Schon vor ein paar Monaten«, entgegnet der Großvater mit spitzbübischem Lächeln. »Gleich nach der Katastrophe bei der Trockenheit habe ich mich auf die Hinterfüße gesetzt und einmal sehr energisch beim Amt für Wasserwirtschaft an die Tür geklopft, um unsere Fischteiche zu retten.«

»Er hat uns das Leben nicht leichtgemacht«, bestätigt Herr Winkler lachend, »aber seine Einsprüche und Gegenvorschläge hatten Hand und Fuß, und so kamen wir schließlich doch zu einer Lösung.«

Otto sieht seinen Vater ungläubig an. »Ohne mich zu informieren hast du das alles gemacht?«

»Allerdings«, sagt der Großvater und wischt Ottos Frage mit einer Handbewegung beiseite. »Die Forellenzucht, das ist mein Geschäft, die habe ich aufgebaut. Warum sollte ich dich auch noch damit verrückt machen? Du hast Sorgen genug mit dem Hotel. Außerdem verstehst du nicht genug davon. Aber nun weißt du wenigstens, warum ich in den letzten Wochen ein paarmal in Karlsruhe war.«

»Du warst also nicht beim Zahnarzt?«

»Nee«, sagt der Großvater verschmitzt, »mein Zahnarzt war Dr. Götsch, und der Zahn, den wir zusammen gezogen haben, ist die neue Bachregulierung.«

»Womit Sie nun in Zukunft mit Ihrer Forellenzucht völlig unabhängig vom Wasserstand sein werden«, führt Dr. Götsch nun seine Erklärungen weiter. »Sie brauchen also weder im Frühjahr das Hochwasser zu fürchten noch im Sommer die lange Trockenheit. Durch den Abfluß vom Turbinenwerk wird der Oosbach nun immer gleichmäßig viel Wasser führen.«

»Die einzige Veränderung, die für Sie eintreten könnte«, wirft Herr Winkler noch ein, »wäre unter Umständen eine Verlegung Ihres obersten Teiches, und deswegen sind wir heute hier. Wir müßten also . . .«

In diesem Augenblick ruft eine helle Stimme von der Haustür:

»Hier sind sie ja!«

Es ist Klaus, und gleich hinter ihm erscheint auch Jörg.

»Vater! Das geht doch nicht«, ruft er mit Vorwurf, »drin warten wir alle . . .«

»Halt die Klappe«, sagt Otto nur, und Großvater fügt hinzu: »Hockt euch her und seid still.«

Herr Winkler fährt nun fort: ». . . weil wir die Felsecke da oben nicht sprengen können, werden wir also das neue Bachbett etwa fünfzig Meter entfernt von der Straße anlegen. Aber auch das ist für Sie nur ein Gewinn, denn damit erhöhen wir die Kapazität des Gefälles. Das Bergwasser wird einen noch höheren Sauerstoffgehalt bekommen, was Ihren Forellen ja nur zugute kommt.«

Jörg und Klaus sind nähergetreten. Interessiert hören sie den Ausführungen zu. Jörg zieht sich einen Stuhl heran.

*

Fünf Frauen am Verhungern. Ein Primaner, der schüchtern und verlegen auf seinem Stuhl herumrutscht, ein Oberkellner, tödlich beleidigt, aber in sein Schicksal ergeben.

»Die sehen wir auch nicht wieder«, sagt Ruth mit trockener Verzweiflung, als Jörg und Klaus nach ein paar Minuten nicht zurückkehren. »Ich muß sagen, das ist das gelungenste Festessen, zu dem ich jemals am Tisch saß.«

Doch Anna, am Ende ihrer Nervenkraft, hat keinen Sinn mehr für Humor. Sie ist nur noch voller Angst. »Da ist was passiert. Ich laß mir net ausreden, da muß was Schreckliches passiert sein. Jetzt schau' ich selber nach.«

Aber Ruth hält sie am Kleid fest und steht mit auf. »Nein, Anna, allein gehst du nicht. Ich weiß, du kommst dann auch nicht wieder.«

Auch Maria und Eva springen auf. »Wir kommen mit . . .«, und da hält es auch Christa nicht mehr. »Entschuldige«, ruft sie Rolf nur noch zu und läuft den vier Frauen nach.

Nun sitzt nur noch Rolf ganz allein an der Riesentafel. Auch er hat sich die Einladung zum Mittagessen im »Forellenhof« nicht ganz so vorgestellt. Ob er wohl jemals noch einen von der Familie wiedersieht? Die Kerzen in den Leuchtern sind schon ziemlich heruntergebrannt.

Da kommt Charlie mit der Riesenplatte »Glasierten Wildschweinrücken« vom Küchenschalter, und formvollendet, als habe er einen königlichen Gast vor sich, beginnt er zu servieren.

»Wenn der Herr – bitt schön – schon anfangen möchte. Es tut mir leid, aber länger kann die Küche das Essen nicht halten. Darf ich dem Herrn vorlegen?«

*

Die fünf Frauen sind durchs Haus gejagt, waren oben im leeren Zimmer des Großvaters, in der Wohnung, in der Kaminhalle. Jetzt hat Anna das Lottchen erwischt. »Wo sind unsere Männer?«

Lottchen zeigt nur ganz apathisch nach draußen zur Terrasse. Sie ist auch schon ganz durchgedreht. Immer kommt einer und sucht und fragt.

Anna, Ruth und die anderen im Gefolge laufen zur Tür und sehen gerade noch, wie die vier männlichen Buchners mit zwei fremden Herren in Richtung der Teiche fortgehen.

Der Großvater hatte den Vorschlag gemacht. »Das beste ist doch, Sie sehen sich gleich einmal die Lage unserer Teiche an.« Otto hatte ihm beigepflichtet: »Dann können Sie gleich an Ort und Stelle Ihre Eintragungen in die Baupläne machen.« Und Jörg war sogar dafür, sofort mit den Vermessungen anzufangen.

»Nun gut, dann gehen wir mal ’runter«, hatte Dr. Götsch gesagt. Und nun sind sie schon auf dem Garagenhof.

Sprachlos, fassungslos sehen die Frauen den Männern nach. Eine feine Gesellschaft.

»Haderlumpen und Banditen«, zischt Anna empört durch die Zähne, nur Ruth bekommt einen fast hysterischen Lachanfall, von dem sie sich kaum erholen kann.

*

Am Nachmittag hat Christa ihren Rolf zu einem Spaziergang rund um die Forellenteiche mitgenommen. Das heißt, sie hat ihn einfach mitgeschleppt, denn von allein hätte der Arme sich nicht mehr gerührt. Vier dicke Scheiben Wildschweinrükken, die Spätzle, die Eistorte und dazu die »Ortenauer Auslese«, das war fast über seine Kraft gegangen. Aber Rolf hatte es nicht übers Herz gebracht, Charlie auch noch zu enttäuschen. Der war so glücklich gewesen, wenigstens einen Gast am Tisch zu haben, den er verwöhnen konnte.

Nun hat Rolf das Gefühl, vierhundert Pfund zu wiegen, der Kopf ist müde, und die Beine sind schwer. »Bewegung. Bewegung ist das beste«, hatte Christa da gesagt, »komm, wir laufen einmal um die Teiche.« Du lieber Gott, nun soll er auch noch laufen.

Zum Glück hat Christa jedoch schon beim dritten Teich Erbarmen mit ihm. Sie setzt sich auf einen kleinen Hang ins Gras. Rolf legt sich gleich dazu, den Kopf in ihren Schoß gebettet, und schließt die Augen. Ach, ist das schön, sich so ausstrecken zu können.

Nur das Bergwasser hört man über die Zuflüsse in die Teiche rauschen. Nun fährt der Vieruhrbus ab zur Hochstraße. Dann ist wieder Stille.

»Aber bitte, schlaf mir jetzt nicht etwa ein«, sagt Christa etwas streng.

»Nein, nein, ich schlafe nicht«, versichert Rolf. Aber seine Stimme klingt schon verdächtig verschleiert.

»Du mußt die Augen offenhalten, Rolf, sonst kannst du ja nicht wach bleiben.«

»Doch, ich kann«, sagt er gähnend. »Ich bin hellwach.«

Und dann sagt er gar nichts mehr und ist fest eingeschlafen.

Christa weiß zuerst nicht recht, soll sie nun beleidigt oder soll sie gerührt sein. Ist doch nicht zu fassen, denkt sie, da frißt der Kerl 'ne halbe Wildsau, legt sich dann in meinen Schoß und schläft ein. Doch nein, sie kann ihm nicht böse sein. Liebevoll und zärtlich ruht ihr Blick auf dem netten Jungengesicht. Warum hat sie ihm nur heute eine 'runtergehauen? Christa weiß genau, es ist ihr alter Fehler. Wenn sie jemanden gern hat, so will sie immer, daß er genauso denkt, genauso fühlt wie sie. Ich glaube, ich werde mich da ändern müssen, denkt sie.

Unten an den Teichen sieht man von hier aus die Schwärme der Forellen durch das klare Wasser gleiten. Manche Fische springen dabei hoch und schnellen weit durch die Luft. Dann bilden sie, sich spielerisch jagend, einen schäumenden Wirbel im Wasser. Bald ist Fütterungszeit.

Christa sitzt ganz still und rührt sich kaum, um Rolf nicht zu wecken. Ruhig kommen seine Atemzüge und lassen eine Haarsträhne, die ihm von der Stirn über die Nase hängt, immer auf und ab wehen. Sehr lustig sieht das aus. Christa und Rolf haben sich noch nie geküßt. Auch von Liebe war zwischen ihnen nie die Rede. Einmal, es ist lange her, hat Rolf sehr schüchtern so etwas wie eine halbe Liebeserklärung über die Lippen gebracht. Damals hatte Christa nur gelacht. Aber wenn er es heute wieder täte, doch er tut es nicht. Er schläft, und das geschieht mir nur recht, denkt Christa.

Auf einmal horcht sie auf. Was ist das für ein Ton in der Luft? Musik? Vom Hotel kommt es nicht. Es ist noch viel weiter entfernt. Christa reckt den Hals. Zu sehen ist nichts.

Da fährt der Schläfer in ihrem Schoß hoch; bestürzt und etwas beschämt sieht Rolf sie an.

»Hab ich etwa geschlafen?«

»Ja, etwas Besseres fiel dir ja nicht ein«, sagt Christa nachsichtig lächelnd.

Rolf springt auf. »Entschuldige, aber ich war so müde. Was ist denn das für eine Musik?«

»Weiß ich auch nicht«, sagt Christa und läßt sich von ihm hochziehen, »Blasmusik. Hört sich an, als ob ein Zirkus kommt.«

*

Auch in die Schwarzwaldstube wehen Fetzen der näherkommenden Blasmusik. Die Gespräche am Kaffeetisch stokken. Otto blickt überrascht zum Fenster.

»Hör doch mal, Anna, Musik.«

Aber Anna hat jetzt keinen Sinn dafür. »Ich will keine Musik hören, ich will Kaffee trinken«, sagt sie energisch. Sie ist so froh, nach dem verunglückten Mittagessen den Großvater und die ganze Familie wenigstens an der Kaffeetafel vereinigt zu sehen. Nun sollen sie ihr nicht wieder wegen irgendeines Tschingderassabum davonlaufen.

Berge von Kuchen stehen auf dem Tisch. Lisa bringt die dampfende Kaffeekanne, aber es ist zum Verzweifeln, die Tischrunde bröckelt ab, einer nach dem anderen ist nicht mehr zu halten.

»Kommts doch vom Fenster weg, Kinder. Der Kaffee ist da«, fleht Anna ihre Söhne an. Aber auch Otto und Ruth sind neugierig geworden und stehen auf.

»Das ist bestimmt für dich«, ruft Otto dem Großvater zu, der noch neben Anna aushält, »scheint ein ganzer Verein zu sein.«

Aber der Großvater winkt ab. »Ich erwarte nichts mehr. Mein schönstes Geburtstagsgeschenk hab' ich schon bekommen. Das waren die neuen Baupläne mit der Bachregulierung.«

»Vielleicht kommt deine Lisbeth noch«, ruft Ruth lachend.

»Mit Musik? Wohl kaum. Hab nie gehört, daß die Lisbeth auch Trompete bläst.«

Draußen an der Terrassenhecke, von der man die Straße übersehen kann, haben sich inzwischen schon viele Hausgäste und Ausflügler angesammelt, die alle gespannt erwarten, was da für ein Musikzug herankommt. Noch versperrt ein kleines Waldstück den Blick. Aber jetzt sieht man sie: Kutschen sind es, fünf – sechs – acht Pferdedroschken. Und in jeder sitzen ein paar Musikanten, deren schmetternde Blechmusik nun das ganze Tal erfüllt.

Längst steht auch die Hälfte der Buchnerfamilie schon auf der Terrasse, und umsonst lamentiert Anna am offenen Fenster: »Kommts doch zurück! Der Kaffee wird ja kalt!«

Aber keiner hört auf sie. Alle blicken gespannt zur Straße.

»Paß auf, die kommen zu uns«, sagt Jörg ahnungsvoll zu Otto, der hinter ihm steht. »Das sieht mir sehr nach fünfundsiebzigstem Geburtstag aus.«

»Ja, da hat sich einer was Fürchterliches ausgedacht«, erwidert Otto mit Galgenhumor.

Im Haus an der Kaffeetafel sitzen nun tatsächlich nur noch Anna und der Großvater allein. Anna gibt es nun auf. »Nehmens den Kaffee wieder weg, Lisa, und stellens ihn warm. Hat ja alles keinen Sinn mehr.«

»Und ich werd' mich auch verziehen«, sagt der Großvater,

dem langsam unbehaglich wird. Aber Anna drückt ihn energisch auf den Stuhl zurück.

»Nein, du bleibst da. Du wirst net auch noch flitzen.«

*

Christa und Rolf sind zum Torweg der Forellenzucht hinuntergelaufen, an dem der Musikzug nun ganz nah mit Trara vorbeifährt. Staunend sehen sie auf die acht Pferdedroschken, die alle auf Hochglanz poliert und festlich geschmückt sind, auf die Gäule in blitzendem Geschirr, die Kutscher in Gala mit Lackzylinder. Die Instrumente der Musiker funkeln: Trompeten, Tuba und Posaune. Die Pauke ist in der Mitte des Zuges, und am Ende, ja, wer ist denn das? In der letzten Kutsche sitzt ganz allein, wie eine Königinmutter, eine alte, weißhaarige Dame. Ihr freundliches, aber bäuerisches Gesicht, in dem es von Humor und Lebenslust blitzt, paßt eigentlich nicht ganz zu ihrer großen, eleganten Aufmachung, zu dem gestickten Seidenkleid und dem großen Tüllhut. Aber sie genießt sichtlich das Spektakulum, das sie verursacht und winkt nun auch Christa und Rolf am Straßenrand huldvoll lächelnd zu.

Jetzt gibt es auch oben auf der Terrasse bei den Buchners keinen Zweifel mehr. Die Kutschen kommen zum »Forellenhof«. Otto hat den Großvater mit Gewalt aus der Schwarzwaldstube herausgeholt. »Drück dich jetzt nicht, Vater. Die wollen zu dir!«

Auch Anna steht nun inmitten der anderen vor der Haustür.

Eben haben die Kutschen den Garagenhof erreicht, die Musik hört auf, und nun fährt allein die letzte Kutsche vor der Haustür vor und hält. Die freundliche alte Dame rafft ihr Seidenkleid, steht auf.

Und da schreit plötzlich der Großvater los:

»Die Lisbeth! Es ist wirklich die Lisbeth!« Er läuft auf sie zu.

»Franzl«, ruft die alte Dame, breitet die Arme aus und strahlt über das ganze Gesicht, glücklich, daß ihr die Überraschung gelungen ist. »Ja, ich bin's, Franzl! Und herzlichen Glückwunsch zum Geburtstag!«

Otto und Anna und alle, die die Lisbeth von früher her kennen, sehen nun sprachlos zu, wie der Großvater die alte Dame vorsichtig aus der Kutsche hebt. Ja, gibt's denn das? Die arme, alte Lisbeth aus dem Altersheim?

Und nun braucht Anna keine Sorge mehr zu haben, daß ihr die Familie noch einmal auseinanderrennt, nun sitzen sie alle vollzählig an der Kaffeetafel, und die Lisbeth, zwischen dem Großvater und Otto, wird wie ein Zirkuspferd bestaunt.

»Ja, Mädel«, sagt der Großvater, »daß du wirklich gekommen bist. Mit Musik dazu. Und wie du ausschaust.«

»Aber ich hab' doch im Lotto gewonnen, Franzl«, kräht da die Lisbeth mit fröhlicher Naivität los. »Habt ihr's denn nicht in den Zeitungen gelesen? Vor'm halben Jahr schon. Fünf Richtige mit dem Zusatz. – Zweihundertundachtzigtausend Mark hab' ich gewonnen.«

Nein, keiner hat's gelesen, keiner hat's gewußt. Da ist also die arme, alte Lisbeth über Nacht eine reiche Frau geworden. Es ist nicht zu glauben.

»Dann wohnst jetzt wohl gar in einer Villa?« fragt Otto.

»Bist denn narrisch, Bub«, fährt sie ihn an. »Was soll ich in 'ner Villa. In Sinzheim, im Altersheim bin ich geblieben. In meiner einen Stub' mit der Küche. Was brauch' ich mehr? Aber weil ich mir jetzt alles leisten kann, hab' ich mir gedacht, zum Fünfundsiebzigsten machst dem Franzl eine Freude. Hab mir die acht Kutschen gemietet, die Blaskapelle dazu, und nun bin ich da.«

Herrschaften! Was ist das für eine großartige Frau! Auch die Lisbeth ist nun schon vierundsiebzig. Aber diese Vitalität, diese Fröhlichkeit, mit der sie jetzt die ganze Tischrunde ansteckt. Und was sie für einen Wirbel macht. Den Kutschern läßt sie gleich ein halbes Faß Bier auf den Hof rollen. Die Musiker sollen Wein trinken und dicke, große Vesperbrote mit Schinken bekommen. »Ich zahl' dir's, Bub«, sagt Lisbeth zu Otto, »ich zahl' dir alles.«

Otto nimmt sie gerührt in die Arme. »Bub«, sagt sie immer noch zu ihm, wo er doch nun die Fünfzig schon lange hinter sich hat. Ob sie wohl noch weiß, wie oft er damals vor vierzig Jahren als Bub zu ihr gelaufen kam, um sich trösten zu lassen, wenn er etwas ausgefressen hatte? Und er hatte immer etwas ausgefressen. Natürlich weiß die Lisbeth das alles noch. Sie hat nichts vergessen, auch nicht, wie sie damals noch so arm in der

Küchenecke saß, Kartoffeln geschält und Möhren geputzt hat, und wie sie dann montags immer einen Topf mit Essen und Fleischresten hat mit nach Hause nehmen dürfen.

»Aber Elisabeth nennst dich jetzt«, raunzt der Großvater sie an. »Ganz vornehm. Daß man gar nicht mehr weiß, daß das die alte Lisbeth ist.«

»Ja, heut' bin ich Elisabeth Kupsch«, kräht die kleine Person lustig los. »Ich mein', etwas will ich ja schließlich auch haben von meinen zweihunderttausend Mark. Ach, Kinder, ich freu' mich ja so, daß ich euch alle wiedersehe. Und nun wollen wir einmal richtig Geburtstag feiern.«

*

Die Kaffeetafel – das war also noch gar nichts. Himmel. Die Lisbeth ist nicht zu bremsen. Diese Lebensfreude, die einfach alle mitreißt, diese herrliche Ausgelassenheit, verbunden mit einer echten Herzenseinfalt, die alle rührt. Trinken will sie, tanzen will sie, lachen will sie. Die Blaskapelle muß auf die Terrasse und Musik machen. Das ganze Haus stellt sie auf den Kopf. Und als Otto einmal fürchtet, seine Hotelgäste könnten den Trubel übelnehmen, da geht sie selber zu den Herrschaften ins Restaurant und in die Kaminhalle und bittet um freundliche Nachsicht. Sie sei die Elisabeth Kupsch aus dem Altersheim in Sinzheim und hätte zweihunderttausend Mark gewonnen. Ja, und wer wollte wohl so einer liebenswerten alten Frau die Nachsicht versagen, noch dazu am fünfundsiebzigsten Geburtstag des Hausherrn?

So wird es wirklich ein rauschendes Fest. Lisbeth hat alle eingeladen, wer von den Gästen dazukommen will, das ganze Personal und die Familie. Nur Lottchen hält in der Rezeption die Stellung. Aber auch sie hat unter dem Tresen einen großen Weinkrug, und wenn ein Anruf kommt, so macht sie aus dem »Waldhotel Forellenhof« schon einen recht hübschen Zungensalat.

Sollte man es glauben, daß die alte Lisbeth beim Aufbruch am späten Abend noch die Munterste von allen ist? Die Küchenmannschaft schwankt bereits, und den Kellnerlehrlingen fallen die Augen zu. Otto hat schon einen leichten Zacken in der Krone, Anna und die anderen Buchnerfrauen schnappen nach Luft, und der Großvater hat sich längst die Pantoffeln auf die müden Füße gezogen. Die unverwüstliche Lisbeth aber läßt übermütig bei der Abfahrt der Kutschen vom Hotel noch einmal die Musik spielen, sie klingt nicht mehr ganz so gut wie am Nachmittag, und mit Tüllhut und im Seidenkleid aufrecht in der letzten Kutsche stehend, ruft sie aufgekratzt zurück:

»Es war herrlich! Bleib schön gesund, Franzl! Und zum Achtzigsten komm' ich wieder.«

*

Vom Personal ist niemand mehr wach, die Rezeption ist verwaist, die Buchnerkinder schlafen längst, da wankt Anna, müde und abgespannt, als letzte, rechts Otto am Arm, links den Großvater, durch die Halle. Was für ein Tag. Nun muß sie auch noch die zwei schwankenden Männer ins Bett bringen.

Kurz vor der Treppe bleibt der Großvater stehen. »Ich kann euch nur sagen, fünfundsiebzig Jahre alt zu werden, ist eine Kleinigkeit, aber den fünfundsiebzigsten Geburtstag zu überstehen, das ist 'ne Leistung.«

»Tröste dich, Vater«, sagt da Anna mit leichtem Sarkasmus, »euch beide – und die ganzen Buchners zu lieben – das ist a Kinderspiel. Aber mit euch zu leben, da hat man sich schon a Platzerl im Himmelreich verdient.«

»Liebling, was sagtest du eben?« fragt Otto mit etwas schwerer Zunge. Er will gerührt seinen Arm um ihre Schulter legen, aber Anna stubst ihn weiter. »Geh, mach jetzt ka Faxen net! Du mußt noch die Treppe 'rauf.«

*

Es ist geschafft. Gleich werden sie im Bett liegen. Otto und Anna sind schon in ihren Schlafanzügen. Nur die Nachttischlampen brennen noch.

»Gute Nacht, mein Schatz«, sagt Otto und zieht seine Frau an sich. »Ich danke dir, daß du uns einen so schönen Tag gemacht hast, ich möchte dich dafür küssen. Ich danke dir, daß du so wunderbar durchgehalten hast, dafür muß ich dich wieder küssen, ich danke dir, daß du so geduldig warst und . . .«

»Ach bitte, Liebling«, sagt Anna, an seinem Halse hängend, »red a bisserl schneller, küß a bisserl schneller, ich bin so entsetzlich müd'.«

Genau in diesem Augenblick klingelt das Telefon auf dem Nachttisch.

Otto geht an den Apparat und meldet sich: »Ja, Buchner, ›Forellenhof‹. – Ich verstehe Sie nicht – Wo, sagen Sie? Unten am Leopoldsplatz? – Aha! Und wieviel Personen? – Vierzehn – Moment mal.«

Und plötzlich ist alle Müdigkeit, alle Schwipsstimmung bei Otto verschwunden. Mit einem fragenden Blick sieht er Anna an.

»Du, da ist ein Reisebus aus Straßburg hängengeblieben. Vierzehn Personen. Sechs davon kann der ›Grüne Baum‹ aufnehmen. Bleiben acht über. Haben wir Platz?«

Und Anna, auch sofort hellwach, rechnet schon aus. »Wir haben Zimmer 7 und 8, zwei Betten in Nummer 10, das Doppelzimmer im Obergeschoß ist auch frei. Ja, es reicht«, sagt sie.

»Aber die Leute haben noch nichts gegessen«, flüstert Otto, die Hand auf der Telefonmuschel. »Unten in der Stadt sind die Küchen schon alle geschlossen.«

»Dann werden sie halt hier was zu essen kriegen«, sagt Anna mit Selbstverständlichkeit. »Ist bei uns schon einer verhungert?«

Stimmt, Anna hat recht. »Hören Sie«, sagt Otto wieder am Telefon, »es geht. Ja, Sie können kommen . . . In einer Viertelstunde? Ist gut.«

Otto legt den Hörer auf. Dankbar und bewundernd sieht er Anna an. Er möchte ihr sagen, daß sie eine wunderbare Frau ist, ein prachtvoller Kerl, für ihn die einzige Frau, mit der er . . .

Doch Anna läßt ihn gar nicht zu Worte kommen.

»Alsdann – hopp, hopp, mein Schatz! Ausziehen, anziehen, Betten richten, Wäsche 'rausgeben, den Büfettschlüssel, die Küche anheizen.«

»Können wir denn unsere Leute noch wecken?«

»Warum die Leute wecken?« fragt Anna verwundert. »Die Zimmer werd' ich selber richten, du machst Küche und Büfett.« Und dann fällt sie ihm um den Hals. »Ach, Liebling, wir haben doch den schönsten Beruf der Welt!«

– ENDE –

FERNER SIND ERSCHIENEN:

159	**Ein bißchen Halleluja** Die schönsten Geschichten von Herbert Reinecker	DM 6,80
160	**Diese Stadt gehört mir** Er war einer der Mächtigen Ein atemberaubender Roman aus den Tagen des Goldrausches von Giles A. Lutz	DM 6,80
161	**. . . der Ganoven Wunderland** Erfahrungen und Erkenntnisse aus der TV-Serie »Vorsicht Falle« von Eduard Zimmermann	DM 6,80
164	**Cécile** Ein zeitloser Roman von Theodor Fontane	DM 5,80
167	**Die Frauen der Ärzte** Ein faszinierender Roman von Frank G. Slaughter	DM 6,80
168	**Die weiße Bestie** Das Buch zum Film – ein Welterfolg von Hank Searls	DM 6,80
169	**Operation K.** Ein brandaktueller Agenten-Thriller von Marshall Goldberg	DM 6,80
171	**Motu und Miromotu** Eine Bärengeschichte aus Alaska von Otto Boris	DM 4,80
172	**Die Goldspur führt nach Griechenland** Ein spannungsgeladener Liebesroman von Marguerite DeMoss	DM 5,80
174	**Die indische Erbschaft** Der lustigste Roman des bekannten Schriftstellers Horst Biernath	DM 4,80
175	**Ich hab vergessen Blumen zu besorgen** Ein bunter Strauß neuer Geschichten von Herbert Reinecker	DM 6,80
176	**Nacht steh mir bei** Ein Roman des weltberühmten Arztes Christiaan Barnard	DM 6,80
177	**Das chinesische Wunder** Dieser große spannende Arztroman von Wolfgang Hellberg wurde mit Heinz Rühmann verfilmt	DM 6,80
179	**Schelmenmaskerade** Ein amüsanter Roman von Margaret Summerville	DM 5,80

183 **Die zwölfte Meile** DM 6,80
Ein Polit-Thriller von E. G. Perrault

184 **Bitterer Jasmin** DM 6,80
Ein packender internationaler Thriller von Evelyn Anthony

185 **Flammendes Inferno** DM 6,80
Der dramatische Roman von Richard Martin Stern
zu dem gleichnamigen Film

187 **Jeweline** DM 5,80
Eine historische Liebesaffäre von Claudette Williams

188 **Aber das Herz sucht zurück** DM 5,80
Ein ergreifender Frauenroman von Käthe Lambert

189 **Varg und seine Wölfe** DM 5,80
Eine dramatische Tiergeschichte von Otto Boris

191 **Der Himmel schloß die Augen** DM 6,80
Ein packender Schicksalsroman von Norman Dyck

192 **Der Siegelring** DM 6,80
Ein spannender Krimi des weltbekannten
Autors Francis Durbridge

193 **Der Kurier des Königs** DM 6,80
Historischer Abenteuerroman von Samuel Edwards

196 **Schicksalsreise nach Paris** DM 4,80
Frauenroman von Oly Sölm

200 **Der Graf von Monte Christo** DM 6,80
Weltberühmter Roman von Alexandre Dumas

205 **Frage dein Herz** DM 5,80
Ein ergreifender Roman von Gerda Morris

206 **Rhapsodie der Liebe** DM 6,80
Ein Liszt-Roman von Charlotte Höcker

209 **Solange du bei mir bist** DM 6,80
Eine poesievolle Liebesgeschichte von Elisabeth Gürt

Deutscher Literatur-Verlag

Mühlenstieg 16-22 · 2000 Hamburg 70